KB124705

삼오식당

이명랑 장편소설

은행나무

•이 도서의 국립중앙도서관 출판시도서목록(CIP)은 e-CIP홈페이지(http://www.nl.go.kr/ecip)와
국가자료공동목록시스템(http://www.nl.go.kr/kolisnet)에서 이용하실 수 있습니다.
(CIP제어번호: CIP2013012453)

＊ 차례

어머니가 있는 골목

될 수 있는 대로 늑장을 부리다가 기어이 웃돈을 받아내겠다는 심산인지 가구 회사에서 나온 조립 기술자는 바쁠 것이 없었다. 겨우 화장대 하나, 장식장 하나 조립하는 데 아침 한나절이 다 지나갔다. 저런 속도로 장롱을 다 조립하려면 하룻저녁을 몽땅 내줘야 할 판이다.

"워매, 워매! 그렇게 시방 요거시 대리석 문짝이구만잉? 시상에 좋네, 시상에 좋아!"

안방으로 고개를 들이밀며 숨넘어가는 소리를 내고 있는 사람은 커피 장수 차씨 아줌마다. 보나 마나 엄마네 삼오식당에 물 받으러 왔다가 엄마한테 끌려온 게 뻔했다. 아침부터 무려 열댓 번이 넘게 장텃길 아줌마들이 들락거리고 있으니, 차씨 아줌마라고 구경 못 올 이유가 없었다.

"커피 장수가 살면서 이런 장롱, 구경이나 해봤어? 요기 딱지 보이지? 보루네오가 비싼 건지 알기는 아네. 왜? 얼만지 털어놓으면 뒤로 나자빠질라구? 그렇게도 알고 싶어? 요거!"

안방 문턱에 서서 차씨 아줌마는 엄마의 손가락을 빤히 들여다봤다.

"으째서 손가락만 들이민다요? 손가락이 한 개라…… 그랑께 백만 원이 틀림없지라우. 문짝꺼정 대리석이라고 해서 난 또 워따매 대단헌 줄 알았제."

별것도 아닌 일로 바쁜 사람을 여기까지 끌고 왔냐면서 차씨 아줌마는 되돌아나가려고 했고 그런 아줌마를 불러세우느라고 "커피!"를 부르는 엄마의 목소리는 여느 때보다 한층 더 갈라져 있었다.

"커피! 커피! 백? 내가 누구여? 내가 그래도 이 골목에서는 손 큰 걸로 알아주는 여편넨데 겨우 백짜리 장롱 들여놓고 큰소리를 치겠어?"

"백이 아녀? 그라믄 천? 워매! 워매! 시상에 놀라 자빠지겄네!"

차씨 아줌마가 조립 기술자를 밀치고 들어가 이제 막 갖다 붙인 장롱 문짝에 뺨을 비벼대고 손바닥으로 문지르며 "워매! 워매!"를 연발하는 동안 엄마는 장롱 정면에 갖다놓은 흔들의자에 엉덩이를 푹 파묻고 앉아 차씨 아줌마 하는 양을 손녀 재롱 보듯이 감상하고 있었다. 차씨 아줌마의 "워매!" 소리가 되풀이될 때마다, 차씨 아줌마가 호들갑을 떨면 떨수록 엄마가 앉아 있는 흔들의자의 움직임이 부산해졌다. 차씨 아줌마의 입에서 "워매! 놀라웅거! 아따, 밥장사가 말년에 복이 터졌그라!"라는 감탄사가 흘러나왔을 때는, 엄마는 흔들의자를 탄 채 그대로 하늘 위에 두둥실 떠올라 있었다.

"비싼 게 좋기는 좋다! 방 안이 온통 바다네, 바다. 야! 지선아! 이 방에만 있으면 너는 여름에도 땀도 안 나겠다. 쳐다만 봐도 시이이원하네. 좋기야 좋지만 그래도 나한테는 내 평상이 제일이야. 이 장롱하고 내 평상하고 바꾸라고 하면 내가 바꿀 것 같어? 안 바꾼다, 안 바꿔."

다 저녁에 마지막으로 구경 온 사람은 봉투 아줌마였다. 봉투 아줌마는 엄마네 삼오식당 정면에 있는 공판장 담벼락 밑에 평상 하나를 펴놓고 그 위에 검정, 노랑 비닐봉투와 수박이나 참외에 붙이는 스티커 따위를 벌여놓고 파는 봉투 장수다. 봉투 아줌마의 평상이 남 보기엔 우습게 보여도 반 평도 안 되는 그 평상이 봉투 아줌마네 아들딸 공부시키고 딸 시집보낸 밑천을 제하고도, 얼마 전엔 양평동에 18평짜리 아파트까지 마련해주었다. 봉투 아줌마는 "누가 내 평상하고 금두꺼비하고 바꾸라고 하면 내가 바꿀 것 같아? 안 바꾼다, 안 바꿔!"가 십팔번이다.

"봉투네 그 꼴같잖은 평상하고 이 장롱을 누가 바꾸기나 한대?"

한창 좋은 기분에 찬물을 끼얹어도 유분수라고 엄마가 언성을 높이자 봉투 아줌마는 얼른 "그만큼 좋다는 얘기지"라고 너스레를 떨고, 엄마는 그 말에 또 금세 기분이 좋아져서 봉투 아줌마한테 흔들의자까지 양보했다.

조립 기술자가 연장통에 연장을 챙겨 넣자 엄마는 좀체 아쉬움을 감추지 못했다. 조립 기술자가 인건비를 받아 들고 인사를 건네는 동안에도 "그래도 이게 엄청 비싼 장롱이라서 딴 거, 싸구려 장롱하고는 비교도 안 되게 오래 걸렸지요? 다른 거보다 오래 걸린 게 맞죠?"라고, 몇 번씩 되물었다. 엄마는 몇만 원을 더 얹어주고라도 조립 기술자를 오래 붙잡아두고 싶어 했다. 조립 기술자가 장롱에 붙어 있는 동안은 그 핑계로 장텃길 아줌마들 한둘은 더 데려다 구경을 시킬 수도 있을 텐데, 아직 깜깜해지려면 한참 더 있어도 되건만, 이제껏 늑장을 부리다가 해가 기울자 급하게 일을 끝마치고 돌아가는 조립 기술자가 엄마 눈에는 밉다 못해 괘씸하기까지 한 듯했다.

"야! 윤 서방은 오늘 왜 얼굴 한번 들이밀지 않냐? 오늘이 장롱 오는 날인 줄 몰랐대? 이런 건 여자가 진작 진작 알아서 알려주고 해야지…… 우두커니 있지 말고 윤 서방 오기 전에 장롱이나 닦어!"

약혼식을 올리기도 전부터 엄마는 영철을 윤 서방이라고 부르지 못해 안달이더니 약혼식이 끝나기 무섭게 영철의 호칭을 '자네'에서 '윤 서방'으로 고쳐 부르고 있었다. 동네 여자들의 "워매!" 소리나, "시상에 좋다!" 소리보다도 윤 서방으로부터의 고맙다는 한마디의 말을 더 기대하고 있었을 엄마의 내심을 모르는 바도 아니었지만, 막상 엄마가 내게 바짝 마른 걸레를 집어 던지고는 볼 장 다 봤다는 얼굴로 나가버리자 나는 얼굴 한번 들이밀지 않는 영철보다도 엄마에게 더 서운한 마음이 들었다.

나는 걸레를 들고 문턱에 서서 이제 막 완성된 장롱을 바라봤다. 대리석으로 만들어졌다는 여섯 개의 문짝들이 각각 하나씩 서로 다른 풍경을 비추고 있었다. 방 안쪽에서부터 차례대로, 역시 대리석으로 만들어진 침대와 화장대, 앞으로 그 안에 채워 넣어야 할 것들이 벌써부터 걱정되기 시작하는 장식장, 텅 빈 벽을 혼자 차지하고 맘껏 요기를 발하고 있는 사기로 만들어진 벽시계…… 대리석으로 만들었다는 말이 거짓은 아니었는지, 문짝들은 안방의 가구들을 거울보다도 더 정확하게 비춰 보여주고 있었다. 반들거리는 문짝에 비친 가구들은 무엇 하나 모자람이 없어 보였다. 이제 막 살림을 시작하는 신혼부부의 가구라기보다는 중년의 어느 부부가 마침내 자기 집을 갖게 되어 이제는 절대로 이사를 다니지 않겠다고 다짐하며 벼르고 별러서 구입한 고가의 가구라 해도 조금도 꿀릴 것이 없을 만큼 호사스러웠다. 장롱 문짝에 비친 방 안의 모습은, 먼지 하나 없이 잘 정돈된 호텔 커피숍의 하얀

벽지 위에 걸려 있는 액자들의 그림이 흔히 그렇듯이 저런 데서 살면 참 좋겠다고 생각하다가도 그 그림 한가운데 들어가 있는 내 모습은 상상이 안 되어 뒤로 한 걸음 물러서게 되는 것처럼, 내게는 아득히 멀리 떨어져 있는 곳의 풍경일 뿐이었다. 선뜻 그 그림 속으로 들어설 용기가 내게는 없었다.

"다른 건 몰라도 약혼식은 그냥 넘어갈 수 없습니다. 사부인한테는 좀 부담이 되겠지만 그래도 우리 집 법이 그런 걸 어쩌겠습니까?"

"사부인도 참. 약혼식을 왜 안 합니까? 약혼식이야 당연히 해야지요."

결혼을 한 달 앞두고 63빌딩의 한정식집에서 이루어진 양가 상견례 자리에서 엄마는 미래의 사부인에게 무슨 일이 있어도 약혼식은 올려주겠다고 약속했다. 주일날은 예배에 빠질 수 없으니 주일은 피해서 날을 잡아야 하고, 우리 집은 대대로 절실한 기독교 집안이니 지금까지야 무얼 믿어왔든 앞으로는 당신 딸을 교회에 보내야 하고…… 이어지는 말끝마다 엄마는 무조건 "당연히 그래야지요"로 일관했다. 시댁 어른들이 내놓으신 의견에 딸 가진 부모가 어떻게 다른 말이 있을 수 있느냐고, 도리어 앞장서서 스스로를 낮췄다.

"야! 서울에서 젤 비싼 호텔이 어디냐? 거기로 전화혀. 젤로 비싼 방으로 잡어!"

상견례를 마치고 영등포로 돌아오기가 무섭게 엄마는 저고리 앞섶을 풀어 헤치며 내게 전화통을 내밀었다. 엄마의 성화에 못 이겨 젤 비싼 호텔의 젤 비싼 방을 예약하려고 보니 약혼식 날짜를 결혼식 이 주일 전으로 잡을 수밖에는 없었다. 결혼을 이 주일 앞두고 하는 약혼식이 무슨 의미가 있는지 모르지만, 하여간 목사님이 네 분이나 참석한 약혼식 내내 엄마는 생전 불러보지도 않은 찬송가를 누구보다도 목청껏 뽑아젖혔고, 한 번도 해보지 않은 칼질을 하느라고 저고리 앞섶을 땀으로 다 적셔야 했다.

그때부터 판은 벌어졌다. 예정에 없던 약혼식을 호화판으로 치르고 다른 신부들이 시댁에 보내는 예단비보다 두 배의 돈을 시댁에 보내고 급기야는 천만 원에 달한다는 보루네오 장롱까지…… 엄마는 이왕 벌인 판이니 끝장을 보겠다는 거였다. 나는 나대로 엄마가 밥장사하면서 천 원씩, 오천 원씩 하루도 안 거르고 평생 부은 보험을 하나씩 해약할 때마다 지금까지 들어간 본전 생각에 몸이 달았다. 약혼식 비용은 신부 측에서 부담한다는 관습에 따라 엄마가 치른 약혼식 비용이 꿈에서도 왔다 갔다 했다. 우리 집이 입은 부당한 경제적 손실을 메우는 길은 저쪽도 우리만큼은 돈을 쓰게 하는 길밖에는 없는데 신랑 측에서 부담하는 건 신혼여행에 드는 경비뿐이었다. 나는 곧장 여행사로 달려가 해외여행에 들어가는 비용을 산출했고 가장 비싸게 먹힌다는 하와이행을, 그것도 10박 11일 코스로 결정해버렸다. 그래도 수지 타산이 맞지 않아 속이 상해 죽겠는데 지난밤 갑자기 폭탄선언 하듯 엄마의 입에서 "내일 들어오는 장롱이 그게 천만 원짜린 줄이나 알어. 그러니까 잘살아, 이년아!"라는 말이 터져나왔을 때는 정말이지 자살이라도 하고 싶은 심정이었다. 노후를 대비해 보험 아줌마한테 보험 몇 개 들어놨다고는 해도 워낙 뻥이 쎈 엄마이고 보면 보험 몇 개 해약했다고 그만한 액수의 돈이 나올 리가 없었다. 장바닥의 사람들이 갑자기 목돈을 융통하는 길이야 불을 보듯 뻔했고 나는 물릴 수만 있다면 이 결혼을 물리고 싶었다.

"등신 같은 년! 그런 집이 어디 우리랑 같어? 몰랐을 땐 어쩔 수 없

14

지만 이제 와서 어떡하겠냐? 그런 집에 시집가면서 혼수라고 거지발싸개같이 해가지고 가면 너 평생 눈이나 제대로 한번 뜨고 살 수 있을 것 같어? 돈 걱정 같은 소리 하네. 우리가 뭐 언제는 돈 있어서 이날 입때껏 살았냐? 오늘까지도 살았는데 내일이라고 죽냐, 죽어? 등신 같은 년이 해주면 해주는 대로 가만이나 있지, 왜 아픈 속은 긁고 난리여!"

　양가 상견례가 있던 날을 기점으로 해서 '그런 집이 어디 우리랑 같어?'가 엄마의 입버릇이 되었다. 감쪽같이 속았다는 배신감은 그러니까 나만 품고 있는 것이 아니었다. 새벽 다섯 시면 어김없이 장텃길 안쪽의 삼오식당으로 밥 먹으러 오던 영철은 그저 흔한 영등포 장사꾼이었다. 다른 장사꾼들과 다른 점이 있다면 소매들을 상대하는 도매꾼이 아니라 산지에서 물건을 직접 위탁 받아 도매꾼들을 상대로 주판을 놓는다는 것뿐이었다. 여름이면 까만 스포츠 양말을 무릎 밑까지 바짝 끌어 올리고 쪼리를 질질 끌고 다니는 거며, 겨울밤 시장에 인적이 뜸해지면 빈 가게 아무 데나 들어가 엉덩이가 타는 줄도 모르고 화투판 앞에 앉아 있는 거며, 늘 술에 절어 사는 탓에 붉은 기운이 가실 날 없는 흰자위까지, 영철은 시장 놈 중에서도 토박이 시장 놈이었다. 영철이 그저 시장 놈이라는 사실을 의심 한번 해보지 않았던 우리 집 식구들은 상견례 장소에 나타난 영철의 부모님을 대면하고 심란하지 않을 수 없었다. 쇠몽둥이나 하나 들고 밤거리를 쏘다니는 줄이나 알았던 영철의 아버지는 파출소도 아니고 경찰서의 우두머리였고 위로 큰형은 은행 중에서도 가장 들어가기 힘들다는 한국은행을 최연소의 나이로 들어간 수재에다 밑으로 둘 있는 남동생들까지 모두 공무원이었으니 그 집안 사람들은 그야말로 '나랏밥 먹는 나리들'이었던 거다. 상견례를 갖고, 충청도에 있는 시댁에 다녀오고, 그 일대에 모여 사는 영철의 일가 피붙이들이 그 고장에서는 모두 내로라하는 유지들임을 알게 된 뒤로 나는 밤잠을 이루지 못했고 한 이불을 덮고 자는 엄마는 내가 뒤척거릴 때마다 일어나 앉아 냉수를 사발째 벌컥벌컥 들이켜곤 했다.

"또 왜? 니가 윤 서방보다 뭐가 빠져서? 공부를 덜 했어, 나이가 많어, 인물이 빠져?"

영철 하나만 놓고 보면 내가 빠질 것이 없었다. 아니, 영철 하나만 놓고 본다면 영철은 내게 댈 것도 아니었다. 스물다섯, 한창 젊음이 물올라 있는 나와는 달리 영철은 몇 년 후면 사십 줄로 접어들 나이였고 대학원에서 외국 말을 전공하고 있는 나와는 달리 영철은 외국 말이라고는 와이프밖에는 모르는 데다 내가 내 소설 등단작이 실린 문예 잡지를 보여주며 한번 읽어보라고 했을 때는 자기는 책이라면 만화책만 봐도 머리에 쥐가 난다면서 잡지 표지 한 번 들여다본 걸 가지고 벌써부터 머리가 아프다고 두통약을 두 알이나 입에 털어넣던 위인이었다. 그런 영철을 바라보면서 엄마와 나는 둘이 몰래 시선을 주고받았었다. 그저 우리랑 비슷한 처지의 남자한테 시집을 가야 기 안 죽고 살 수 있다는 것이 엄마의 입버릇이었고, 그런 엄마에게 완전히 세뇌를 당해 급기야는 엄마보다 한술 더 떠서 나보다 훨씬 못한 남자한테 시집가서 내 맘대로 휘두르며 살아야겠다고 벼르던 나였으니 영철은 바로 내가 찾던 바보온달이었고, 영철이 바보온달인 동안에는 나는 온전히 평강공주일 수 있었던 것이다.

"가스렌지는 안 오구?"

갑작스러운 인기척에 놀라 뒤돌아본 곳에는 영철이 서 있었다. 영철은 신발도 벗지 않은 채로 서서 거실 겸 부엌의 한쪽을 차지하고 있는 싱크대 위의 빈 자리를 확인하고는 실망스러운 기색을 감추지 못했다.

"장롱은 안 봐요?"

대꾸도 없이 영철은 밖으로 나갔다. 오늘도 어김없이 영철의 두 눈은 붉게 핏발이 서 있었고 두 다리는 맥없이 휘청거렸다. 이틀 뒤로 다가온 결혼식만 끝내고 나면 둘이 들어가 살게 될 살림집에서 한 발자국이라도 더 멀리 도망가야겠다고 마음먹은 사람처럼 영철은 곧게 서주지 않는 다리를 재게 놀리고 있었다. 엄마가 바라던 것이, 그 안에 사람이 들어가 살게 될 집이 아니라 그저 누군가에게 보여주기 위해 그럴싸하게 꾸며진 집이었다면 엄마는 이미 뜻하던 바를 이룬 것이나 진배없었다.

우리는 묵묵히 걷고만 있었다. 충분히 거리감을 느낄 수 있을 정도로 떨어져 걷고 있는데도 영철에게서는 역한 술 냄새가 풍겨 왔다. 결혼식 날짜가 가까워질수록 영철의 폭음은 심해졌고 영철이 제 몸에 들이붓는 소주의 양이 곱절로 늘어날수록 나는 이 모든 불쾌한 감정의 원인을 영철의 폭음 탓으로 돌리며 영철의 저 지독한 술 냄새로부터 멀리 떨어져나와야겠다는 마음만 키우고 있었다.

"저딴 거 다 뭐해? 진짜는 하나도 없는데……"

우리는 이제 장텃길로 접어드는 행길 입구에 서 있었다. 살림집들만 빽빽이 들어차 있는 골목을 벗어나 여기저기 발 디딜 곳 없이 파라솔이 난립해 있고 공판장 담벼락에 세워둔 구루마의 바퀴에다 대고 용변을 보는 사내들을 꼭 한두 명씩은 마주치게 되는 장텃길 앞에 이르러, 영철은 담배 한 개비를 꺼내 물었다.

"뭐가 없다는 건데? 진짜 중요한 거 뭐? 뭐가 부족해서? 물침대라도 해 왔어야 한다는 거예요?"

"놀고 있네"

영철의 입에서 피워 물고 있던 담배꽁초가 길바닥 위로 떨어져 내리고, 영철의 입에서 "놀고 있네"라는 말이 흘러나왔을 때, 나는 이미 제정신이 아니었다. 영철이 무심코 내뱉은 "놀고 있네"라는 말은 내게는 빈정거림일 수밖에 없었다. 뱁새가 황새 쫓아가려고 하면 가랑이가 찢어진다는 말을, 지금 황새가 뱁새를 내려다보며 지껄인 것이다. 나는 영철에게 달려들어 영철의 팔뚝을 물어뜯었고, 영철은 팔뚝에 박힌 이빨 자국 사이로 핏물이 돋아 나오는 걸 보고는 나를 번쩍 들어올렸다. 허구한 날 술에 절어 사는 인간에게서 어떻게 그런 힘이 나오는지, 영철은 내가 죽기 살기로 버둥거리고 목덜미를 깨무는데도 어깨에 들쳐 멘 나를 내려놓지 않았다.

"이거, 맥주야."

금성장 여관 아줌마가 들고 올라온 쟁반 위에는 병맥주 다섯 병과 마른오징어 한 마리가 놓여 있었다. 영철은 내 앞으로 맥주 한 잔을 따라주고는 병째로 나발을 불기 시작했다.

"누가 맥준지 몰라요?"

영철이 내 앞으로 밀어준 맥주잔을 도로 영철 앞으로 물리며 나는 어이없이 끌려 들어오게 된 여관방의 내부를 훑어봤다. 금성장 여관 아줌마는 장텃길에서도 지저분하기로 소문난 여자였다. 오죽했으면 이 아줌마가 옆을 스쳐 지나가기만 해도 너나없이 코를 움켜잡겠는가! 손잡이가 뭉텅 잘려 나간 문갑 위에 놓여 있는 텔레비전의 뿌연 화면에서도, 방바닥에 깔려 있는, 때가 찌든 요에서도 금성장 여관 아줌마 특유의 그 코를 찌르는 쉰 냄새가 나는 듯했다. 특히나 금성장 여관 아줌마가 좀 전에 야리꾸리한 미소를 지으며 텔레비전 옆에 놔두고 간 두루마리 화장지와 표면에 물방울이 방울방울 맺혀 있는 요구르트 두 개가 유독 눈에 거슬렸다.

"그럼 이거라도 하나 뜯을래?"

영철이 내게 오징어 다리 하나를 내밀었다.

"지금 뭐하자는 거야?"

나는 영철이 들이민 오징어 다리를 내팽개쳤고, 영철은 방바닥에 떨어진 오징어 다리를 주워 얼른 입으로 가져갔다.

"장롱만 들여놓으면 뭐해? 손목도 한번 안 잡아보고……"

앞에 놓여 있던 맥주병들을 옆으로 쓰러뜨리며 영철이 몸을 덮쳐 왔다. 요 위로 쓰러져 영철의 몸에 짓눌리고 보니 비로소 영철이 남자였다는 사실이 실감 났다. 손가락 끝으로 살짝 찌르기만 해도 앞으로 고꾸라질 것처럼 늘 술에 취해 비틀거리고 다니던 영철은 그러나 그 순간에는 바윗덩어리였다. 숨도 내쉴 수 없을 만큼 가슴을 내리누르고 있는 단단한 가슴팍으로, 내 손목을 붙들어 잡고 있는 손아귀의 힘으로, 뒤척거릴 때마다 위로 말려 올라오는 치마 밑에서 버둥거리는 내 두 다리에 생생히 전해져 오는 허벅지 근육으로 영철은 "나는 남자다!"라고 외치고 있었다.

목덜미를 더듬는 영철의 입술이 뜨듯했다. 나는 목젖 너머에서 저절로 올라오는 신음 소리를 집어삼키느라 안간힘을 써야 했다. 주름이 많이 잡힌, 데일까 몸서리치게 더운 입술이 목덜미에 달라붙어 살갖 밑에서 그저 흘러갔다가 다시 흘러 되돌아오는 흐름만을 반복하고 있던 혈관의 피들을 한곳으로 불러모았다. 영철의 입술이 빨판이 되어 내 살갖을 뚫고 들어가 나도 모르는 내 안의 것들을 빨아들이는 동안, 나는 차가운 샘이었다가 들끓어 위로 치솟는 수증기였다가 내 몸을 벗고 너한테로 날아가는 그저 한 줌의 입김으로 스러져가고 있었다.

갑자기, 영철이 내뿜는 뜨거운 입김과 함께 오징어 냄새만 나지 않았더라도 나는 어쩌면 그 순간 못 이기는 척 영철의 여자가 되었을지 모른다. 비릿한 오징어 냄새에 나는 기겁을 했다. 오징어 다리를 질겅질겅 씹던 입으로 첫 입맞춤을 하려고 했던 영철에게 나는 살의보다도 더 강한 적의를 느꼈다. 밥장사네 딸은 이렇게 아무렇게나, 아무 데서, 어떤 놈이 자빠져 잤는지도 모르는 거적때기 위에서 안아도 된다고 생각하는 영철에게서 나는, 인사차 시골집에 내려갔을 때 영철의 아버지가 보여주었던 그 집안의 그 위풍당당하던 족보 냄새를 맡았다. 전쟁 통에 고아가 되어 이곳저곳을 떠돌다 늘그막에는 영등포 청과물 시장에서 용달차를 몰던 아버지와 고향이 황해도라고는 해도 일곱 살 때 한 번 먹어봤다는 황해도 왕만두 말고는 고향에 대한 그 어떤 기억도, 향수도 갖고 있지 못한 엄마와, 명절이면 텅 비어버리는 장바닥의 을씨년스러움 속에서 돌아갈 고향을 가지고 있다는 것만으로도 사람은 얼마나 풍성해질 수 있는가를 곱씹으며 보냈던 나의 유년이란 것은, 굳건한 뿌리 앞에서는, 뼈대 있는 한 집안의 족보 앞에서는 나약하다 못해 비루한 것이었다. 당신 딸이 이제 곧 신혼살림을 시작하게 될 저 2층 빌라에 무엇이든 가장 큰 사이즈의 가전제품과 터무니없는 가격의 장롱까지 들여와 그 덩치만 커다란 껍데기들로 우리 집의, 당신 삶의 텅 빈 형식을 채우기 위해 안간힘 쓰고 있는 엄마의 노력은 또 얼마나 남루한 것인가?

나는 등신같이, 울고 있었다.

영철이 몸을 떼고 바로 앉아 허벅지 위로 말려 올라간 치마를 밑으로 끌어 내리고 팔뚝 밑으로 흘러 내려와 있던 브래지어 끈을 어깨 중앙에 바로 잡아줄 때까지도, 나는 눈물을 멈출 수가 없었다.

"야! 지선아! 너, 나…… 사랑하니?"

병에서 흘러나온 맥주가 누군가 싸질러놓은 오줌처럼 흥건히 고여 있는 여관방의 방바닥에 주저앉아 영철은 내 뒷모습에 대고 '너는 나를 사랑하느냐'라고 묻고 있었다.

"워매! 지선이, 너 으짜면 쫌맞게 만났다냐. 그랑께 내가 시방 니 생각을 했는디. 으짜믄 이래 딱 만났다냐. 너 시방 우리 집에 좀 가봐야 쓰겄다. 정희 그 썩을 놈의 가시낭년을 혼자 냅두고 왔는디 내가 시방 환장하겄다. 클씨, 그 썩을 년이 또 뭔 짓거리를 할지 모릉께. 니 먼저 싸게 우리 집에 가 있어라잉."

금성장 여관 입구에서 맞바로 차씨 아줌마와 마주쳤다. 차씨 아줌마는 집 열쇠를 내 손에 쥐어주고는 로터리 쪽으로 뛰어갔다. 여관에서 나오다 들킨 바람에 간이 땅바닥에 떨어질 뻔했는데 다행히 차씨 아줌마는 무슨 급한 볼일이 있는지 내가 여관에서 나온 사정 같은 것에는 눈곱만치도 관심이 없었다.

장텃길을 벗어나 건양병원 쪽으로 걸어가면서 나는 문득 장텃길과 영등포역전, 그리고 그 중간 지점에 있는 건양병원과의 함수 관계에 대해 생각했다. 차씨 아줌마네 외동딸, 정희는 나와 동갑내기로 중학교에 다닐 때까지만 해도 정희와 나는 단짝 친구였다. 우리에게는 또한 명의 절친한 친구가 한 명 있었는데 그 친구 경숙은 영등포역 뒤편에 살고 있었다. 세 친구 중에서는 그나마 영등포역에서 가장 멀리 떨어진 장텃길에 사는 나는 그 시절, 단 한 번의 가출도 하지 않았었고 역전과 장텃길의 중간 지점에 있는 건양병원 뒤쪽에 사는 정희는 수시로 가출을 일삼았지만 또 언제나 다시 집으로 돌아왔다. 그러나 역전 근처에 살던 경숙은 가출을 하자마자 가리봉의 한 호프집에 취직을 했고 그 길로 여중생 배지를 술잔에 던져버렸다. 경숙이 가리봉에서 나와 구로공단의 가라오케에 취직을 했다면서 정희와 나를 역전 레스토랑으로 끌고 가 돈까스 정식을 사준 지 얼마 안 되어 경숙은 벌써 십 년 전에, 누군가의 칼에 찔려 죽었다는 풍문과 함께 영영 우리 곁을 떠나버렸다. 역전으로 가까워질수록, 장텃길에서 멀어지면 멀어질수록, 그만큼 더 집으로 돌아오기 힘들었던 내 소녀 시절의 단짝 친구들…… 만약에 그때, 너나없이 이 지저분한 영등포 뒷골목을 뛰쳐나가는 것만이 우리들의 유일한 꿈이었던 사춘기 무렵에, 경숙이 역전에서 좀 더 멀리 떨어진 곳에 살고 있었더라면, 그랬다면 경숙은 지금까지도 우리 곁에 남아 있을까 하고 나는 부질없는 생각을 해보기도 했다.

"남의 물건은 왜 차니? 죽여라, 이놈아! 죽여, 죽여."

"이 할망구가 돌았나!"

"야, 이놈아! 그래 너는 어미, 아비도 없어? 시퍼렇게 어린놈이 어디 와서 행패야 행패가!"

"아, 진짜 뚜껑 열리네. 아저씨는 또 뭐야!"

22

"이눔이 내 물건 다 걷어차네. 아이구, 사람들! 어린놈이 늙은 년 치네! 그래, 이눔아, 죽여라, 죽여!"

장텃길 대로변을 반도 채 가지 못해서 싸움판에 잠시 발이 묶였다. 노점상 단속하라고 나라에서 돈 주고 고용한 양아치들과 장텃길 대로변을 까마귀 떼처럼 뒤덮고 있는 바구니치기 장사꾼들 사이의 멱살잡이야 어제오늘의 일도 아니지마는 오늘의 분란은 애초부터 단속반 쪽에 더 큰 허물이 있는 듯싶었다. 인도 위에 땟국물이 더께가 앉은 비닐 장판 한 장 깔고서 끽해야 바구니 서너 개 벌여놓고 하루 종일 쪼그려 앉아 있어봤자 그나마도 다 팔지 못하고 장사를 작파하곤 하는 악바리 할매의 바구니를, 단속반의 어린놈이 손도 아니고 발로 걷어차버린 일이 화근이 되어 악바리 할매 옆으로 옹기종기 모여 앉아 있던 장사꾼들과 하차반 박씨까지 일제히 달려와 단속반들을 향해 뭐라고, 저마다 쌍소리를 해대기 시작했다.

"아이고! 저눔이 내 물건 밟고 그냥 간다, 그냥 가! 돈도 안 주고 내 빼부리네!"

하필이면 이런 때 그 앞을 지나가던 행인 하나가 인도 아래로 쏟아져내린 할매의 방울토마토 하나를 밟았는데, 악바리 할매는 단속반의 어린놈과 죽이네, 살리네, 드잡이를 하는 와중에도 그걸 그냥 놓치지 않고 쫓아가서 행인으로부터 기어이 천 원짜리 한 장을 받아냈다.

"억울하면 법대로 하면 되잖아!"

"니 지금 뭐라 했냐? 법? 법 좋아하네. 니까짓 것들이 뭐라고 여 와서 법 찾는데? 옛날 같으면 삼청교육대에 있을 놈들이 세월이 좋으니까 짓까불고 다니고 있어!"

"삼청교육대? 너, 인마! 너, 말 다했어?"

때마침 악바리 할매 옆에 붙어 앉아 담배 한 대를 피우고 있던 하차반 박씨는 단속반이 악바리 할매의 바구니를 걷어차자 역성을 들어주려고 쫓아왔는데, 급기야는 단속반원들에게 둥그렇게 에워싸여 빼도 박도 못한 채 곤욕을 치르고 있었다. 아무 상관도 없는 하차반 박씨가 죽을 둥 살 둥 단속반원들과 대적하고 있는 동안에도 정작 싸움을 일으킨 장본인인 악바리 할매는 이제는 싸움이고 뭐고 아예 관심도 없이 그저 하늘에서 툭, 하고 굴러떨어져준 그 천 원짜리 한 장에 입꼬리가 귀뿌리에까지 찢어져 있다. 이눔아 날 죽여라, 단속반에게 달려들 때의 시퍼런 기세는 어디로 훌쩍 날아가고 악바리 할매는 잔뜩 찢어져 귀에 가 걸려 있는 입술 사이로 흐흐흐, 웃음소리 같기도 하고 울음소리 같기도 한 이상한 소리를 실없이 흘리며 거저 생긴 천 원짜리 한 장을 쳐다보고 만져보고 하는데 그 표정이 또 얼마나 흐뭇한지 몰랐다.

내가 싸움판이 벌어진 악바리 할매의 바구니 앞을 어렵게 벗어나 신호등을 건너 건양병원 쪽으로 걸음을 내딛는 동안에도 등 뒤에서는 비명에 가까운 느낌표와 쌍시옷이 장텃길 대로변을 푸짐하게도 설왕설래하고 있었다.

사춘기 때는 매일같이 들락거리던 정희네 집은 하나도, 달라진 것이 없었다. 열쇠를 꽂고 손잡이를 돌리자마자 바로 드러나는 부엌살림도, 부엌 끝 쪽문을 열고 들어가 바라본 방 안의 촉수가 낮은 전긋불도, 그 아래 자리를 펴고 누워 있는 정희의 머리맡에 흩어져 있는 카스테라 빵 봉지들도.

"지선이? 앉어, 이년아. 그렇게 서 있으면 씨발, 쪽팔리잖아."

"병신 같은 년…… 쪽팔린 건 알구?"

피딱지가 엉겨 붙은 입술 사이로 혀를 낼름 내밀어 보이며 억지로 웃음을 만들어내는 정희도, 누운 채로 팔만 뻗어 정희가 내 앞으로 밀어준 카스테라 빵 봉지를 발로 걷어차며 이딴 건 너나 처먹으라고 욕을 하고는 또 금방 정희 옆으로 다가와 앉은 나도, 그런 우리를 내려다보고 있는 전굿불의 침침함도 예전의 그 어느 날과 틀림없이 닮아 있었다.

사람이 이렇게 두들겨 맞고도 숨을 쉬고 있다는 사실이 놀라웠다. 아니, 이렇게 될 때까지 맞고 있을 수 있었다는 것이 더 충격이었다. 언젠가 빚쟁이들이 몰려와 식당을 난장판으로 뒤집고 가버린 뒤에, 뽑혀 나온 자신의 머리카락들을 쓰레받기에 쓸어 담으며 엄마가 내게 이런 말을 했었다. 세상에서 젤로 무서운 건, 참을 수 없고, 견딜 수 없는 게 없다는 거라고. 그때 나는 엄마한테 뭐라고 했더라? 아마도 되게 웃기는 소리라고 눈 한번 흘기고는 읽다 만 책을 들고 방으로 들어갔을 거다.

"나중엔 씨발, 오기가 생기잖아. 그 자식 밑구녕에 쏟아부은 돈이 얼만데. 다는 아니더라도 반은 건져 와야지. 야, 너 같으면 안 그래? 맞은 것도 억울한데 돈까지 날려!"

정희 말로는 결혼하자마자 그놈 집에 들어가 그놈 엄마가 하는 대폿집에서 죽어라 일만 하고, 레미콘 한 대 사주지 않으면 새끼고 여편네고 다 불에 싸질러 죽여버리겠다고 지랄을 해대는 그놈의 성화에 못 이겨 돈을 갖다줬다는 거다. 내가 그런 큰돈이 어디서 났냐고 묻자, 정희는 너는 그걸 지금 몰라서 묻는 거냐고 되물었다. 차씨 아줌마가 딸라를 얻다준 게 틀림없었다. 레미콘 한 대만 사주면 왕비 떠받들듯이 하더니 막상 돈을 갖다주었더니 그 뒤로는 아예 마음 푹 놓고 하루가 멀다 하고 때리기 시작했다는 거다. 그놈의 주먹에 코뼈가 내려앉고 눈두덩이 찢어질 때마다 정희는 엄마가 갚아나가고 있을 이잣돈을 떠올렸다고 했다. 하루에 얼마, 한 달이면 얼마 하고, 며칠만 못 갚아도 눈덩이처럼 불어나는 이잣돈을 생각하면 그놈한테 맞아 죽더라도 이렇게, 이런 꼴로 엄마한테 올 수는 없었다고, 정희는 터진 입술 사이로 한숨을 내쉬었다.

나는 정희의 그 한숨이 용서가 안 되었다. 눈두덩이 뭉그러지고, 팔이 부러질 때까지 두들겨 맞고 와서도 겨우 한숨이나 내쉬는 너 같은 년은 그러니까 맞아도 싸다고, 한바탕 욕을 해줘도 분이 풀릴 것 같지 않았다. 나는 정희의 상처를 붕대처럼 감싸고 있는 이불을 걷어젖히고 사진을 찍기 시작했다.

그 겨울, 중학생이 되어 처음 맞는 크리스마스이브에 정희와 나, 그리고 이제는 우리 곁을 떠나버린 경숙이까지, 그날 우리는 술에 취해 불콰해진 얼굴로 시비 걸 상대를 찾고 있는 거지들이 언제나 득시글거리는 영등포역을 벗어나 세상에 태어나 처음으로 빨간 비로드가 깔려 있는 3호선 지하철을 타고 가서 녹아내린 눈마저도 투명하게 빛나고 있는 경복궁을 보았었다. 고적한 고궁의 뜰을 가득 메우던 경숙의 웃음소리와 난생처음 본 외국인을 향해 "하이!" 하고 영어 한마디 외치고는 도망치던 정희의 발그레한 뺨과 정희의 사진기를 뺏어 들고 외국인에게 걸어가서 사진을 찍어달라는 말을 영어로 하고 와서는 그럴 수 없이 우쭐해하던 내 얼굴과, 우리들의 열네 살 위로 떨어져내리던 그날의 그 청명하던 겨울의 눈송이들을 향해 펑펑, 플래시를 터트리던 사진기로 나는 정희의 살점 없는 몸뚱이를 찍어대고 있었다. 우리가 깃들어 살고 있는 이 골목이 영3동에서 영등포동으로, 그리고 이제는 장텃길로 행정상의 이름을 수차례 바꾸는 동안, 거기 깊숙이 아로새겨진 상처들을.

"시방 요거시 뭔 지랄이다냐?"

차씨 아줌마는 방으로 들어서기도 전에 역정부터 냈다. 내 손에 들려 있는 사진기를 뺏어 바닥에 내동댕이쳤다. 차씨 아줌마는 내 말은 들어보지도 않고 같이 온 여자를 정희의 머리맡으로 불러들였다. 야메로 영양 주사를 놔주는 여자가 정희 팔에 링거를 꽂아주고 두 시간 뒤에 다시 오겠다는 말과 함께 떠나고 나서야 차씨 아줌마는 그나마 내 말을 듣는 시늉이라도 냈다.

위자료라도 한 푼 받으려면 사진을 찍어서 증거를 남겨야 된다고, 막말로 이런 새끼를 그냥 두냐고, 내가 다시 사진기를 들고 와서 불그죽죽한 멍이 꽃밭을 이루고 있는 정희의 몸에 들이대자 차씨 아줌마의 콧구멍에서 더운 김이 뿜어져나오기 시작했다. 아줌마의 콧구멍에서 새어나오는 콧김 소리가 어찌나 크고 강렬하던지 좁은 방구석이 다 들썩거리는 듯했다. 나는 얼른 사진기를 도로 내려놨다.

"그리야, 지선이 니는 인자 천만 원짜리 장롱을 들여놓더니 완전히 딴 세상 사람 다 되어부렸구만잉? 그라믄 니는 인자 가라. 정희야! 우리 아그야! 자라. 한숨 푹 자라. 이거 한 병 다 맞고 나믄 암시랑토 안 해. 한숨 자고 다 잊어뿌려."

"아줌마, 그래도 이혼 수속은 해야 되지 않아요? 그 집에 안 들어간다고 어디 그놈이랑 남남이 되나?"

"그런디 지선이 니는 시방 자꾸 와 그라는디? 으째서 딴 나라 말만 자꾸 해쌓는디? 남자랑 여자랑 즈그덜끼리 한집에서 살믄서 좋아 지내믄 그거시 부부고, 마음 떠나면 그 길로 그거시 남남이제. 참말로 또 머시가 필요하다고 그래쌓냐? 나는 니가 뭔 소리 헌가 하나도 모르겠응게."

"돈은?"

정희가 물었다.

"돈? 뭔 돈? 돈이 그거시 뭔데 그랴? 무담시 맬갭시 그런 소릴 다 허냐. 아서라, 아서."

"그래도…… 그 돈 다 갚으려면 큰일이잖아?"

"이년이, 시상에 멍충이 같은 년이, 안적도 말귀를 못 알아쳐먹네그랴. 몸땡이가 최고지. 그깟 돈 몇 푼 땜에 그라믄 니는 그놈한테 또 갈라그랬냐? 그랑께 니는 어미가 딸년 송장 치는 꼴까지 봐야 좋겠냐? 워디, 엄마가 옛날 일 하나 지껄여볼까이잉? 옛날에 너 아직 태어나기도 전에, 원라는 니 위로 언니나 오빠가 하나는 더 있었어라. 니도 알제? 엄마한테 어미가 있나, 아비가 있나. 그래도 니는 엄마라도 있제. 나한테는 엄마도 없었지라. 전라도 순천인가 거기서 내가 깜빡 미쳤었잖어. 좋다고 할 때는 언제고 애 섰다고 하니께 그 고냑시러운 놈이 나만 냅두고 튀었단 마시. 그놈 미워서 배 속에 든 걸 그만 지웠구만. 그래야, 전라도 순천이 맞구마잉. 애 지우러 갔는디 거기 산부인과 의사가 묻데. 영양 주사를 맞겠습니까, 안 맞겠습니까. 보통으로 맞겠습니까, 오천 원더 비싼 걸로 맞겠습니까. 근디 주머니에 딱 오천 원 더 있었단 마시. 그래라, 내가 그랬제. 오천 원 더 비싼 걸로 놔주쇼이잉. 가물가물 정신이돌아오는디 젤 먼저 눈에 들어온 기, 그게 뭔지 아냐? 저 링거병이란 마시. 저거시 한 방울씩 똑똑 떨어져서 내 몸땡이로 쏙쏙 기어들어 와쌓는디, 잘했다! 참말로 잘했다! 오천 원 더 비싼 걸로 맞기를 참말로 잘했다! 그 생각이 퍼뜩 들더라 이거지. 돈이, 돈이 그거시 뭔데? 이거나 한 잔 쭉 마시고 한잠 자뿌려. 그라믄 다 잊어뿌랴. 암시랑토 안 해."

차씨 아줌마가, 아줌마가 발명한 자칭 '정력차' 한 대접을 정희한테 내밀었다.

"그려 인자는 목구녕이 선허고잉, 설움이 싹 가뿌리지야?"

차씨 아줌마가 내민 그 '정력차'가 무슨 특효약이라도 되는지 그걸 한 대접 들이켜자마자 "엄마! 나 링거, 이거 비싼 걸로 한 병 더 맞을 래" 하고 빈 대접을 엄마한테 건네주는 정희의 어조는 내가 이 방에 들 어섰을 때와는 천양지차였다. 정희는, 처음 집 뛰쳐나간 지 일주일 만 에 기어 들어와서는 차씨 아줌마가 머리맡에 놓아준 카스테라 빵을 우 걱우걱 입안에 밀어 넣으며 "야, 씨발, 그래도 집이 최고다!" 하던, 그 때의 정희로 돌아와 있었다.

"아줌마, 나도 그거 한 사발 줘봐요."

"워매! 워매! 이 썩을 것이, 니는 왜? 니는 뭐했다구? 하기사 겨우 이틀 넘겨놓고 고새를 못 참아서 여관엘 들락거릴라믄 그랑께 니도 저 머시냐, 정력깨나 있어야 한께. 자, 니도 한 사발 쭉쭉 마시고 싸게싸게 가서 힘 좀 쓰거라이잉."

차씨 아줌마는 열아홉에 애 지우고 마취에서 깨어나 다시 살아보자 고 이를 악물었던 곳이 전라도 순천의 어느 산부인과였다고, 그래서 거기 전라도 순천이 그날부터 내 고향이 되어버렸다고 악착같이 전라 도 사투리를 배우더니 이제는 진짜 전라도 순천 사람이 되어버린 여자 였다. 고향도 내 사정 되는 대로, 나 마음먹은 대로 틀어쥘 겁나게 무서 운 아줌마, 차씨 아줌마가 발명했다는 그 '정력차'가 그게 특효약은 특효약이었는지 그걸 한 대접 오지게 마시고 났더니 정희네 집을 나오기가 무섭게 온몸이 후끈 달아오르기 시작했다.

장텃길로 들어서는 신호등 앞에 서서 나는 오줌 마려운 개처럼 끙끙거렸다. 한시가 급했다. 차씨 아줌마 말마따나 즈그덜끼리 좋으면 그만이지, 남자랑 여자랑 만나 한집에서 사는데 다른 무엇이 더 필요할 수는 없었다. 땀에 절어 후줄근해진 이 껍데기들을 벗어 던지고 영철과 진짜로 한번 맨살을 비벼보지 않고서는 결혼식이고 나발이고 아무 소용이 없을 듯했다. 신호등의 빨간불이 아직 깜빡거리고 있는 사이에 나는 벌써 우리 엄마가 밥장사하고 있는 골목, 정희네 엄마가 커피 구루마를 끌고 다니는 골목, 누구누구 할 것 없이 주렁주렁 매달린 새끼들에게 발목 잡힌 채 "죽여라! 죽여라!" 소리를 입에 달고 사는 어머니들이 드글드글 북새통을 이루며 살고 있는 저 장텃길 안쪽으로 내달리고 있었다.

내가 장텃길 맨 끝자락에 붙어 있는 금성장 여관으로 들어가 방문을 열어젖혔을 때, 제일 먼저 나를 맞아들인 건 영철의 그, 시큼한 땀 냄새였다. 영철은 쓰러진 병에서 맥주가 흘러나오거나 말거나 엉덩이로 오징어 몸통을 깔고 누워서 참 곤하게도 자고 있었다. 영철의 발에서 땀과 맥주로 범벅이 되어 있는 양말을 벗겨 내고 발가락 끝에 코를 한번 대봤더니 누가 시장 놈 아니랄까봐 발꼬랑내가, 그게 또 겁나게 지독했다.

내가 영철의 허리 위로 기어올라가, 니 말대로 니 엉덩이가 이게 정말 화투 치다 지져먹은 엉덩인지, 어디 내 눈으로 그걸 직접 한번 봐야겠다고, 애초부터 헐겁게 채워져 있던 영철의 허리띠를 푸는 동안에도 전신주에 매달아놓은 금성장 여관의 네온 간판은 창밖의 장텃길을 온통 붉게 물들이고 있었다.

까라마조프가(家)의 딸들

1

"언니! 내가 어른이 아니어서 할 수 없는 게 뭐야?"

"언니? 야, 나 따라해봐. 선생님!"

"선생님? 웬 선생님! 자꾸 이러면 나 과외 때려치운다? 내가 이거 안 하면 언니가 아쉬워, 내가 아쉬워? 세상에 널린 게 과외 선생인데."

나로 말할 것 같으면, 할 말을 잃었다. 고작해야 중학교 2학년짜리한테 이런 식으로 호되게 당할 줄이야! 내가 하이힐 신고 립스틱 바르고 장텃길 뭇 사내들의 흠모의 시선을 받으며 대학교 다닐 때 겨우 쭈쭈바나 빨고 돌아다니던 동네 꼬마 계집애한테 오늘날에 이르러서는 이런 수모를 당하다니…… 과외고 선생이고 그 자리에서 당장 때려치우고 싶은 마음이 굴뚝같았다. 그러나……

"야! 너, 내가 그렇게 좋아? 그럼 그냥 언니라고 불러."

이것이 현미의 당돌한, 아니 쾌씸한 행동에 대한 나의 대답이었다. 요 쪼그만 여중생 계집애 말대로 이 애가 과외를 때려치우면 아쉬운 사람은 어디까지나 돈이 궁한 나이지 현미가 아니다. 더럽고 아니꼽지만 우선은 돈이다. 게다가 그날은 이 맹랑한 계집애의 과외 선생 노릇을 하루도 아니고, 이틀도 아니고 한 달씩이나 거의 도를 닦는 심정으로 버텨내고서 드디어 한 달 치 수업료를 받기로 한 날이었던 것이다.

누구 말대로 열흘 운 년이 보름은 못 울겠는가!

풀라는 연습 문제는 한 줄도 풀지 못한 주제에 그래도 입은 살아서 현미는 또 뭐라고 말도 안 되는 헛소리를 지껄이고 싶어 했다.

"어려서 못하는 게 대체 뭐냐니까?"

시계를 올려다보니 이제 삼십이 분만 버티면 끝이었다. 그래, 끝이다. 그날 저녁, 나는 이 수업을 마지막으로 현미와의 관계를 깨끗이, 아주 말끔히 끝내기로 마음먹었다. 이 한 달도 나에게는 천 년만큼이나 길고 지루한 시간이었다. 끔찍하기까지 했다. 도대체가 말을 들어 처먹지 않는 중학생을, 그것도 까질 대로 까진 여자애를 상대로 소리 한 번 지르지 않고 한 달을 버텨냈다는 사실만으로도 나는 나 자신이 정말이지 대단하게 느껴졌다. 어차피 현미와 나에게 남은 삼십여 분의 시간이라는 것은 현미의 학습 능력을 고려하건대, 내가 현미의 머릿속에 영어 단어 하나, 투(to)부정사의 명사적 용법 한 줄조차도 제대로 이해시키기에는 턱없이 짧은 시간이었다.

나는 펼쳐놓고 있던 영어책을 아예 덮어버렸다.

"야! 너, 소주 마실 수 있어?"

"소주? 지금 장난해? 담배도 피우는데."

현미가 말했다. 현미는 마치 "너 곱하기 할 줄 알아?" 했더니, "나눗셈도 할 줄 아는데 곱하기가 뭐야?"라고 따지듯 이 말을 했다. 현미의 말에 나는 초장부터 기가 꽉 죽었다.

"그래? 그럼 너……키, 키……그건 못 해봤지?"

"키, 키, 그게 뭔데? 키스? 지금 그거 물어본 거야? 언니, 청학동에서 살다 왔냐? 요즘 우리 또래 남자애들, 한 반에 90프로는 벌써 초등학교 6학년 때 자위행위를 시작한다구. 그게 무슨 뜻이겠냐?"

"그럼 그거……너, 너도 하니?"

이 말을 하면서도 나는 낯이 뜨거워 차마 현미의 얼굴을 똑바로 쳐다볼 수가 없었다.

"내가 뭐 초등학생이야, 아직도 그딴 거나 하고 있게."

현미는 의기양양한 얼굴로 내 눈을 빤히 들여다봤다. 나는 뭐라고 입을 열까 하다가 그만두었다. 그럼 이제 중학교 2학년씩이나 된 너는 요샌 뭘 하느냐고, 나는 차마 묻지 않기로 했다.

"언니! 과외비, 그거 엄마한테 가서 달라고 해!"

대문을 열고 나오는데 등 뒤에다 대고 현미가 소리쳤다. 나는 꺼내기조차 힘들었던 돈 얘기마저도 아무렇지 않게 건네는 현미의 그, 경쾌한 목소리를 들으면서, 어쩌면, 아니 확실히, 어른이 아니어서 할 수없는 일은 현미 같은 여자아이에게는 있을 수도 없다고 나는 생각했다. 그 순간 어쩐지 나는 내가 몹시 한심스러웠다.

과외비를 받기 위해 장텃길 대로변에 있는 현미네 엄마, 0번 아줌마네 가게에 가서도 이 느낌은 좀처럼 가시지 않았다.

"야, 지선이 너는 왜 그렇게 부리나케 결혼을 했냐? 학교도 졸업 안하고. 모르는 넘들이 보면 속도위반이라고 손가락질하게 됐지. 졸업하고, 취직하고, 니 엄마한테 돈도 좀 벌어다주고, 그러고 나서 결혼을 해도 열 번, 백 번은 했겠다. 지 엄마가 지 키우느라고 돈 들인 건 생각도 않고 이만큼 키워놓으니까 위매, 좋다, 얼씨구나, 이렇게 후딱 남의 집에 가버리냐? 너 같은 것들 때문에 딸년은 다 도둑년이란 소리가 나오는 거여."

금씨 아줌마는 0번에서 한창 수다를 떨고 있었는데, 내가 나타나자 시비조였다.

"깨가 쏟아지냐?"

금씨 아줌마가 내 옆구리를 푹푹 찔렀다.

"그딴 건 말해서 뭐해."

알 듯 모를 듯한 미소가 번져 있는 얼굴로 0번 아줌마는 내 얼굴에 한 번, 가슴에 한 번, 무심코 벌리고 있던 다리 사이로 한 번, 눈길을 주었다. 나는 벌리고 있던 다리를 얼른 하나로 모았다.

"모르긴 몰라도 영철이가 정력 하나는 끝내줄 거야. 술을 많이 먹어서 그거 하나 흠이지, 걸어 다닐 때 보면 허벅지도 그게 그냥 전봇대만한 게 힘을 써도 무식허게 쓰게 생겼잖아. 볼따구니에 시커멓게 난 구레나룻은 또 어떻구? 지선이 이년이 학교 다니다 말고 환장해서 시집을 가버리게도 생겼지. 금복주는 그래, 애 얼굴에 핀 꽃을 보면 몰러? 척하면 척이지."

0번 아줌마는 남의 남편 허벅지는 또 언제 그렇게 유심히 들여다봤는지……

"꽃? 얼굴에 핀 꽃으로 치자면 지선이 애보다도 자기 얼굴에 핀 꽃이 더 활짝 폈는데? 그래, 뭔 일이여? 요즘 뭐 좋은 일 있어? 돈 버는 일이면 나한테도 좀 알려줘봐. 혼자만 재미 보지 말고."

금씨 아줌마는, 얼굴에 꽃이 필 일도, 재미나는 일도, 자기가 빠지면

36

세상 뒤집히는 줄 아는 일도, 무조건 돈 버는 일밖에 없는 일수꾼 여편네에 계꾼 오야다. 이 아줌마가 얼마나 돈을 좋아하고 얼마나 돈을 끔찍이 여기는 사람이냐 하면, 김씨 성(姓)을 금씨 성으로 바꿀 정도다. 이 아줌마 이름이 김복자라는 사실은 자기가 알고 시장 사람들이 알고 하늘이 아는데도 이 계꾼 오야는 곧 죽어도 자기는 금복자라고 우긴다. 장텃길 사람들 중에는 이 금복자를 금복주로 바꿔 부르며 놀려대는 이들도 있는데, 금씨 아줌마는 누가 자기를 김복자라고 부르면 쌍심지를 켜고 달려들어도, 금복주라고 놀려대면 그건 또 화를 내기는커녕 마냥 흐뭇해하는 사람이다. 그럴 때면 이 아줌마는 으레 "그려, 참말로 그렇게만 불러. 금두꺼비든 금복주든 아무튼지 요것만 매달고 다니면 돈이 붙는다니까. 이름까지 금복주로 바꾸면 또 알어? 금송아지가 굴러들어올지" 하고, 돈 붙으라는 뜻에서 항상 목에 매달고 다니는 금두꺼비 메달을 자랑스레 앞으로 내미는 것이다. 성을 금씨로 바꿔서라도 금덩이랑 가깝게 지내고 싶어 하는 사람이고 보면, 금씨 아줌마가 나만 만났다 하면 싫은 소리를 늘어놓는 것도 무리는 아니다. 나라는 년은 친정 엄마한테 돈 한 푼 안 벌이다주고 시집을 가비린 천하에 못된 년이니까.

"또, 또, 쓸데없는 소리 한다. 재미는 무슨…… 그나저나 이번에는 무슨 일이 있어도 나를 1번 태워줘야 돼. 우리 황씨, 이번 달 월급도 제대로 못 줬잖아."

어떻게 된 게 0번 아줌마는 말끝마다 우리 황씨, 우리 황씨다.

"우리 황씨가 워디 어떻게 됐다고? 거짓말도 좀 침이라도 발라가면서 해라. 내가 아까도 저그 로터리 23시에서 봤는데 돈 냄새만 펄펄 풍기고 있드만. 월급도 안 받았다는 놈이 그래 레스토랑서 똥폼 잡고 술 마시냐?"

"진짜? 우리 황씨만 혼자?"

"니네 황씨가 거기 왜 혼자 있냐? 보험 여자랑 둘이 요로코롬 딱 붙어 앉아서 너 한 잔, 나 한 잔, 맥주도 병맥주만 처먹고 있던데."

"진짜? 그걸 왜 인제 얘기해? 이 여자가 진짜 사람 잡을 여자라니까. 아니, 그래서 그년을 그냥 두고 왔어? 머리채라도 뽑아버려야지."

조금 전만 해도 얼굴에 꽃이 펴도 아주 크게 펴 있던 0번 아줌마가 똥 씹은 얼굴로 자리를 박차고 일어섰다. 그러더니 금씨 아줌마 얼굴에다 대고 삿대질을 하기 시작했다.

"이 여편네가 이기 갑자기 미쳤나? 그럼 거가 어디라고 내가 껴들어? 아니, 막말로 황씨가 내 남편이야, 니 남편이야? 남의 남자가 기집질을 하든 술을 처먹든 그게 나랑 뭔 상관이라고 내가 거기서 그년 머리를 뽑아!"

목소리 큰 걸로는 이 장텃길에서도 둘째가라면 서러운 사람이 바로 금씨 아줌마다. 금씨 아줌마가 아랫배에 힘을 잔뜩 집어넣고 "……그년 머리를 뽑아!" 하고, 소리를 쳤더니 0번 아줌마는 앞의 말은 뭉텅이로 잘라먹고 마지막 말만 새겨들었는지 옳다구나! 하며 그 길로 곧장 그년 머리를 뽑겠다고 로터리로 달려갔다.

"근데 저 여편네 왜 저러냐?"

금씨 아줌마가 물었다.

"머리를 뽑아버린다잖아요."

"지가 왜?"

"여기 주인이잖아요."

"그려? 근데 너는 여기 왜 왔냐?"

"과외비 받으러요."

"너 아직도 과외하냐?"

"네."

"세상에, 이런 멍충이를 봤나. 이렇게 돈 벌러 다닐 거면 뭐하러 시집갔냐? 학교 졸업하고, 취직하고, 엄마한테 돈도 좀 벌어다주고, 그러고 나서 시집을 가도 백 번, 천 번은 갔을 텐데. 근데 과외해서 번 돈은 니네 엄마 갖다주냐?"

나는 고개를 설레설레 저었다.

"에라, 이년아!"

눈앞에 별이 뻔쩍! 어쩌 그냥 넘어간다 했더니, 무진장 아팠다.

로터리로 달려간 0번 아줌마는 밤이 이슥하도록 오지 않고, 0번 아줌마한테 받을 돈이 있는지 금씨 아줌마는 가지도 않고 내 옆에 붙어 앉아, 하고 또 한 얘기를 또 하고, 또 하고 있었다.

"형한테 뜯겼우?"

형부가 묻고,

"그 인간이 그럴 힘이라도 있어?"

0번 아줌마가 대답했다.

대꾸하는 목소리가 앙칼지기도 하다. 아닌 게 아니라 0번 아줌마의 왼쪽 눈 밑으로 손톱자국이 굵직하게도 나 있다. 사실 형부가 뭐 0번 아줌마 얼굴을 유심히 들여다보려고 해서 본 건 아니다. 장텃길 대로변에 다닥다닥 붙어 있는 과일 중도매인들의 점포들은 하나같이 똑같은 아크릴 판에 똑같은 붉은 글씨로 0번이니 1번이니 가게 입구에 번호만 주우욱 달아놨지 내 가게 니 가게 구분 지어주는 벽도 하나 없다. 0번 아줌마네 가게는 형부네 가게와 맞바로 붙어 있기 때문에 말이 남의 가게고 내 가게지 실상은 한방에 금만 하나 달랑 그어놓고 저기는 니 가게, 요기는 내 가게 하는 판이다. 가게 구조가 이러니 안 보고, 안 들으려고 해도 옆집에서 뭘 시켜 먹는지, 곗돈은 언제 내는지, 누구와 또 무슨 일로 따귀를 올려붙였는가까지도 저절로 알게끔 되어 있는 것이다.

"우리 막내 년이 방바닥에 과자 봉지를 깔아놨잖아. 하마터면 허리 분지를 뻔했다니까."

0번 아줌마는 침도 안 바르고 거짓말도 참 잘했다. 지난밤에 머리를 사자 대가리처럼 해가지고 돌아와서는 내가 그년을 가만두지 않을 거라고 어금니를 득득 갈아대면서 멀쩡한 사과 궤짝을 발로 걷어찰 때, 그때 아줌마의 뺨에 길게 한 줄 가 있던 손톱자국을 내가 이 두 눈으로 똑똑히 봤는데도 말이다. 그 손톱의 임자는 보험 아줌마가 틀림없었다.

전날 밤, 금씨 아줌마의 그 얄쌍한 입이 화근이 되어 0번 아줌마는 보험 아줌마의 머리를 뽑아놓겠다고 로터리 23시로 쫓아갔고, 열한 시가 다 되어 가게로 돌아왔다. 가게를 비워놓고 그냥 가버릴 수도 없거니와 받아야 될 과외비를 받아야만 그날부로 현미의 과외 선생 노릇을 말끔히 청산할 수 있기 때문에 나는 가지도 못하고 0번 아줌마네 가게에서 꼼짝없이 수위 노릇을 하고 있었다.

0번 아줌마의 성난 발길질 아래 멀쩡하던 사과 궤짝이 하나, 씹다 뱉은 노가리마냥 너덜너덜해지고 있는 가운데, 별안간 가게 안으로 검은 그림자가 길게 드리워졌다.

"거기, 나 좀 봐요."

보험 아줌마의 목소리는 그녀가 가게 안에 길게 늘어뜨리고 있는 그림자만큼이나 음산했다. 누군가의 소행인지(보나마나 0번 아줌마가 뜯어놨겠지만), 보험 아줌마는 앞 단추 두 개가 뜯겨져나간 카디건 앞섶을 오른손으로 움켜쥐고 서서 서슬 푸른 눈으로 0번 아줌마의 뒤통수를 노려보다가 0번 아줌마가 고개를 홱, 돌리고 째려보니까 가슴을 삐죽 내밀며 앞으로 걸어나왔다. 가슴을 어찌나 내밀었는지 보험 아줌마보다 머리 하나는 더 작은 0번 아줌마 얼굴이 보험 아줌마의 가슴에 묻혀 보이지도 않을 지경이었다. 상대의 눈높이가 겨우 자기 가슴밖에는 미치지 못한다는 사실에 한껏 용기를 얻은 보험 아줌마, 의기양양, 선제 공격을 감행했다.

"아까는 내가 그 사람 앞이라 참고, 참고, 또 참았는데요, 생각해보니까 내가 참고 있을 이유가 없더라구요. 내가 뭐 그 사람이랑 바람을 피운 것도 아니고 보험료 받을 게 있어서 만났다가, 어쩌다 맥주 한잔 같이 마신 걸 가지고 다른 사람도 아니고 아줌마가 나한테 화를 낸다는 게 이치에 맞지 않잖아요. 그리고 설령 내가 그 사람이랑 바람이 났다고 쳐요. 아니, 아니지. 바람은 웬 바람? 내가 누군데? 아줌마 눈에는 내가 보험이나 하나 팔아먹으려고 이놈, 저놈한테 눈웃음이나 치고 다니는 걸로 보이나본데, 그래도 내가 왕년에는 오늘은 뭐 맛있는 거 없나, 좋은 옷 입고 좋은 차 타고, 들로 산으로 맛난 거나 먹으러 다니던 사모님이었다구요. 내가 어디 바람피울 놈이 없어서 그런 시장 놈팽이랑? 바람은커녕 손목도 한번 어림없지. 사람을 뭘로 보고 이런 취급이야? 설령 내가 그 사람이랑 바람을 피웠다고 해도 그렇지 아줌마가 나한테 이럴 수가 있어요?"

0번 아줌마는 한마디의 대꾸도, 삿대질도 없었다. 눈앞에서 부풀었다 작아졌다, 오르락내리락하는 보험 아줌마의 가슴만 뚫어져라 쳐다볼 뿐, 이렇다 할 반격을 하지 않았다.

"나, 그냥 못 가요. 사과해요."

"……"

"그 사람 마누라가 쫓아와서 그랬으면 또 혹시 몰라. 마누라니까, 설령 내 머리를 뽑아냈다고 해도 그냥 넘어가겠지만 아줌마는 뭐야? 아줌마가 그 사람 마누라야, 누나야?"

보험 아줌마는 0번 아줌마한테 주먹 대신 가슴을 들이밀었는데 그게 결정적인 실수였다.

"그래, 이년아! 내가 그놈 어미다, 어미!"

이제껏 결정적인 기회만을 노리고 있던 0번 아줌마, 보험 아줌마가 눈에다 가슴을 들이밀자 기회는 이때다, 보험 아줌마 가슴을 물어뜯었다. 엉겁결에 당한 일이라 보험 아줌마는 미처 손 한번 쓸 수 없었고, "꺅!"도 아니고 "꽥!"도 아니고 "으으으응!" 울음을 울 뿐, 악착같이 가슴에 달라붙어 있는 0번 아줌마를 밀어내지도 못했다.

보험 아줌마는 두 손으로 양 가슴을 움켜쥐고 달아났다. 0번 아줌마는 손톱에 긁힌 자국이 자꾸만 따끔거리는지 왼쪽 뺨을 쉴 새 없이 실룩거렸는데 그러면서도 도망가는 보험 아줌마의 잘록한 허리와 위로 봉긋 솟아 있는 엉덩이에서 눈을 떼지 않았다. 다음번에는 어디에다 이빨 자국을 내줄지, 0번 아줌마는 아마도, 그때 이미 결정을 다 해놓고 있었는지도 모른다.

"황씨 아저씨는 어디, 배달 갔어요?"

전날 못 받은 과외비를 받기 위해 나는 은근슬쩍 옆 가게로 들어가 0번 아줌마 옆에 앉았다.

"나오지도 않았어."

내가 황씨 얘기를 꺼내기가 무섭게 0번 아줌마는 수화기를 집어 들었고, 0번 아줌마가 황씨네 집으로 전화를 걸어 '우리 황씨'를 찾는 동안 나는, 푼수 없이, 건드리지 말아야 할 곳을 건드린 죄로 그날도 받아야 될 과외비를 받지 못한 채, 과외비를 받지 못했기 때문에, 과외비를 받기 위해서라도, 어쩔 수 없이 또 현미에게로, 그 맹랑한 계집애의 과외 선생 노릇을 하러 가야 했다.

나는 대문을 열다가, 현미 아버지는 대문 왼쪽 옆에 붙어 있는 변소에서 나오다가 낭패를 봤다. 집 안쪽으로 열리게 되어 있는 대문과 바깥쪽으로 열리게 되어 있는 변소 문이 그만 동시에 부딪치면서 나는 대문에, 현미 아버지는 변소 문에 이마를 찧고 말았다. 나이 어린 내가 화끈거리는 이마를 손바닥으로 비벼대면서도 잊지 않고 인사를 건네는데 현미 아버지란 사람은 크게 다치지는 않았느냐고, 나의 안위를 걱정하기는커녕 뒤 한번 돌아다보는 법 없이 집 안으로 들어가버렸다. 바지춤에 손을 집어넣어 엉덩이를 북북 긁어대면서 초저녁부터 선하품이나 하고 있는 품이 영락없는 백수건달이었다. 어떻게 간신히 발가락은 밀어 넣었는지, 딸아이 뾰족구두를 찍찍 끌며 걸어가는 그 뒷모습에서 가장으로서의 위신이란 것은 터럭 한 올만큼도 느껴지지가 않았다.

현미 아버지라는 위인은, 하는 일이라고는 기껏해야 밤새워 노름이나 하다가, 어울려봤자 마냥 그놈이 그놈인 시장 노름판에서 재수가 좋아 얼마라도 딴 놈이 있으면 그놈 딴 돈을 뜯어먹겠다고 거머리처럼 달라붙어 막걸리 몇 잔 공으로 얻어먹고는 그까짓 걸 가지고 무슨 큰 일이라도 해낸 것처럼 마음이 뿌듯해가지고 돌아와서 초저녁부터 방 닦아라, 이불 깔아라, 베개 내놔라, 딸들에게 소리나 지르다 자빠져 자기나 하는 사람이었다. 마누라는 길거리에 쪼그리고 앉아 밤낮도 없이, 죽을 둥 살 둥, 혼자서 살아보겠다고 난린데, 저는 제 배 속에 술 몇 잔 들어가 있으면 그걸로 인생이 그저 즐겁기만 한 이 위인이 내 눈에는 한심하다 못해 밉기까지 했다.

"현미야! 냉수 한 사발 떠 와!"

팔자가 늘어진 사람이 하나, 안방에 들어앉아 물까지 떠다 바치라고 성화를 부리고 있었다.

"무슨 장한 일을 하고 왔다구……"

냉수 뜨러 간다고 일어서긴 일어섰는데…… 엎어지면 코 닿을 곳에 있는 부엌까지, 현미는 참 굼뜨게도 걸어갔다. 부엌으로 들어가서도 냉수를 뜨는 건지, 북어를 잡는지, 부엌에서 들려오는 우당탕 쾅쾅 소리는 앉아서 듣고 있기 민망할 정도로 험악했다.

그러고 보면, 0번 아줌마가 가게에서 부리는 일개 종업원인 황씨를 "우리 황씨, 우리 황씨" 하며 애지중지하게 된 그 마음도 충분히 이해가 되고 남았다.

"무리하지는 말구."

"일, 이, 삼, 사, 오, 육, 칠, 팔, 구, 십!"

황씨는 오른 손가락 다섯 개를 들어 일부터 십까지, 거뜬히 세어 보였다. 시장 개 삼 년에 수지도를 꼽아 보인다지만, 이제 겨우 일 년 차 아랫거리(종업원)의 손가락치고는 제법 대견스러웠다. 시장 짬밥이라고 해봐야 몇 그릇 먹지도 않은 황씨가 과연 물건을 입찰해 올 것인지, 입찰 다이 위에 떡 버티고 서 있는 경매사 얼굴이나 제대로 올려다볼 수 있을지, 좋은 구경임에는 틀림없다는 생각이 들었다. 나는 황씨를 쫓아 공판장으로 올라갔다.

공판장 앞 808번 앞으로 사과 상자들이 남정네들 키만큼 쌓여 있고, 그 주변으로 중도매인들이 떼거지로 몰려 있었다. 공판장 안으로 물건을 옮기지 않고 쌓아놓은 곳에서 그대로 경매를 하는 걸로 봐서 이번 아오리는 특별히(?) 이동식으로 경매를 하는 모양이었다(아오리는 사과다. 사과니까 당연히 고정식 경매를 하는 것이 원칙이지만 아마도 노조에 무슨 바쁜 사정이 있었나보다).

경매는 고정식 경매와 이동식 경매로 나뉜다. 고정식 경매란 건 중도매인들이 전부 경매대에 올라가고 진열대를 통과하는 견본품을 내려다보면서 하는 경매다. 주로 사과나 배, 단감 같은, 상품성이 오래 지속되고 이동을 해도 크게 상하지 않는 과일을 이 방법으로 경매한다. 이동식 경매란 건, 물건은 한곳에 고정시켜놓고 중도매인들과 경매사가 물건 사이사이로 이동을 해가면서 경매를 하는 방법이다. 주로 딸기나 홍시, 포도 같은, 상하기 쉬운 과일을 이동식으로 경매한다.

황씨는 네 줄로 쌓여 있는 사과 상자 맨 뒷줄에 서 있었다. 원래 맨 뒷줄은 당진상회 할아버지 전용이다. 당진상회 할아버지는 입찰 종이 울리면 제일 먼저 손 가리개를 가지고 판장으로 올라가고 또 제일 늦게 내려오는 사람이다. 그렇지만 이 할아버지가 물건을 입찰해 오는 경우는 거의 드물다. 당진상회도 엄연히 번호가 있는 공판장 소속의 가게이기는 하지만 당진상회가 과연 몇 번인지, 이 가게 번호를 아는 사람은 많지 않다. 당연히 나도 모른다. 당진상회 할아버지는 가게에 번호도 달아놓지 않은 데다 물건도 거의 사지 않는다. 시장이 제일 바쁜 여름에도 참외 한두 짝, 수박 스무 개 들여다놓고 장사하는 형편이니 중도매인이라기보다는 소매상에 더 가깝다.

"손가락이나 놓을 줄 알아?"

모처럼 뒷줄 동지를 만나 사기가 오른 당진상회 할아버지, 황씨의 어깨를 다독거려주는 폼이 그래도 꽤 선임자답다.

"좀 비켜."

"니는 와 나 먹을 거만 쫓아다니므 처먹을라카냐?"

"뭐가 이래? 죄다 사비잖어!"

"만득이? 형, 이하주 이거 농사 잘 짓는 놈이야?"

"몰러. 농사야 개 좆으로 지었든 싸게만 사면 장땡이여."

"가락동은 어제 5다이가 팔만 원꺼정 나왔댜."

"냅둬. 거그는 죄다 돈 많은 사람들만 사는 데니께."

"아, 이 썹새. 너 입에다 걸레 물고 있었냐? 씨발, 입 좀 치워라. 숨 막혀 뒤지겠다."

사람들 사이로 비집고 들어가느라, 사과 상자 뚜껑 여느라, 상자에 얼굴 들이밀고 사과 쳐다보느라, 사과알 집어 들고 요리조리 훑어보느라, 중도매인들이 몰려 있는 사과 상자 앞은 아수라장이 따로 없었다. 여기서 밀치고, 저기서 끌어당기고, 몇 번인가 짐짝처럼 밀려 다니고 발등 몇 번 밟히고 나더니 황씨는 아예 뒤로 멀찍이 물러나버렸다. 처음부터 끝까지 요지부동, 뒷줄을 지키고 있던 당진상회 할아버지 옆으로 가서 손 가리개에 오른손을 넣었다 뺐다 하다가 나중에는 그나마도 무료해졌는지 손 가리개에 붙어 있는 찍찍이만 괜히 떼었다 붙였다 하고 있었다.

"영천의 이복순이 거 아오리 50개들이가 열 박스!"

호창수가 호창을 시작했다. 호창은 하차반 박씨가 했다. 호창수가 뭐 별건가? 경매사가 호창하기 전에 어디에 사는 누구누구 거, 무슨 품목, 몇 개들이가 얼마나 들어왔는지 한번 먼저 읊어주는 것뿐이지 하고, 호창수를 우습게 생각하는 사람들도 있을지 모르겠다. 그러나 천만의 말씀. 호창수가 이게 또 아무나, 저 하고 싶다고 막 하는 게 아니다. 하차반 생활에 어느 정도 이골이 난 선임자들 중에서도, 그 직급이 반장 이상은 되어야 하고, 예닐곱 명 되는 반장들 중에서도 목소리 듣기 좋고, 눈알 팽팽 돌아가고, 무엇보다도 머리 회전이 빠르게 돌아간다고 자타가 공히 인정하는 사람만이 할 수 있는 직책이다. 하차반 반장들 중에서도 위의 조건들을 두루 갖췄다고 해서 뽑힌 서너 명의 반장들만이 번갈아 호창수를 맡는다.

"아—! 영천의이복순이거아오리50개들이가열박스!"

경매사가 호창수의 호창을 되받아 다시 한 번 호창을 하고, 사과 상자 뒤에 서 있는 중도매인들은 손 가리개에 손을 집어넣고 팔목 위의 찍찍이를 단단히 조인다.

"아—, 삼만! 아—, 삼만천! 아—, 삼만이천, 삼천! 오천팔천구천! 사만!"

경매사가 4다이를 삼만부터 시작하자마자 역시나 702번이 제일 먼저 손가락을 놓기 시작했다. 702번은 마트를 한 군데도 아니고 네 곳이나 잡고 있는 가게다. 단가는 몰라도, 양으로는 아마도 이곳 공판장에서 702번 따라잡을 가게가 없을 거다. 경매를 시작하기도 전에 열을 올리더니 역시나 초장부터 702번의 손가락이 제일 눈에 띄게 바빴다.

"안 놔? 사만 없어? 삼만구천에 702번!"

입찰 다이 위에 선 경매사가 입찰 다이를 발로 한 번, 쿵쿵 밟았다. 낙찰됐다는 뜻이다. 이 경매사는 물건 낙찰됐다는 걸, 꼭 이렇게 발로 표현한다. 낙찰됐다는 표시뿐 아니라 호창하는 법도 경매사마다 다 다르다. 이 경매사는 "아—, 삼만!" 하고 호창을 하는가 하면, 어떤 경매사는 "자, 또 삼만!" 하고, 또 어떤 경매사는 "깍꿍깍꿍깍꿍깍꿍, 삼만!" 하기도 한다. 모르긴 몰라도, 다 저 하기 편한 대로, 입에 붙은 대로 하면 그걸로 장땡인 듯싶다. "아!" 하는 경매사한테 익숙해 있는데 어느 날 갑자기 "깍꿍!" 하는 경매사가 오면 처음 한두 번은 어리둥절하기도 하지만 중도매인들은 새로 온 경매사의 낯선 호창에 또 금세 익숙해진다.

"영천의 이복순이 거 아오리 80개들이가 삼십 박스!"

"아—! 이복순이거아오리80개들이가삼십박스! 아—, 칠천! 아—, 팔천! 아—, 구천! 아—, 씨이발! 손가락 안 놔?"

"사비가 꼈어."

48

"그래, 사비가 좀 꼈어. 에잇! 그래 너, 다 먹고 떨어져라. 구천에 301번!"

사비는, 역시나 301번이 몰아가고 있었다. 나는 도매 장사꾼을 크게 세 부류로 나누는데 301번은 내 기준으로는 세 번째 부류에 속하는 장사꾼이다. 첫 번째는 우리 형부같이, 값은 얼마가 되었든지 물건이 좋아야 장사한다는 부류고, 두 번째 부류는 702번같이, 좋지도 않고 나쁘지도 않은 아리까리한 물건만 주로 취급하는 장사꾼이고, 마지막은 무조건 싼 거, 물건이 얼마나 거지 같든 그저 싸기만 하면 널름 사가는 부류다.

그러면 여기서 잠깐, 돌발 퀴즈 하나 풀어보자.

이들 도매 장사꾼들 중에서 단골손님이 가장 많은 부류는 몇 번째인가?

정답은, 셋 다.

동네에서 조그맣게 하는 식품 가게라면 모르지만 도매 장사는 물건 좋다고 무조건 단골 많은 건 아니다. 좋은 물건만 갖다 파는 소매상들은 자연히 좋은 물건 파는 도매상한테 찾아오고, 나이트클럽이나 룸살롱, 단란주점, 호프집 등등의 영업집은 값이 너무 비싸도 안 돼, 과일이 너무 안 좋아도 안 돼, 고로, 당연히 아리까리한 물건을 주로 취급하는 도매상한테로 봉고차 몰고 오게 되어 있고, 구루마 장사꾼들 사이에서는 전설이요, 신화가 되어 있는, 그 이름도 유명한 '장텃길 트리오' 할아버지들처럼 일 년 열두 달, 참외든 사과든, 품목과 시세에 상관없이 한 짝에 삼천 원 넘어가는 물건은 목에 칼이 들어와도 절대로 사지 않는 구루마꾼들은 여름이고 겨울이고 할 것 없이 301번처럼 싼 것만 파는 가게 앞에 구루마 받쳐놓게 되어 있는 것이다.

이왕 문제 낸 거 하나만 더 풀어보자.

그럼, 단골손님이 제일 없는 가게는?

정답은, 어제는 좋은 거, 오늘은 아리까리한 거, 내일은 나쁘고 싼 거, 마구잡이로 갖다 파는 가게다. 이런 식으로 장사하는 가게, 내가 몇 번 봤는데 단골이 형성되기는커녕, 가게 문 연 지 몇 달 못 되어 문 닫았다.

경매 시작된 지 이십 분도 안 지나 702번이 아오리 백 짝 넘게 사고, 301번이 나쁜 거, 사비 낀 거 죄다 몰아가고, 이놈도, 저놈도 최하 몇 십 짝씩은 다들 샀다.

황씨는 어떤 걸, 몇 짝이나 샀나?

"선별진열은 정확히! 경매호가는 분명히!"

"철저한 선별출하가 제값 받는 비결이다!"

"애써 가꾼 우리 농산물 정성껏 팔아주자!"

황씨의 눈은 한창 경매가 진행되고 있는 사과 박스가 아니라 공판장 안 여기저기 나붙어 있는 플래카드를 좇고 있었다.

아침 아홉 시에 808번 앞에서 시작했던 입찰 경매는 공판장 중앙을 거쳐 이제는 공판장 제일 안쪽, 하역반들의 구루마 옆으로 길게 다섯 줄 쌓아놓은 사과 상자 쪽으로 옮겨가고 있었다. 마지막 사과였다.

"상주의 이명랑이 거 아오리 50개들이가 스무 개!"

"아―, 이명랑이거아오리50개들이가스무개! 아― 삼만! 아― 삼만! 삼만오천! 칠천팔천, 구천! 삼만구천에 802번!"

"상주의 이명랑이 거 아오리 60개들이가 열 개!"

"아―, 이명랑이거아오리60개들이가열개! 아― 삼만, 아― 삼만이천에 702번!"

"상주의 이명랑이 거 아오리 70개들이가 서른 개!"

"아―, 이명랑이거아오리70개들이가서른개! 아―양만, 아―양만 오천에 407번!

"상주의 이명랑이 거 아오리 80개들이가 스무 개!"

"아 ―, 이명랑이거아오리80개들이가서른개! 아 ―, 양만! 양만 없어? 대대에 0번!"

"뭐유? 지가 맞아유? 진짜지유? 지 주는 거 맞쥬?"

당진상회 할아버지가 사과 상자 앞으로 걸어 나오자 덩달아 쫓아나와서 손 한 번 들었던 황씨, 뜬금없는 0번 소리에 놀라 사과 상자 위로 급히 뛰어올라가고, 니가 샀다, 니가 맞다, 여기저기서 웃음소리 왁자한 가운데 하역반이 달려들어 황씨를 끌어내리고, 경매사는 또 급히 발을 쿵쿵, 구르기 시작했다.

"아―! 일만삼천 원에 도리!"

"상주의 이명랑이 거 아오리 100개들이가 열두 개!"

"아―, 이명랑이 거! 구천! 칠천! 도리!"

공판장 안에 "도리! 도리!"가 두 번 연거푸 울려퍼지는 것을 끝으로 입찰은 막을 내리고, 경매 보조는 중도매인들에게 낙찰서를 돌리기 시작했다.

"저기유, 지는 왜 세 장이쥬? 아까 0번, 틀림없이 한 번만 불렀는디 왜 세 장이나 되쥬?"

황씨는 낙찰서 세 장을 들고 경매 보조한테 쫓아갔다.

"도리잖어."

"도리가 뭐래유?"

"7다이 산 놈한테 8다이도 준다는 소리잖어."

"그류? 근디 왜 9다이도 지를 줬대유?"

"그것도 도리였잖어. 8다이 산 놈한테 9다이도 준다는 소리지. 야! 근데 너, 아까 7다이 그거, 만팔천 원짜리를 왜 이만이천 원이나 주고 샀냐?"

"그래유? 대대가 이만 이천 원이였유? 그딴 건, 지 모르구유, 어쨌든 지 이거 다 지가 산 게 맞쥬? 나중에 딴소리해도 지는 몰라유. 지는 이거 틀림없이 세 장 받았으니까, 이거 다 우리 거예유. 내 목에 칼이 들어와도 지는 인제 이거 못 내놔유."

"그래, 그거 너 다 가져라, 다 가져."

경매 보조가 낙찰서를 되돌려주기가 바쁘게 황씨는 하역반의 구루마로 달려갔다. 하역반들이 쫓아와 우리가 실어다줄 테니 내려가 있으라고 뜯어말리는데도 황씨는 사과 상자 52개를 전부 다, 혼자서, 구루마에 옮겨 실었다. 혼자 끙끙거리는 모습이 너무 안돼서 내가 좀 거들어주려고 다가갔더니, "뭐유?" 하고, 눈을 부릅뜨는데, 손 가리개의 찍찍이나 붙였다 떼었다 하던 방금 전의 그 황씨하고는 완전히 다른 사람이 되어 있었다.

3

늦봄에 시작했던 현미의 과외 선생 노릇을 나는 날이 쌀쌀해지도록 그만두지 못했다. 0번 아줌마는 줘야 할 과외비를 열흘도 넘겼다가 보름도 넘겼다가 자기 맘 내키는 대로, 생각날 때 주기 일쑤였고 나는 나대로, 오늘 주려나, 내일 주려나, 과외도 과외지만 과외비를 받기 위해 현미네 집으로 꼬박꼬박 과외를 하러 다녔다. 게다가 열흘이나 보름을 훌쩍 넘기고 나서 과외비를 받고 나면, 어차피 반이나 했는데 아예 한 달을 채워서 과외비를 받고 말자는 생각을 하게 됐다. 그런저런 이유로, 나는 반년이 넘도록 현미네 집과 0번 아줌마네 가게를 내 집처럼 드나들었고 0번 아줌마네 집안일에 한해서만은 장텃길 수사관, 은지네보다도 더 많이, 더 소상히 알게 되었던 것이다.

추석이 지나고 황씨의 월급이 또 한 차례 인상되었다. 사람들이 아는 바와는 달리 이번의 월급 인상은 2차였다는 거다. 돈이라면 부모 형제도 없는 0번 아줌마가 황씨의 월급을, 그것도 그쪽의 요구가 있기 전에 자진해서 맨 처음 인상해준 것은 늦봄에 보험 아줌마와 한바탕 혈전을 치르고 난 직후였다.

0번 아줌마가 보험 아줌마의 탐스러운 가슴에 이빨 자국을 낸 그날부터 얼추 한 달이 다 되어가도록 황씨는 시장에 모습을 드러내지 않았다. 황씨의 잠적의 배후에는 보험 아줌마가 도사리고 있었다. 보험 아줌마로 말할 것 같으면, 장텃길이 아니라 서울 어디에다 내놓아도 그 수완을 따를 자가 없는 사람이다. 작년 연말에는 보험왕을 차지하기도 했다고 하니, 보험 아줌마의 구변과 사람을 구워삶는 재주야 따로 입 아프게 논할 것이 없지 않겠는가. 보험 아줌마가 장텃길에 처음 그 모습을 나타낸 것은 사오 년 전이다. 보험 아줌마는 건양병원에서 공판장이 있는 곳까지, 대로변에 다닥다닥 붙어 있는 점포들마다 한군데도 빠지지 않고 들어가 이런저런 군소리 한마디 없이 껌 하나 건

네주고 나가버리고, 사탕 하나 건네주고 나가버리고, 그랬다. 필시 무
슨 용무가 있으니까 하루도 거르지 않고 나타나 껌이고 사탕을 건네주
는 것이련만 "아줌마! 뭐 팔러 오셨우?" 하고 누가 묻기라도 하면 이 낯
선 여자는 얼굴만 붉히고 눈만 끔뻑거리다 달아나버리니, 닳고 닳은
장사꾼들의 에누리 없는 계산 속에서도 이 낯선 여자의 서투름과 순박
함은 오히려 그 값이 월등하게 매겨졌던 것이다. 그리하여 장텃길로
진출한 지 사오 년 만에 이 낯선 여자는 명실 공히 장텃길 제1의 보험
아줌마가 되었고 장텃길에 사는 사람치고 이 아줌마한테 보험 한두 개
들지 않은 사람이 없었다.

사람들이 보기에는 보험 아줌마가 피해자고 0번 아줌마는 틀림없는
가해자였다. 0번 아줌마가 보험 아줌마한테 한 짓은 이치에도 맞지 않
았다. 어떻게들 알았는지, 보험 아줌마가 당한 일을 두고 사람들은 저
마다 보험 아줌마를 측은히 여기며 0번 아줌마만 눈에 띄면 눈살을 찌
푸리곤 했다.

"요즘 어디, 몸이라도 아퍼?"

"사는 게 그냥 뭐, 다 그렇죠."

보험 아줌마가 나타나 가녀린 손으로 사탕 하나 건네주고 나서 가슴
앞섶을 여미고 힘없이 뒤돌아서면 시장 남자들은 으레 보험 아줌마의
그 가냘픈 어깨와 0번 아줌마의 떡 벌어진 등짝을 번갈아 바라보다가
"에이, 우악스러운 여편네!" 하고, 0번 아줌마네 가게 쪽으로 누런 가래
침을 뱉곤 했다.

보험 아줌마를 가게 안쪽으로 불러들여 골목 다방에서 쌍화차까지
한 잔 시켜서 먹이고, 딸들 앞으로 암 보험 몇 개를 계약하고 거기다 일

일 적금까지 부어주기로 하고 나서야 0번 아줌마는 비로소 황씨의 얼굴을 다시 볼 수 있었다. 물론, 그 사건 이후 황씨는 월급뿐 아니라 그 지위 또한 월등히 높아졌다.

그러면 이번엔 또 무슨 일로, 황씨의 월급이 인상되었나?

이번 2차 인상의 내막에도 역시 요주의 인물이 한 사람 포진해 있었는데 그 인물이란 다름 아닌 0번 아줌마의 있으나 마나 한 남편, 현미 아버지다.

"황씨라도 올려보내야 안 해?"

새벽 입찰을 놓치고 이제 또 아침 아홉 시 입찰까지 놓치게 될 지경에 이르자, 몇 달 전 그날, 악바리 할매는 딸인 0번 아줌마보다도 더 애를 태우고 있었다. 영등포역전에서 구루마 장사를 하던 0번 아줌마와 그 남편이 어느 정도 돈을 벌어, 이곳 장텃길에다 번듯한 번호를 내걸고 제법 장사하는 시늉을 내기 시작하자 악바리 할매는 장텃길 귀퉁이에 깔아놨던 비닐 장판을 그길로 둘둘 말아버리고 대신 0번 아줌마네 살림을 도맡아 해주고 있었다.

"황씨가 손가락이나 놓을 줄 알어?"

0번 아줌마는 씨도 안 먹히는 소리라고 악바리 할매 말은 삐딱하게 받아치면서도, 사과 한 짝 없이 텅 빈 가게 입구에 쪼그리고 앉아 줄담배만 피워대고 있는 황씨를 눈여겨봤다.

"오늘만 날이여? 내일은? 그놈의 인간이 내일은 나온다냐? 혹시 모르니까 황씨라도 올려보내서 자꾸 시켜봐야 안 해?"

악바리 할매는 가게 귀퉁이에 처박혀 있던 손 가리개를 꺼내 오고, 0번 아줌마는 손 가리개를 한 번, 황씨의 두툼한 손을 한 번 쳐다보고, 황씨는 또 황씨대로 다 들리는데도 못 들은 척, 그러면서도 엉덩이를 들썩거리며 안절부절못하더니, "한번 해볼 테야?" 하고, 0번 아줌마가 손 가리개를 건네주자 "지가유, 한번 해볼께유!", 상기된 얼굴로 손 가리개를 움켜쥐었다. 황씨는 손 가리개를 장총이나 되듯이 옆구리에 끼고서 비장한 걸음걸이로 공판장을 향해 걸어갔다. 그 뒤를 쫓아가, 0번 아줌마는 황씨의 머리에 0번 번호가 나붙은 파란 모자를 씌워주었다. 제대로 잘 씌워졌는지, 챙이 너무 뒤로 돌아가지나 않았는지 황씨의 머리 위에 올라앉은 모자를 몇 번이고 매만져주는 0번 아줌마의 손끝은 그날따라 유독 살가워 보였고, 아줌마를 내려다보며 "잘하고 올께유." 앞가슴을 쭉 펴던 황씨는 처자식을 놔두고 지금 막 전쟁에 참전하러 가는 젊은 용사의 모습, 그대로였다.

"아따, 그림 좋네!"

"손 가리개가, 그거시 어디다 끼는 건지, 황씨 니가 알기는 아냐?"

"오늘 이거, 서당 개 일 년 만에 풍월을 읊는 개를 보는구만이잉!"

그날 아침, 머리 위로 소낙비처럼 쏟아지던 야유와 휘파람 소리에 놀라 둘은 얼굴을 붉히며, 황씨는 공판장으로, 0번 아줌마는 가게로 급히 뛰어갔다. 그러나 공판장으로 올라가는 황씨의 뒷모습을 돌아다보고, 돌아다보고 하던 0번 아줌마의 애정 어린 눈길과 사람들의 야유와 휘파람 한가운데 0번 아줌마를 놔둔 채 자기만 혼자 그 자리를 모면해 공판장으로 올라가며 못내 미안해하던 황씨의 애틋한 눈길은 그 둘이 마주 보고 서 있던 그 자리에 오래도록 머물러 있었다.

뜻밖에도 그날 황씨는 아오리 52상자를 구루마에 싣고 내려왔다. 황씨 뒤를 따라 내려온 하차반들이 아오리 상자들을 가게 안쪽으로 부렸다. 점포 정리라도 한 것처럼 썰렁하게 비어 있던 가게 안으로 사과 상자들이 하나씩 둘씩 날라져 들어오는 것을 볼 때 누군들 감동이 북받쳐오르지 않겠느냐마는, 술과 노름에 미쳐 이제는 입찰마저 하러 오지 않는 인간을 남편이라고, 그래도 믿고 의지해 살아가야 하는 0번 아줌마이고 보면, 그날 아침 그 52상자의 사과는 그녀의 암담한 현재에 내린 축복이었던 것이다.

"지가유, 그렇게 자꾸 쳐다보면 민망하잖어유."

충청도 사나이는 손 가리개로 얼굴을 가리고,

"참말이지 얄궂은 사람이여……"

흰자위로 붉은 기운이 뻗쳐 올라오자, 지글지글 파마머리, 나일론 몸뻬에 플라스틱 쓰레빠 꿰어 신은 시장 여편네, 0번 아줌마는 손등으로 얼른 눈물을 훔쳤다. 아오리 철이었고 시장엔 이제 바야흐로 방금 막 나무에서 따낸 아오리, 그 풋풋한 향이 시장 구석구석에 배어 있던 냉동 사과의 저, 오래 묵었다 내놓은 퀴퀴한 냄새를 몰아내고 있었다.

햇사과가, 그게 좋기는 좋은 거였다. 술만 들이부었다 하면, 노름판에서 돈 쪼끔 날렸다 하면 가게 안 나오기 일쑤고, 어쩌다 입찰하러 공판장에 올라가도 순 쭈끄렁 우거지에 날탱이만 사서 내려보내던 현미 아버지 대신 황씨가 입찰을 하게 되면서 0번은 몰라보게 달라졌다. 예전의 그 0번이 아니다. 남보다 몇천 원 더 비싸게 주고 물건 산다는 거, 그거 하나는 흠이었지만 황씨는 현미 아버지와는 스케일이 달라도 아주 크게 달랐다. 황씨는 값이 얼마가 되었든 무조건 좋은 걸로만 뽑아서 사 왔다. 현미 아버지가 입찰을 할 때는 주로 영등포 일대 우거지 장사꾼들만 모여들던 가게에 이제는 화장 곱게 한 동네 슈퍼 아줌마들이 단골로 드나들게 되었고, 손님들의 변화에 발맞추어 0번 아줌마도 외모에 신경을 쓰기 시작했다.

이와는 대조적으로 현미 아버지는 나날이 추레해져갔다. 황씨가 입찰을 하게 되자 현미 아버지는 그날로 가게 일에서 완전히 손을 뗐고, 하루 24시간을 온전히 술과 노름에 가져다 바쳤다. 어쩌다 가게에 나와도 남의 가게에 놀러 온 사람처럼 가게 한쪽에 우두커니 앉아 있다가 우리 형부가 막걸리나 한잔 받아다주면 어제는 내가 얼마를 땄네, 누구 돈을 갈쿠리로 긁었네, 등등의 곧이들리지 않는 말을 한참 지껄이다가 0번 아줌마가 만 원짜리 몇 장 쥐어주면 그 길로 곧장 노름판으로 달려갔다. 0번 아줌마는 이제는 잔소리도 하지 않았다. 이삼만 원 뜯어가서 그걸로 오늘 하루도 그저 죽은 듯이 있어만 주면 그게 나를 도와주는 거라고, 0번 아줌마는 남편이 노름에라도 미쳐 가게에는 얼씬거리지 않는 것을 오히려 고마워했다. 술 처먹고 와서 진열해놓은 과일 죄다 뒤엎고, 돈 잃은 화풀이로 마누라 두들겨 패기를 밥 먹듯이 일삼던 위인이었으니, 0번 아줌마 말대로 노름에라도 미쳐 난장판만 벌이지 않는다면야 이만 원이 되었든, 삼만 원이 되었든 그까짓 몇만 원이야 얼마든지 뜯겨줄 수 있었던 것이다.

그러던 어느 날이었다. 소문은 삼오식당의 막걸리 사발에서부터 옮겨졌다.

"안 주고는 못 배겨. 노름하는 놈들이 을매나 악착같은디?"

"천이 넘었다지?"

"천이 뭐여? 이천이라는데?"

"아녀. 두고 봐. 가게도 저거 금방 남의 손에 넘어갈 테니까."

현미 아버지와 한두 번 노름했던 경력이 있는 하차반들 사이에서, 지금 막 현미 아버지와 '섰다'를 땡기고 내려온 중매인의 입을 통해서, 장텃길 사람들이 삼오식당에 와서 퍼마신 막걸리병에 비례해서, 현미 아버지와 그의 노름빚에 대한 소문은 꼬리를 물고 퍼져나가기 시작했다.

현미네 안방에서 들려오던, 물 떠 와라, 재떨이 비워라 등등의 팔자 늘어진 고함 소리가 사라진 건 이런저런 소문이 시장에 나돈 지 한 달이 채 못 되어서였다.

"아, 그거? 위장 이혼이야."

현미의 말에 따르면 아버지의 노름빚은 이천오백만 원이 넘었고, 그 일로 집안엔 한바탕 회오리바람이 불어닥쳤지만 가게 명의를 엄마 앞으로 돌리고, 아버지가 위장 이혼에 동의해서 이혼 서류에 도장을 찍는 것으로 모든 일이 좋게 마무리가 되었다는 거였다. 일에 완전을 기하기 위해 현미네 식구들은 아버지에게 어딘가에 숨어 있을 것을 권유했다. 가족들의 권유에 따라 아버지는 '당분간' 집을 떠나 있게 되었다. 그뿐이다. 물론 문패까지 엄마 이름으로 바꿔 달긴 했어도 그것도 어디까지나 위장일 뿐이지 엄마가 진짜로 이 집의 소유주가 된 건 아니다. 그것이 현미가 밝힌, 아버지가 집을 떠나게 된 사건의 전모였다.

그러나 시장에 아오리가 들어올 무렵 잠적한 현미 아버지는 추석 명절이 지나고 시장에 귤이 들어올 때까지도 돌아오지 않았다. 그리하여 이제 황씨는 0번 가게에서는 종업원이자 입찰을 해주는 동업자로, 0번 아줌마에게는 남편을 대신하는 든든한 버팀목으로, 현미를 비롯한 그집 세 딸들에게는 아버지를 대신해 자기네 생활을 꾸려가주는 고마운 오빠로, 악바리 할매에게는 팔자가 사나워 등이 휘도록 소처럼 일만

하고 멍 가실 날 없이 허구한 날 매만 맞고 살던 딸의 얼굴에 웃음꽃이 피게 해준 은인으로 대접받게 되었다.

"자네 무너지면 우리는 다 끝장이여. 이 사람, 우리 복덩이! 요것도 한 점 먹어봐."

현미 아버지가 자취를 감추고 난 뒤로, 악바리 할매는 밥이 배달되어 오면 황씨 옆에 붙어 앉아 가시 발라서 황씨 숟가락에 생선 살점 얹어주기 바빴고, "한 숟갈만 더 먹어, 응?" 0번 아줌마는 자기 밥공기의 밥까지 떠서 황씨 입에 넣어주느라고 황씨가 밥을 다 먹고 트림까지 하고 나서야 그제야 자기도 밥을 먹기 시작했다.

4

"야! 현미야! 엄마 말 알아들었냐고?"

"알았다니까!"

안에 무슨 귀한 게 들었는지, 현미는 빨간 보자기로 겹겹이 둘러싼 걸 가슴에 안아 들고 대문을 빠져나갔다.

"쟤, 어디 가요?"

"넌, 알 거 없고. 방에나 들어가 있어."

0번 아줌마도 현미 뒤를 따라 밖으로 뛰어나갔다. 나는 집주인 말대로 했다.

"어유, 그 인간!"

"그 인간? 그 인간 누구?"

"우리 집에 그 인간이 그 인간 말고 또 있어?"

"그러니까 그 인간이 누구냐고."

"누구긴 누구야, 우리 아빠지!"

현미의 입에서 터져나온, "우리 아빠!"라는 말, 실로 오랜만에 들어보는 소리였다. 거의 일 년 만이었다.

'뭔가 있는 게 틀림없구나!'

나는 좀 더 캐물었지만 다른 때와는 달리 현미는 끝끝내 입을 열지 않았다.

그 뒤로 나는 자주 문제의 그 빨간 보자기를 목격하곤 했다. 현미거나, 현미가 이 세상에서 가장 존경해 마지않는다는 그 집 둘째딸이거나, 심지어는 거의 얼굴을 볼 수 없는 그 집 큰딸까지도 빨간 보자기에 싼 묵직한 걸 옆구리에 끼고서 골목을 벗어나곤 했다.

요 근래, 장텃길 내에 자자하게 퍼진 소문이 사실인 듯도 싶었다. 소문에 따르면, 현미 아버지가 아주 딴사람이 되어서 돌아왔다는 거였다. 술 한잔 입에 대지도 않거니와 노름의 '노' 자만 들어도 불같이 화를 내고, 더더군다나 돈까지 벌어서 돌아왔다는 소문이었다. 다른 사람도 아니고 현미 아버지가? 그 놈팽이가 돈을 벌어? 처음엔 나도 믿지 못했다. 나뿐만 아니다. 장텃길 사람들 대부분 콧방귀도 안 뀌었다. 그런데 그게 그렇지가 않은 모양이었다.

"강원도고 경상도고 안 가본 데가 없댜."

"얼마나 모됐다는데?"

"삼천이래, 삼천!"

삼오식당으로 현미 아버지에 관한 정보를 물어가지고 오는 사람들은 주로, 평소에 현미 아버지와 '섰다'를 땡기곤 했던 노름꾼들이었다. 현미 아버지가 집을 나가서 뭘 했느냐 하면, 중고 트럭을 하나 구해가지고 여기저기 숯 장사를 다녔다는 거다. 술도 끊고, 노름도 안 하고, 집에 돌아오기 위하여, 오로지 금의환향하겠다는 일념으로 악착같이 돈만 모아서 드디어 일 년 만에 영등포 땅을 다시 밟은 것이다. 노름꾼들은 이 대목에서 막걸리 사발을 위로 번쩍 들어, "건배!"를 외치곤 했다. 노름으로 인생 망친 놈이 재기했다는 소문을 듣고 가장 기뻐해 마지않았던 이들도 바로 이 노름꾼들이었다. 장텃길 노름꾼들은 가는 곳마다 현미 아버지 얘기를 떠들어댔는데, 실상은, "자, 봐라. 우리도 정신 차리고 한번 살아보면 현미 아버지보다 못할쏘냐. 노름꾼이라고 사람 우습게 보지들 말어." 바로, 이 말을 하고 싶었던 거다.

어쨌든지 소문은 삽시간에 퍼져나갔고, 0번 아줌마의 하루는 그 어느 때보다도 바빠졌다. 그 얘기하기 전에 우선, 이 일 년 사이에 확 달라져버린 0번 아줌마의 하루부터 알고 넘어가자. 현미 아버지가 가게에 나와 입찰을 할 땐, 새벽 세 시가 조금 안 돼서 부부가 모두 시장에 나왔었다. 비지땀 흘려가며 장사하다가 다른 도매꾼들이나 매한가지로 정오가 조금 못 되어 가게 문을 닫고 들어갔었다. 현미 아버지가 집을 나가고(쫓겨나고) 황씨가 입찰을 하면서부터는 0번 아줌마는 아침 장이 거의 끝날 무렵 시장에 나오더니 나중에는 아예 도매꾼들이 모두 들어가고 난 뒤에야 가게로 나왔다. 그러면 0번 아줌마는 그 시간에 나와서 혼자 뭐 하나? 0번 아줌마는 장텃길에서 최초로 소매 장사를 시작했다. 여기 과일 가게들은 전부 도매를 전문으로 하는 곳들뿐이어서 짝으로만 팔지, 사과 천 원어치, 파인애플 한 개, 이렇게 소매 장사를 하지는 않았다. 0번 아줌마는 장사꾼들이 모두 들어가고 나면, 자기네 가게를 비롯해 좌우로 길게 옆 가게에까지 과일들을 벌여놓고 팔기 시작한다. 황씨는 밤 여덟 시가 지나 먼저 퇴근하고, 0번 아줌마 혼자 자정이 다 되도록 가게를 지킨다. 황씨는 도매를, 0번 아줌마는 소매를 전담하게 된 거였다. 0번 아줌마가 소매 장사까지 시작하게 된 이유에 대해서는 별의별 말이 다 많지만, 여기서는 일단 생략하기로 하자.

이 일 년 사이에, 0번 아줌마는 새벽일하던 사람에서 밤일하는 사람이 됐는데, 현미 아버지가 삼천만 원을 벌어 왔다는 소문이 시장에 나돌게 되면서부터는 아침부터 밤까지 불철주야로 바쁘게 뛰어다니고 있었다. 요사이 0번 아줌마는 아침 여덟 시면 시장에 나온다. 야채 가게에서 이것저것 반찬거리를 산다. 다시 집으로 간다. 낮에 나와 황씨랑 가게 앞에 소매로 팔 물건들을 진열한다. 황씨만 저녁을 시켜주고 자기는 후다닥 집으로 뛰어들어온다. 이때가 주로 저녁 여섯 시 무렵이고, 내가 현미네서 과외 선생 노릇을 하는 시간이다. 부엌으로 달려 들어가 아침 내내 만들어두었던 밑반찬이니 찌갯거리를 찬합에 넣은 다음, 빨간 보자기로 싸서 들고 나온다. "현미야!"를 목이 터지게 외친 다음, 현미가 입을 내밀고 나오면, "누구 남헌테 가? 다, 니 아부지여, 니 아부지." 가기 싫다는 현미한테 억지로 빨간 보자기에 싼 찬합을 들려서 대문 밖으로 내보낸다. 현미가 나가고 나면 목욕탕으로 쓰는 광으로 들어가 샤워를 하고 나온다. 안방으로 들어가 입술뿐 아니라 눈에 바른 아이섀도까지, 화장을 아예 새로 하고 나온다. 사실, 화장 얘기가 나왔으니 말인데, 0번 아줌마, 요 일 년 사이에 아주 딴 여자가 돼버렸다. 독자들은 기억하고 있으리라. 일 년 전, 시장에 아오리가 출하될 무렵 황씨가 사서 내려보낸 52상자의 아오리를 앞에 놓고, 지글지글 파마머리, 나일론 몸뻬에 플라스틱 쓰레빠 꿰어 신고서, "참말이지, 얄궂은 사람이여……" 손등으로 얼른 눈물을 훔치던 0번 아줌마의 모습을. 그때의 0번 아줌마는 순박하다 못해 촌스럽기가 이루 말할 수 없었으며, 성(性)이라는 것마저 생활에 잡혀 먹은, 여성이라기보다는 그저 한 명의 막일꾼에 다름 아니었다. 요새는 그거 다 옛말이 됐다. 장텃길 예쁜이로 소문난 구멍가게, 영석이 엄마랑 그 미모를 다툴 정도다. 물론, 영석이 엄마가 타고난 천연 미인이라면 0번 아줌마야 올인원으로 조이고 당기고, 최첨단 패션과 두꺼운 화장으로 가까스로 만들어낸 인공 미인이지만 말이다. 그래도 영석이 엄마한테는 없는 코디가 0번 아줌마한테는 셋씩이나 있다. 0번 아줌마가 몸뻬를 벗어 던지자 아줌마네 딸들은 앞다퉈 청바지를 사다 날랐다. 바짓단에 레이스 붙은 청바지, 허벅지에 큐빅 박힌 청바지 등등. 0번 아줌마는 플라스틱 쓰레빠도 쓰레기통에 던져 넣었다. 딸들이 사 온 12센티 통굽 구두를 신고 다닌다. 머리도 부시맨 머리 벗은 지 오래다. 매직 스트레이트로 쫙쫙 편 다음에 노란색으로 염색하고 거기다 오렌지색으로 브릿지도 몇 가닥 했다. 0번 아줌마는 화장품도 최고로 비싼 것만 쓰는 모양이다. 0번에 와서 죽치고 앉아 있는 화장품 여자들도 한두 명이 아니다. 월요일에는 화진 화장품, 수요일에는 리리코스, 목요일에는 생그린, 아예 요일을 정해두고 화장품 여자들이 들락거린다.

사설이 너무 길었다. 몸단장이 끝나면 0번 아줌마는 다시 가게로 뛰어가 장사를 하다가 황씨가 퇴근하면 곧장 로터리 쪽으로 뛰어간다. 거기에는 노름꾼들이 얘기한 바로 그 '꽃장' 여관이 있다. 현미 아버지는 아직 꽃장여관에 머물고 있었다.

"물건 좀 잘 사!"

"워칙이 말을 그렇게 한담유? 사람 서운허게. 지는 한다고 했는데유, 인저는 지도 모르겠유."

현미 아버지의 트럭이 꽃장여관 앞에 버티고 서 있는 동안, 황씨와 0번 아줌마는 자주 다퉜다. 이유야 늘 뻔했다. 황씨가 남들은 엄두도 못 내는 비싼 물건만 골라서 사 왔기 때문이다. 내가 보기에도 황씨가 입찰해 오는 물건은 이 영등포 바닥에서는 소화해내기가 힘들 만큼 비싸고 좋은 것들뿐이었다. 값이 너무 비싸서 작자가 나서지 않는 그 물건들은 하루 이틀이 지나면 썩기 시작하고, 또 하루가 지나면 여지없이 바구니에 담겨 나왔다. 0번 아줌마는 자정까지 그 바구니 앞을 지키고 앉아 있는 것이다. 아줌마가 소매 장사까지 시작하게 된 이유도 내가 보기엔 뻔했다. 남 말하기 좋아하는 사람들 말대로, 도매 소매 둘 다 해서 떼돈을 벌자는 게 아니라, 바구니치기라도 해서 밑진 걸 조금이라도 보충해보자는 뜻이었으리라.

"또 못 줘?"

그즈음엔, 계꾼 오야, 금씨 아줌마도 0번에 와서 자주 언성을 높였다.

"0번이 그년이, 자꾸 안 주잖아. 사람 성질나게 내일 와라, 내일 와라. 내일도 하루 이틀이지. 급하다고 해서 1번을 태워줬으면 돈이라도 꼬박꼬박 제 날짜에 내야지. 엉? 안 그래, 아줌마?"

금씨 아줌마는 0번 먼저 들렀다가 0번에서 곗돈을 못 받은 날이면, 일수 받으러 가는 가게마다 들어가 0번 아줌마 욕을 해댔다. 그러다, "세상에 그년이, 0번이 아주 무서운 년이여. 세상에, 내 돈을 떼먹었다니까. 그날 내가 분명히 지년 앞에서 돈을 셌다구. 정육점 들렀다가 거 그 손님이 많았어. 그래서 내가 0번에 가서 받은 돈을 셌지. 지년이 그 날도 곗돈이 없다는 거야. 돈 없다는 년이랑 뭐 더 할 말 있어? 돈만 세 고 얼른 일어났지. 집에 가서 보니까 십만 원짜리 수표가 한 장 없드라 구. 죽어도 지는 모른대. 내가 분명히 지년 앞에서만 그 돈을 셌는데. 다른 데서는 돈 꺼낸 적도 없거든. 떨어뜨려도 0번에 떨어졌지. 모른댜. 지는 곧 죽어도 수표는커녕 만 원짜리 한 장 못 봤대. 아니, 그럼 그 돈 이 발이 달려서 혼자 도망가? 그년이, 0번이 아주 사람 잡을 년이여."

금씨 아줌마의 입에서 무서운 년, 사람 잡을 년이라는 소리까지 나 오게 된 어느 날, 현미 아버지는 집으로 돌아왔다.

"현미야! 야! 물 좀 떠 와."

"으이구, 무슨 장한 일을 하고 왔다구……"

엎어지면 코 닿을 곳에 있는 부엌까지 현미는 역시 참 굼뜨게도 걸 어갔지만, 그래도 부엌에서 들려오는 소리만은 예전처럼 그렇게 민망 할 정도로 험악하지는 않았다.

5

"물이나 줘."

형부가 밥숟갈을 내려놨다. 조간신문을 말아 쥐고 가게 밖으로 나가 버렸다. 결혼 후, 딸린 식구도 없는 데다 혼자 밥 먹기 싫어서 아침마다 쪼르르 언니네 가게로 와서 공짜 밥을 얻어먹고 있는 나는 괜히 언니

눈치를 살펴야 했고, 언니는 옆 가게 0번 아줌마를 노려봤다.

"자네가 잘 타일러봐. 응? 아니지. 내가 친누나나 다름없으니까 이런 말도 하지. 참견이라고 생각하면 안 돼. 남이면 어림없어. 응? 아니, 아니래두. 내가 나서서 될 일이면 벌써 나섰지. 그년이 내 말을 들어? 그 불여시가. 동생도 자네 말은 듣겠지. 그년도 설마 자네 앞에서야 끽소리 못하겠지. 자네야 조강지처잖어. 암암. 소 잃고 외양간 고치면 안 되잖아. 그럼, 그럼. 남편 단속은 마누라가 해야지. 암만, 암만."

0번 아줌마는 전화통에다 아예 입을 비벼대고 있었다. 0번 아줌마는 장사는 뒷전이고 아침 댓바람부터 또 황씨네로 전화질이었다. 뭐 묻은 개가 뭐 묻은 개 나무란다고 0번 아줌마가 딱, 그 짝이었다. 형부가 밥 먹다 말고 밥숟갈 놓게도 생겼다. 두 눈 멀쩡하고 제정신 박힌 사람치고 0번 아줌마 하는 꼴을 잠자코 지켜보기란, 곤욕도 이런 곤욕이 없는 것이다.

저녁 어스름이면 0번에 나타나 저녁 먹는 쟁반머리에 붙어 앉아 깨작깨작 나물도 집어 먹고 황씨 밥을 몇 숟갈씩 덜어 먹기도 하더니, 결국 그 리리코스 화장품 외판원이랑 황씨랑 눈이 맞아버렸다. 리리코스는 방년 스물넷의 꽃다운 아가씨다. 어쩌다 0번에서 마주치면 리리코스는 나한테도 몇 번 샘플을 주기도 하고 그랬다. 리리코스는 같은 여자가 보기에도 군침이 도는 여자다. 여고 다닐 때 별명이 비비안 리였다는 제 말처럼, 리리코스의 허리는 남자가 한 팔로 둘러도 주먹 하나는 공간이 남을 정도이고, 허리가 그렇게 가늘다 보니 허리 밑에 바로 매달려 있는 엉덩이는 유달리 커 보인다. 발은 또 왜 이렇게 작은지, 번쩍 들어올려 손바닥 위에 올려놓고 한참을 들여다봐도 싫증 안 나게 생겼다. 리리코스가 처음 0번에 나타나 0번 아줌마를 꼬드겨서 삽시간에 80그램 한 통에 이십오만 원이나 하는 아이크림을 팔아넘길 때부터 나는 진작에 요년의 수완과 끼를 간파했었다. 0번 아줌마도 이번엔 진짜로 힘에 겨운 모양이었다. 벌써 몇 명의 여자가 황씨를 거쳐갔는지 모른다. 처음엔 보험 아줌마, 그다음엔 길 건너 골목다방의 최 양, 황씨가 입찰을 하면서부터 0번의 단골손님이 된 양평동 그린마트 여주인에, 그리고 또 오늘날의 리리코스까지.

"자네만 믿어, 응?"

0번 아줌마는 황씨의 아내에게 제발 남편 단속 좀 해달라고 전화통에 매달려 빌고 또 빌었다. 내막을 모르는 황씨의 아내야 제 남편 바람난 데까지 마음을 써주는 고마운 여주인으로 비칠지 모르겠으나, 우리가 보기에는 정말 웃기고 자빠지는 일이 아닐 수 없었다.

이제 수화기를 내려놓고 0번 아줌마는 땅이 꺼질 듯이 한숨을 내쉬었다. 우두커니 앉아 땅바닥만 내려다보는 모습이 어째 조금 처량하기도 했다. 같은 여자로서 연민도 느껴졌다. 도대체 왜 여자들이 저토록 황씨한테 연연하게 되는 걸까? 황씨의 외모? 그래, 얼굴색은 그래도 구릿빛이지. 허리멀 하나 없게 허여멀건 하지도 않고 그렇다고 꼬질꼬질 때 낀 것처럼 새카맣지도 않고 딱 보기 좋게 그을린 피부지. 그래, 피부는 그렇다고 치자. 그럼 키는? 키? 생각해보니 키도 크군. 못 돼도 1미터 78은 될 거다. 체격? 체격이라…… 여름에 수박 쌓을 때 보면 몸뚱아리 전체가 다 근육질이었던 것도 같다. 우지끈 튀어나와 있던 팔뚝의 알통이며 똥배 하나 없이 매끈하게 내려 뻗은 복부 근육, 그리고 압권은 그, 허벅지다. 황씨는 십 년도 넘게 산악회 활동을 하고 있

68

다고 했다. 주말마다 산을 다녀서 그런지 허벅지 근육이 장난 아니다. 밥 쟁반 앞에 앉을 때 보면 청바지가 찢어질 것 같다. 얼굴은…… 황씨의 얼굴은 귀염성이 있는 얼굴이다. 웃을 때는 얼굴에서 눈이 아예 사라져버리는데 그게 또 왠지 매력 있다. 그래서 그렇게 여자들한테 인기가 있나? 비단 외모뿐만은 아닐 것이다. 이곳, 영등포 시장 바닥의 닳고 닳은 장사꾼들에게서는 좀처럼 찾아보기 힘든, 어떤 알 수 없는 어눌함과 허술함이 황씨에게는 있다. 황씨는 언제 봐도 지금 막 사회에 첫발을 내디딘 사회 초년생 같은 사람이다. 나이는 벌써 서른아홉이나 먹었다는데도 황씨를 보면 물가에 내놓은 어린애를 보는 것처럼 괜히 염려가 되는 것이다. 여자들은 아마도 황씨의 이런 면에 끌리는 듯했다. 여자만이 갖고 있는 특유의 그, 모성 본능이라는 것이 황씨만 보면 봇물 터지듯 터져버리는 모양이다. 0번 아줌마같이 산전수전 다 겪은 여주인 밑에서 과연 월급이나 제대로 받아내고 있는지, 실컷 이용만 당하고 있는 거나 아닌지, 황씨를 거쳐간 여자들은 너나없이 황씨의 매니저 노릇을 자처하고 나섰다. 그러면 황씨는 매니저가 시키는 대로 타의 반 자의 반으로, 새 여자가 생길 때마다 으레 가게에 안 나왔다. 황씨가 가게에 안 나오면 틀림없이 그 뒤에는 여자가 있었다. 0번 아줌마는 몸이 달아서 그년이 누군지 알아내려고 장텃길 수다쟁이들의 뒤꽁무니를 쫓아다니고, 그러다가 결국은 황씨의 월급을 인상해주곤 했다. 그것은 황씨한테 여자가 한 명 달라붙을 때마다 치러지는 정해진 수순이었다. 이상한 건, 월급만 올려주면 그걸로 만사 끝이었다는 사실이다. 0번 아줌마가 월급을 인상해주면 신기하게도, 황씨는 군말 않고 여자를 정리했다. 새로 생긴 매니저의 말을 따라 0번 아줌마한테

반기를 들었던 것과 똑같이 황씨는 이번엔 또 0번 아줌마의 지휘 감독 하에 그 여자를 정리했다.

이번엔 특별 케이스인 듯했다. 며칠 전에는 황씨의 입에서 가게를 그만두겠다는 말까지 나왔었다. 황씨는 리리코스를 '내 여자'라고도 했다.

"누님이래두 안 돼유. 내 여자 눈에서 눈물 나오게 하면유, 그때는 진짜루 누님이고 뭐구 없어유."

황씨의 입에서 '내 여자'라는 말이 터져나왔을 때, 0번 아줌마의 눈 에는 진짜 크고 굵은 눈물이 맺혔다. 0번 아줌마는 자기 눈에 눈물이 맺힌 것도, 흘러내린 눈물에 짙게 칠한 마스카라가 번진 것도 몰랐다. 눈물에 씻겨 내린 자기 얼굴이 얼마나 늙고 초라하고 추레했는지, 0번 아줌마 자신은 전연 모르고 있었다.

정확히 20일 만에 황씨는 다시 나왔다. 사람들은 이제 놀라지도 않 았다. 황씨의 월급이 정말 파격적으로 인상되었어도 말이다. 황씨는 이제 0번의 일개 종업원이 아니다(물론, 벌써 오래전부터 그러했지만). 기 본급 이백오십만 원에 매상의 10퍼센트를 가져가게 되었다. 식대, 황 씨가 새벽에 타고 나오는 택시비, 비닐 봉투 및 그 밖의 잡다하게 지출 되는 경비는 일체 0번 아줌마 혼자만의 몫이고 황씨는 총매상의 10퍼 센트를 가져가기로 한 것이다.

이제 장텃길 남자들은 예전처럼 그렇게 황씨를 삼오식당으로 끌고 들어와 막걸리 한잔 사주면서, "그냥 자빠뜨려버려!"라거나, "야, 이 숙 맥아. 너, 여자가 왜 여잔 줄이나 알어? 여자는 말이지, 저 하늘의 공 주라도 일단 한번 살만 섞어버렸다 하믄 그담부턴 설설 기게 되어 있

70

어서 그거시 여자여!" 등등의 잘난 척을 하지 못하게 되었다. 자기들은 입으로만 내뱉을 줄 알았지 언감생심 꿈도 꿔보지 못했던 과업을 황씨는 진짜로 온몸 바쳐서 이루어냈으니까. 이제 장텃길 남자들은 0번 아줌마만 지나갔다 하면 그 등 뒤에서 "저 여자가 여장부는 여장부야, 잉?" "암만, 암만. 남자보다 훨 낫지. 안방에는 남편, 가게에는 종업원! 비 오고 궂은 날에는 늙은 놈이 다리 주물러줘, 햇빛 쨍쨍 내리쬐고 노곤노곤 졸음 쏟아져 내릴 때는 젊은 놈이 정신 반짝 나게 해줘." "그러게 말여. 요거조거 골라 먹는 재미는 또 어떨겨?" "부러운 인생이야! 한번 살아보고 싶은 인생이야!" 하고 담배 한 모금 피워 물었다가, 한숨 한번 내쉬다가, 생각해보니 이러다가는 자기네들도 큰일 나겠다 싶었는지 저마다 제 집으로 꽃밭에 물 주러 부랴부랴 뛰어가게 되었다.

리리코스를 물리친 뒤로 0번 아줌마는 소매 장사하는 시간을 자정에서 새벽 두 시로 연장했다. 0번 아줌마의 낯빛은 하루하루 나빠져갔다. 요새 얼굴이 왜 그 모양이냐고 물으면 0번 아줌마는, 간이 나쁘다고 말했다. 진짜 그런 건지, 잠도 안 자고 일하랴 남편에 정부까지 두 남자 거느리고 사느라고 그런 건지, 0번 아줌마는 누가 봐도 병자였다. 어느 날부터는 이상하게 여겨질 만큼 배도 불러오기 시작했다. 본인 말로는 간이 나빠서 복수가 찬다는 것이었다.

"아뉴. 절에 있유. 요양하러유."

현미 아버지가 집으로 돌아온 그해 겨울이 지나고 해가 바뀌어 장텃길에 딸기가 지천으로 깔릴 무렵, 0번 아줌마는 자취를 감췄다. 현미 아버지는 시장에 나오면 다시 노름에 손을 댈지도 모른다면서 여전히 숯 장사를 하러 다녔고 이제는 황씨만 혼자 0번을 꾸려나가고 있었다.

그 봄, 혼자서 가게를 꾸려나간 그 석 달 동안 황씨는 그 어느 때보다도 열심이었고, 노지 딸기가 들은 양은 다라이를 번쩍번쩍 들었다 놨다 하는 황씨의 얼굴은 그가 파는 딸기보다도 더 붉게 상기되어 있었다.

6

점포 입구마다 알전구가 내걸린다. 행인들은 귀가를 서두르고 겨울 밤의 시장 대로변에는 장사치들만이 남아 있다. 저기, 늙수그레한 여인이 하나 기침을 하며 걸어온다. 악바리 할매다.

악바리 할매는 아주 천천히 걷고 있다. 일부러 애써 시간을 끌고 있는 거다. 악바리 할매는 충청도상회 앞에서 멈춘다. 옆에서 걷고 있던 꼬맹이도 멈춰 선다. 악바리 할매도 겨울이면 시장 여자들이 애용하는, 안에 털을 댄 몸뻬 바지를 입고 있는데 몸뻬의 허리춤에 손을 집어넣고서 한참을 뒤적거린다. 꼬맹이의 입에서 몇 번이나 길게 하얀 입김이 새어나오고 나서야 악바리 할매는 겨우 담배 쌈지를 꺼낸다. 도라지 한 개비를 꺼내 문다. 꼬맹이는 서 있던 자리에 쪼그려 앉는다. 저 꼬맹이도 이제는 아는 거다. 시장 사람들이 악바리라고 부르는 자기 외할머니는 이 담배가 꺼지기 전에는 절대로, 이 자리에서 한 걸음도 움직이지 않을 거라는 사실을.

악바리 할매는 충청도상회에다 대고 첫 모금의 담배 연기를 길게 내뿜고, 꼬맹이는 땅바닥에 대고 퉤퉤퉤 연거푸 침을 뱉는다. 가게 앞 인도에 나와 있던 황씨의 아내는 이 두 사람의 등장에 가게 안으로 급히 몸을 감추고 대신 황씨가 뛰어나온다.

웅크리고 있던 꼬맹이가 일어선다. 꼬맹이는 충청도상회 입구에 서 있는 황씨의 얼굴을 물끄러미 바라보다 바지를 밑으로 끌어내린다. 밖으로 드러난 꼬맹이의 두 다리에는 좁쌀 같은 소름이 무수히 돋아나 있다. 바지를 끌어내린 꼬맹이는 좀 더 충청도상회 앞으로 바짝 다가가서 그 앞에 쪼그려 앉는다.

꼬맹이의 엉덩이 밑에서 오줌이 터져나온다.

오줌을 누면서 꼬맹이는 황씨의 얼굴을 빤히 올려다본다. 꼬맹이의 시선은 짓궂을 만큼 집요하다. 황씨는 황급히 충청도상회의 출입문을 닫아걸지만, 꼬맹이의 엉덩이 밑에서 피어올라온 김이 충청도상회의 유리문에 뿌옇게 얼룩을 남기고 있다.

나는 지금도 그날, 그 저녁의 현미의 눈물과 떨리던 목소리를 기억한다.

현미가 중학교 3학년이 되던 해 봄에 요양을 떠났던 0번 아줌마는, 시장에 수박이 지천으로 깔릴 무렵, 돌아왔다. 0번 아줌마는 건강해 보였다. 0번은 전처럼, 황씨는 도매 장사를, 아줌마는 소매 장사를 맡아 하기 시작했고 현미 아버지는 여전히 숯을 팔러 다녔다. 현미네 집으로 과외를 하러 가면, 가끔씩 안방에서 들려오는, 흐느껴 우는 소리 말고는 이렇다 할 변화도, 조짐도 나는 감지할 수가 없었다. 다만, 안방에서 들려오는 그 울음소리가 남자 특유의 저음이었다는 점, 이상하다면 고작 그 정도뿐이었다.

그날도 나는 저녁밥을 먹고 현미네 집으로 갔다. 그 집으로 나 있는 골목 안으로 내가 미처 들어서기도 전에 대문이 열렸다. 그 집 둘째딸이 맨발로 누군가의 머리채를 끌고 나왔다. 그 머리채의 임자는 다름 아닌 0번 아줌마, 그네들의 엄마였다.

"더런 년, 나와! ……뭐라고 용을 쓰는 거야! 내가 여기 둘 줄 알구……"

둘째딸은 마침내 제 엄마, 0번 아줌마를 집 밖으로 끌어냈고 0번 아줌마가 대문 앞에 사지를 뻗고 눕자 득달같이 안으로 달려 들어가서는 대문을 잠가버렸다.

"더런 년! 더런 년! 모두, 알았지? 저년한테 문 따주면 다들 내 손에 죽을 줄 알어! 어떤 인간이고 문 따주면 다 죽는다구!"

대문 안쪽에서 둘째딸의 고함 소리가, 아니 울부짖음이 들려왔다. 그것은 절규였다. 뒤이어 가슴을 쥐어뜯는 한숨 소리가 골목 안을 가득 메웠다. 0번 아줌마는 딸아이에게 끌려 나올 때는 발버둥 그 자체였다가 대문 앞에 버려질 때는 눈물이더니 이제는 한숨이 되어 있었다.

0번 아줌마는 누운 채로 굳게 잠긴 대문을 바라봤다. 자기가 당한 일을 도저히 못 믿겠다는 표정이었다. 0번 아줌마는 가까스로 대문까지 기어갔다. 손바닥으로 있는 힘껏 대문을 밀었다. 대문은 열리지 않았다. 0번 아줌마는 이번에는 주먹으로 두들겼다. 대문은 꿈쩍도 안 했다. 골목 안에는 쿵쿵쿵쿵, 대문 두들기는 소리가 요란하지만, 그러나 공허하게 울려퍼지고 있었다.

얼마의 시간이 흘렀을까. 0번 아줌마가 어금니를 악물고 일어섰다. 대문의 문고리를 쓰다듬으며 문패를 올려다봤다. 0번 아줌마의 눈동자에는 미처 다 헤아릴 수 없이 많은 말들이 스쳐 지나가고 있었다. 변명이었다가 후회였다가 증오였다가 그리고 체념……

0번 아줌마는 문패에 묻어 있는 먼지를 손바닥으로 훔치고 거기 새겨져 있는 이름을 바라봤다. 그 순간의 0번 아줌마의 표정은 그 언젠가 달아나던 보험 아줌마의 엉덩이를 노려볼 때의 그것과 닮아 있었다.

0번 아줌마가 문패를 떼어냈다. 딸들이 담 밖으로 집어 던진 가방에 문패를 쑤셔 넣었다. 그런 다음에는 옆에서 보는 사람이 다 시원할 만큼 아주 크게 팽, 하고 코를 풀었다. 손바닥을 활짝 펴더니 "아, 퉤! 아 아, 퉤!" 연거푸 침을 뱉었고, 침 묻은 손바닥으로 헝클어진 머리를 매만지기 시작했다.

딸들이 밖으로 집어 던진 옷가지들을 주워 가방에 쑤셔 넣고, 길바닥에 나뒹굴고 있던 통굽 구두를 발에 꿰고, 마지막으로 한 번 더 0번 아줌마는 그 집 대문을 노려봤다.

"쌍년들……"

아줌마의 입에서 나온 최후의 말이었다.

아줌마는 로터리 쪽으로 걸어갔다. 그쪽에는 로터리 조금 못 미쳐 영등포 일대의 거지들과 정신을 놓아버린 광녀(狂女)들이 모여드는 장터 공원이 있고, 거기서 더 걸어가 로터리로 들어서면 다른 어떤 동네의 퇴폐 업소들보다 더했으면 더했지 덜하지는 않은 유흥업소들이 모두 집결해 있는 영등포 중앙이 있고, 거기서 몇 걸음 더 걸어가면, 거지들과 가출 소녀들과 몸을 팔기 위해 오빠와 아저씨를 소리쳐 부르는 창녀들과 기차 시간에 대기 위해 서두르는 사람들이 뒤섞여 하루 24시간, 일 년 열두 달 북새통을 이루고 있는 영등포역이 있다.

나는 보지 말아야 할 것을 아니, 절대로 봐서는 안 될 그 무언가를 봐버렸다는 죄의식에 사로잡힌 채로 그 자리에 붙박여 서서, 0번 아줌마는 과연 로터리, 거기 어디쯤에서 서성이고 있을까, 생각했다. 그러나 아무리 생각해봐도 어딘가에서 서성이고 있을 0번 아줌마의 모습은 상상이 되지 않았다.

"언니. 내가 옛날에 언제, 언니한테 그랬지. 어른이 아니어서 할 수 없는 게 뭐냐고."

그날, 현미가 내게 물었다.

"그게 뭔지 언니 알아? 있지, 나 인제 그거 알아. 우리 작은언니가 그러는데 그건 말이야……"

현미는 말하다 말고 엎드려 울기 시작했다. 눈물을 흘리느라고 들썩거리는 현미의 어깨를, 그 어린 등을, 나는 투덕투덕 두드려주었다. 어쩌면 0번 아줌마도 어느 날 이렇게, 느닷없이 황씨 앞에서 눈물을 흘렸는지도 모른다고 나는 생각했다. 이곳에서 살면서 눈물 흘려야 되는 날이야 얼마나 수두룩한가! 거북이처럼 생활을 등에 지고 있는 여자가 하나 그 고달픔을 토로하고, 사내는 여자의 생활에 불어 터진 투박한 손을 어루만져주었는지도. 그 순간에 사내와 여자는 그저, 아주 잠깐 자연이었을 게다. 사랑도, 배반도, 불륜도 아니고, 슬픈 사람들끼리 서로의 쓰린 곳을 그저 한번 핥아주었을 뿐인 거라고. 살려달라고, 사람답게 한번 살아보고 싶다고, 허공에다 대고 팔을 휘젓는 사람의 손을 꽉 붙들어주는 거야, 가슴에 피가 흐르는 사람이라면 당연히 하게 되는 일이 아닌가. 0번 아줌마와 황씨의 처음은 분명 그러했으리라고, 나는 왠지 그렇게 믿고 싶었다.

할 수만 있다면, 아니 0번 아줌마를 위해서라도 나는 그렇게 좀 더 오래도록 현미가 울어주었으면 싶었다. 그러나 나의 이런 바람과는 상관없이 현미는 아주 짧게 울었고 돌연 고개를 들었다.

"언니, 나 담배 한 대만 피울게."

현미는 얼마 전까지는 겉담배밖에 못 피웠는데 이제는 속담배도 피울 줄 알게 됐다고, 앞니 사이로 한 줄로 길게, 진짜로 폼 나게 담배 연기를 내뿜을 줄도 알게 됐다면서 내게 담배 연기로 도넛도 두세 개 만들어줬다.

내가, 어른이 아니어서 할 수 없는 거, 그건 대체 뭐냐고 물었더니 현미는 눈물 자국마저 깨끗이 닦아낸 얼굴로 쾌활하게 대답했다.

"아, 그거? 우리 작은언니가 그러는데, 그건 생활이래."

현미는 담배 한 개비를 더 꺼내 물었다. 자기가 얼마나 그럴싸하게 담배를 피울 수 있는지를 내게 보여주고 싶어서 안달이었다. 나는 방금 전 어깨를 들썩이며 울던 현미와 이제 막 손가락 사이에 담배를 끼우고서 "폼 나?" 하고, 경쾌하게 묻는 현미를 바라보면서 문득, 다중 인격이란 단어를 떠올렸다. 다중 인격의 아이들은 살아남기 위해, 자기가 처한 환경 조건 안에서 어떻게든 살아남기 위해, 생존의 전략으로 자기 안에 여러 개의 인격을 만들어낸다는 사실을. 어쩌면 현미는 이 집에서 도망가지 않고 살아남기 위해, 어른이 될 때까지만이라도 어떻게든 여기 이 까라마조프가(家)에서 버텨내기 위해 지금 담배를 꼬나물고 있는 저를 또 하나 만들어낸 건지도 몰랐다.

"저 애가 그 애지?"

얼마 전부터 0번(이제는 708호가 되어버렸지만) 앞자리를 얻어 소매 장사를 시작한 김 여사가 내 옆에 와서 선다. 장텃길 사람이 된 지 얼마 되지 않은 김 여사까지도 황씨네, 충청도상회 앞에 쪼그려 앉아 있는 저 아이의 정체를 알고 있는 거다. 하긴, 삼 년 전 이 무렵에는 이곳의 토박이들도 그랬으니까.

"워칙이 애까지 낳았다?"

"0번이 그년이, 간땡이가 부어서 그렇지."

"저런다고 황씨가 붙어 있을까잉?"

"세상에 무서운 년! 0번이, 저년이 진짜로 무서운 년이여!"

정말 그랬다. 장텃길 사람들 말처럼 0번 아줌마는 세상에 무서운 년 이었다. 0번 아줌마가 장텃길로 돌아온 지 미처 열흘이 채 안 돼서 악 바리 할매는 등에 핏덩이를 업고 나오기 시작했다. 악바리 할매는 주로 아침 입찰이 끝나가는 시간에 아이를 업고 나왔다. 악바리 할매가 아이를 들쳐 업고 나오면 황씨는 기겁을 했고, 이웃 점포의 장사꾼들은 본인인 황씨보다도 더 민망해했다. 그 핏덩이는 누가 봐도 황씨의 아이였다. 웃으면 단춧구멍처럼 오그라드는 눈매며 뭉뚝한 콧부리에 얇은 입술까지, 아이의 얼굴은 황씨의 얼굴 그대로였다.

요양을 가 있었다는 그 3개월 동안 0번 아줌마는 실은, 황씨의 아이를 낳았다. 배가 불러오기 시작하자 더 이상은 숨길 수도 없겠다고 판단한 0번 아줌마는 32주가 채 안 된 아이를 제왕절개술로 꺼냈다. 아이가 인큐베이터에 들어가 있는 동안 0번 아줌마는 병원비를 대느라고 여기저기서 빚을 얻어 썼고, 황씨는 황씨대로 가게 돈을 빼돌렸다. 그 석 달 동안 황씨는 연거푸 마감을 하지 못했고(안 했고), 그때마다 0번 아줌마는 목동 금씨 아줌마한테 전화를 걸어 자기 계좌로 돈을 넣어달라고 부탁했다.

시장 사람들에게 그 아이가 황씨의 자식이라는 사실을 은연중에 밝힘으로써 0번 아줌마와 악바리 할매가 그것으로 무엇을 얻으려고 했는지, 그것만은 지금까지도 미스터리로 남아 있다. 산전수전 다 겪은 그 두 여자가 무슨 속셈으로 그랬는지는 모르지만, 결과는 엉뚱하게 풀려버렸다. 0번 아줌마가 요양에서 돌아온 바로 그 달에, 0번은 부도를 내고 말았다. 0번이, 저년이 인제는 서방이고 자식이고 눈에 뵈는 게 아무것도 없는 년이 되어버렸다고, 0번 아줌마를 미친년 취급하게 된 금씨 아줌마야 말할 것도 없거니와 누구 하나 돈을 꿔주지 않았던 거다.

부도 직전, 0번 아줌마는 최후의 수단으로 집 담보를 생각했던 모양이지만 그 집 딸들이 그걸 그냥 보고만 있을 리가 없었다. 0번 아줌마만이 자기 배로 낳은 자기 딸들을 너무 얕잡아 보고 있었다. 아버지가 노름빚을 졌을 때 아무 반대 없이 아버지를 집 밖으로 내몰았던 그 집 딸들은 어머니가 가게 종업원과 눈이 맞아 사생아를 낳고 빈털터리가 될 지경에까지 놓이자 주저 없이 어머니를 내쫓았다. 이번엔 서류를 정리할 필요조차도 없었다. 위장 이혼 당시 그대로, 서류상으로는 0번 아줌마는 벌써 일 년 전에 그 집 호적에서 정리된 사람이었으니까. 그 집에서 세 딸들은 무럭무럭 자랐다. 그 집 둘째딸은 얼마 전에 삼성에 다닌다는 총각한테 시집을 갔고, 현미는 올해 여상을 졸업한다. 졸업까지는 아직 두 달이나 남았지만 현미는 벌써 취직이 돼서 여기서 버스로 여섯 정거장 거리에 있는 새마을금고에 다니고 있다. 가끔 길에서 마주치면 현미는, "언니! 결막염에는 어떤 약이 좋대?" 하거나, "기침에는 모과 달인 게 좋다지?" 하고, 자기네의 생활을 책임지고 있는 제 아버지의 보신에 관한 것만 묻는다. 현미와 마주친 날이면 나는, "그래. 그래…… 그래, 그래……" 혼잣말을 중얼거리며 어쩐 일인지 현미의 말에 크게 동의라도 하듯이 자꾸만 고개를 끄덕거리게 된다. 별수 없이 나도 여기, 까라마조프가의 딸인 것이다.

세 번의 겨울이 지나갔고, 0번은 이제 장텃길 어디에도 없다.

0번이 있던 자리에는 708호가 들어섰고, 0번 아줌마가 자정이 넘도록 바구니 앞을 지키고 앉아 있던 그 자리에는 전직이 제비와 꽃뱀이었을 거라는 소문이 자자한 김 여사와 그 남편이 밤늦도록 손님들을 상대로 수작을 걸고 있다.

"병신 같은 년이 애는 왜 낳아? 저게 말이여, 어떻게 된 거냐 하면 말이지……"

어느새 김 여사 옆으로 쪼르르 달려온 독산동 아줌마, 황씨네 가게 앞에 쪼그리고 있는 0번 꼬맹이를 턱짓으로 가리키며 지나간 얘기를 자세히도 늘어놓는다. 독산동 아줌마는 얼마 전 병원에서 급성간경화 판정을 받았다. 삼오식당 배달부 일을 그만두고 요새는 301호 앞자리를 얻어 소매 장사를 하고 있는데 예전이나 지금이나 남 말하기 좋아하는 건 마찬가지다.

"정말? 세상에, 세상에!"

"그년만 등신이지. 황씨, 저 인간이 언제 저렇게 돈 벌었는 줄 알아? 충청도상회도 다 0번 돈으로 차린 가게야. 주인 여편네가 지 자식 낳는다고 가게 안 나오는 동안 그때 돈을 얼마나 빼돌렸는지 몰러. 차도 거 뭐시냐, 싼타펜가 뭔가 뽑았지, 0번 부도나자마자 지는 일산에다 슈퍼까지 냈었잖아. 그때 빼돌린 돈으로 오늘날, 저 충청도상회가 있는 거라니까."

"저 애는 황씨가 호적에나 올려줬대요?"

"호적? 자기는 눈깔도 없니? 지금도 지 새끼가 코앞에 와서 바들바들 떨고 앉았는데 문 닫아걸고 모른 척하는 인간이 호적은 웬 호적? 애만 불쌍허지."

한 개비의 담배를 다 피우고 이제 악바리 할매는 또, 아주 천천히 뜸을 들이며 걷기 시작한다. 저 어린것을 무슨 피켓처럼 앞세우고.

"아휴우우 어린 게 불쌍도 허지. 씨도둑은 못한다는 옛말도 있는데 그년은 그 유명한 말도 몰랐나봐. 사랑이야 저 혼자 하면 되지 애는 왜 싸질러놔. 살림은 왜 때려치워?"

아직 제대로 잘 걷지도 못하는 꼬맹이를 걷게 하면서 저녁이면 굳이 꼭 이 앞을 지나가는 악바리 할매의 의중이 무엇이든, 저 늙은 여인이 황씨와 장텃길 사람들에게 하고자 하는 말이 무엇이든, 그녀의 피켓에 씌어 있는 구호와는 상관없이 사람들은 악바리 할매와 저 꼬맹이가 나타나면 조롱 섞인 농을 주고받거나 사랑에 관한 두 개의 금기를 되뇌며 오늘도 또 하루, 어제보다 더 열심히 생활을 단도리할 뿐이다.

나는 꼬맹이의 등에 등껍질처럼 달라붙어 있는 어린이집의 가방을 바라보며, 사랑 뒤에 그저 한 마리 슬픈 동물이 되어 떠도는 저 아이의 엄마, 0번 아줌마를 떠올린다. 흘러 들어오는 소문으로는, 0번 아줌마는 김폰가 강환가의 어느 식당에서 주방 일을 보고 있다고도 하고, 어디서 늙은 홀아비 하나를 물어서 첩으로 들어가 잘 살고 있다고도 하는데, 나는 이런 소문들이 왠지 곧이들리지가 않는다.

0번 아줌마의 가방 속에는 언젠가 그녀가 우악스럽게 잡아 떼어냈던 그 문패가 아직도 들어 있을 것만 같다. 여기, 이 까라마조프가로 되돌아와 이곳에 자기 이름 석 자가 새겨진 그 문패를 다시 내걸 때까지는 0번 아줌마는 아무 데서고, 거기가 어디든지, 이를 악물고 삶과 악다구니를 치리라. 그리고 그때, 그녀가 들고 돌아올 그 가방 속에 하나 가득 지폐 다발이 들어 있기만 하면, 우리들은 어쩌면 터럭 한 올의 미움도, 증오도 없이 그녀를 다시 받아들일 것만 같다. 왠지 꼭 그럴 것 같다.

엄마의 무릎

1

벌써 세 번째다. 겨우 신호등 하나 건너고 큰길로 접어든 지 오 분도 안 된 거 같은데…… 나는 아라의 귓방망이를 잡아당겼다. 내가 귀를 잡아당기니까 아라는 빤쓰를 내리다 말고, "아프잖아! 왜 그래!" 냅다 소리를 지르고는 그러고도 성이 안 차는지 "죽어버릴 거야!" 제 성질에 제가 못 이겨 울음을 터트리고야 말았다.

"그래, 싸라 싸."

아라의 조그만 머리통을 손바닥으로 팍팍 눌러서 땅바닥으로 찌그러뜨렸다. "으이, 씨!" 아라의 입에서 욕 비스무리한 말이 튀어나왔다. 나는 이모로서의 체면을 세워야 된다는 의무감에 어쩔 수 없이 "빨리 안 싸!" 닦달을 해댔다. 아라의 궁둥이 밑에서 병아리 오줌 같은 오줌이 한 방울 찔끔, 나오긴 했다. 양이 너무 적어서 그게 정말 오줌인지, 애초부터 바닥에 떨어져 있던 물 자국인지, 미심쩍었다.

"야! 너 진짜 쌌어?"

"쌌어! 왜 그래애!"

아라가 또 울음을 터트렸다. 요년은 어떻게 된 게 요즘 들어 아무 말에나 눈을 흘기고 눈물을 찔끔거린다. 하도 굼뜨게 움직이기에 내가 돌려세우고 빤쓰를 추켜올려주니까 이 녀석은 눈을 흘겨 뜨며, "이모 미워!" 괜히 나오지도 않는 눈물을 쥐어짰다. 처녀적부터 애라면 학을 떼던 나다. 언젠가는 이런 일도 있었다. 커피 장수 차씨 아줌마가 잠깐 봐주라며 정희 딸, 소영이를 놔두고 갔다. 애가 하도 울어대서 이불 장롱에 한 십 분 넣어두고 울음을 뚝, 그치고 나서야 꺼내줬다. 결혼했다고 확 달라질 리가 없었다. 게다가 아라는 무슨 일을 해도 그렇게 더딜 수가 없는 애이고 보면, '빨리빨리'가 입버릇인 나로서는 거의 한계였다. 순간, 나도 모르게 손이 올라갔지만 조카가 뭐라고 때리지는 못하고 "빨리빨리!"만 중얼거리다 싫다는 걸 억지로 앞장세워 걷기 시작했다.

입술이 바짝바짝 말랐다. 금방이라도 모든 게 결정될 것만 같았다. 벌써 다 끝났을 것 같기도 했고, 형부에게 무슨 말을 해야 되나, 소주라도 한 병 사갖고 들어가야 되는 건 아닌가, 자꾸만 '딸' 쪽으로 마음이 기울어져가고 있었다.

아라가 또 팔 소매를 잡아당겼다. 치마는 허리까지 걷어올리고 빤쓰 고무줄에 손을 대고 있었다. 또 오줌을 싼다고 빌빌거리는 아라를 보자 피가 머리로 솟구쳐 올라왔다. 아무리 철없는 여섯 살배기라고는 하지만 이건 해도 해도 너무했다. 장난을 칠 때가 따로 있지 이런 순간에도 감쪽같이 연극을 하다니……

"그냥 빤쓰에 싸버려!"

윽박을 지르고는 질질 끌다시피 해서 아라를 병원으로 데리고 갔다.

언니는 아직도 수술실에 있었다. 걷는 걸 제일 싫어하는 형부이건만 병원 복도가 짧게 느껴질 만큼 끝에서 끝으로 왔다 갔다 하고 있었다. 백 킬로그램이 넘는 육중한 체중의 형부가 의자에 앉지도 못하고 서성거리고 있는 모습을 보고 있자니 조기 가시라도 걸린 것처럼 목구멍이 따끔따끔했다. 어디에다 시선을 둬야 될지 난감하기만 했다. 형부와 눈이 마주칠 때면 며칠 전 고물 장수 박씨 할머니가 내뱉은 말이 떠올라 눈을 내리깔아야 했다. 박씨 할머니는 새벽 여섯 시부터 아침 아홉 시까지는 엄마네 삼오식당에서 설거지를 하고, 아홉 시부터는 영등포 일대를 휘젓고 다니며 빈 병이나 신문지 따위를 모아 구루마에 싣고 와서 고물상에 갖다 파는 고물 장수다. 빈 병이나 신문지보다는 이 일대의 온갖 스캔들과 풍문을 더 많이 모아 오는 편이지만. 그런데 그 날은 왜 하필 그 시간에 삼오식당에 물 먹으러 와서는 점심 먹는 형부한테 안 해도 될 말만 골라서 하고 갔는지······

"한집에서 둘이 같이 애를 배면 하나는 꼭 딸이라는데, 딸! 하다못해 주인집 여편네랑 그 집 암돼지랑 같이 새끼를 가져도 백발백중 하나는 딸이라는 전설이 있잖어. 둘이 똑같은 건 죽었다 깨도 안 된대, 안 돼."

박씨 할머니도 푼수라고는 없지, 세상에 하필이면 형부 앞에서 그런 말을, 그것도 말이라고 지껄여? 가뜩이나 나는 아들을 낳아서 눈치가 보여 죽겠는데 푼수도, 푼수도 그런 왕 푼수가 없었다. 그 왕 푼수 고물 장수가 내뱉은 말 때문에 나는 지옥이 따로 없었다. 그도 그럴 것이 내 배 속에는 지금 둘째아이가 들어 있다.

만약 언니가 이번에도 또 딸을 낳고 내가 또 아들을 낳으면?

소름 끼치는 일이다.

언니는 내리 딸 둘을, 그것도 배를 가르고 낳았다. 나는 지금도 우리 언니가 첫조카 아라를 낳던 날을 잊지 못한다. 그날 수술실 안쪽에서 들려오던 고함 소리를. 그건 비명도 아니고 신음도 아니고 짐승이 울부짖는 소리였다. 아무리 배를 째서 낳는 거라고 해도 이건 아예 돼지를 잡는 소리가 들려오니, 복도 밖에서 어슬렁거리고 있던 내 얼굴이 사색이 되지 않을 리가 없었다.

그러게 왜 배를 째니 어쩌니 오두방정을 떨어가지고 이 고생인지…… 아라가 아직 배 속에 있을 때 언니랑 엄마가 우리 집 삼오식당의 홀에 앉아서 이마를 맞대고 쑥덕거리던 일이 떠올랐다.

"요즘이 어떤 세상이냐? 배 째, 배 째!"

"증말?"

"그럼 이 빙신아, 최 서방은 지금 한창 나인데 너 애 낳고 바람이라도 나면 니 어쩔 건데? 애 낳는 고생을 왜 하냐? 막말로 니 병원비 없냐? 고생 안 하고, 배 쨌다는 핑계로 병원서 한 열흘 푹푹 쉬었다 나오고, 꿩 먹고 알 먹구지. 여자는 애 낳는 게 벼슬이야, 벼슬! 배 째, 배 째!"

딸 셋을 낳는 동안 단 한 번도 병원 신세를 져본 적이 없는 엄마는, 딸아이만큼은 번듯한 대학 병원에서 출산을 시키고 싶어 했다. 다른 여자들은 다 해보는 벼슬을 자기 혼자만 못 해봤다는 억울한 심정을 한평생 가지고 살아왔던 엄마이고 보면 당연한 주장이었다. 언니가 유명한 대학 병원에서 돈푼깨나 써가며 제왕절개술로 애를 낳아준다면 그거야말로 지나간 세월에 대한 한풀이였던 것이다.

"아래로 낳으면 진짜 그럴까?"

"니는 대가리가 돌멩이냐? 그걸 지금 말이라고 하고 있어! 밑으로 이따시만 한 아 머리가 나오는데 지까짓 게 안 넓어지고 배겨? 이년이 배를 째라니까 웬 말이 이리 많아!"

엄마가 두 주먹을 불끈 내밀어 보이며 이따시만 한 게 아래로 나온다고 한 말이 언니에게는 꽤 충격이었는지 언니는 으음, 으음, 쥐약 먹은 쥐처럼 부들부들 떨며 배를 째겠다고 별렀다. 그런데 문제는, 계획적으로 제왕절개술을 하겠다는 엄마와 언니의 작심과는 상관없이 날이 꽉 차고 급기야는 예정일이 한 달이 넘도록 배 속의 애가 나올 기미를 보이지 않았다는 거다. 엄마랑 언니는 부랴부랴 산부인과로 달려갔다. 산부인과 의사 왈, 애가 배 속에서 늙고 있다는 것이었다. 당장이라도 수술을 하지 않으면 큰일 난다는 의사의 말에 언니는 곧장 배를 갈랐다.

얼핏 울음소리가 들린 것 같더니 수술실 문이 열렸다. 언니가 입고 있던 환자복 밑은 온통 피바다였다. 들것에 실려 있는 언니는 마취가 아직 안 깼는지 정신을 놓고 있었다. 언니의 엉덩이 밑으로 수북이 배어 나와 있는 핏자국과 언니의 눈가에 바짝 말라붙어 있는 눈물 자국을 보면서 그날 나는 "씨, 나한테 애를 낳으라고 하면 나는 콱 죽어버릴 거야!" 하며 형부를 얼마나 흘겨봤는지 모른다. 마취가 깨자마자 언니가 제일 먼저 물은 건 멀쩡하냐와 아들이냐였다. 나는 멀쩡하다와 딸이라는 말로 대꾸를 해줬다. 내 입에서 딸이라는 말이 나오자마자 언니는 배 쩬 데를 움켜쥐며 나뒹굴기 시작했다. 철제 침대가 마구잡이로 흔들렸다. 언니 말로는 마취가 풀려 아파서 운다는데 내 눈에는 그게 아니었다. 뿔딱지가 이빠이 나긴 났는데 얻다 대고 화도 못 내고 그래서 낑낑거리는 걸로만 보였다.

그 뒤, 둘째딸을 낳던 날도 상황은 거의 흡사했다. 수술실 안쪽에서 고통에 울부짖는 소리가 쉴 새 없이 터져나왔다. 피가 흥건한 환자복을 걸친 채 들것에 실려 나와 이번에도 또 딸을 낳은 걸 알게 된 언니, 이번에는 아라를 낳던 날보다 더 큰 목소리로, 더 오랫동안 어깨를 들썩이며 울부짖었다. 배 쩬 데가 아프다고 길길이 날뛰었다.

"언제 들어갔는데 아직이야? 형부, 어디 좀 앉으세요."

형부는 복도 의자에 쓰러지다시피 앉아버렸다. 아라는 또 오줌이 마렵다고 빌빌대다가 내가 "이걸 그냥 콱!" 하고, 소리를 질렀더니 구석으로 멀찌감치 도망가서 내 눈치만 보고 있었다. 수술실 안쪽에서는 아직도 소식이 없었다. 나는 혹시? 겁이 나기 시작했다. 언니는 내리 딸 둘을 제왕절개술로 낳은 데다 예전에 맹장 수술까지 합해 세 번이나 배를 갈랐다. 한 번 더 애를 낳는 건 무리라고, 의사가 말했다. 의사 말로는 사람은 딱 네 번만 배를 가를 수 있는데, 언니는 이미 세 번이나 배를 가른 상태이기 때문에 마지막 한 번은 위급한 상황을 대비해 놔두어야 한다는 것이었다. 나중에 늙어서라도 수술할 일이 생길지 모르니 한 번은 남겨둬야 한다며 언니의 주치의는 끝끝내 언니의 출산을 만류했었다.

언니가 셋째애를 낳기로 결심한 건 전적으로 나 때문이다. 친정 엄마가 딸만 셋을 낳은 데다 언니가 또 딸을 내리 둘이나 낳았기 때문에 언니도 형부도 전적으로 친정집 내력인가보다, 하고 포기하고 있었다. 그런데 그만 내가 떡두꺼비 같은 아들을 덜컥 낳았지 뭔가.

나는 진짜 덜컥, 애를 낳았다. 첫애를 임신했을 당시에 나는 대학원에서 석사 논문을 준비하고 있었다. 예정일이 2월 말이었고. 애를 낳기 전에 어떻게든 석사를 마치겠다는 결심을 한 데다 첫 장편소설의 출간까지 겹쳐 그 당시 나는 거의 열 시간이 넘게 책상 앞에 앉아 있었다.

예정일을 두 달이나 앞두고 그만 양수가 터져버렸다. 오전 열 시경에 이미 양수가 터졌는데도 나는 전연 몰랐다. 엄마한테 전화를 걸어 "엄마, 뭐가 나온 것 같아" 했더니, 엄마는 괜히 오줌 싸고 부산 떤다며 타박만 했다. 그리고 하필이면 그날따라 대중목욕탕에 갔다. 족히 한 시간 남짓 탕 속에 들어가 있다 나왔다. 탕에서 나와 수건으로 몸을 닦는데 허벅지 안쪽에서 뭐가 울컥, 쏟아져나왔다. 발가벗고 있던 아줌마들이 놀라서 혀를 내둘렀다. 엄마랑 나는 급히 산부인과로 뛰어갔다.

분만 대기실로 남편이 들어왔다. 별로 아프지는 않았지만 여자는 애 낳는 게 벼슬이라는 친정 엄마 말이 떠올라 나는 안 나오는 눈물도 쥐어짜고 입술도 씰룩거리며 아픈 척을 했다. 그러면 무슨 반응이 있어야 되는데 무뚝뚝한 남편은 내가 아픈 척하다가 "당신, 그만 가요." 애절하게 말하자 "그럼, 나 갈게." 그냥 쑥, 나가버리는 것이었다. 나는 진통보다도, 단순해도 어쩜 저렇게 단순한지, 남편의 무뚝뚝함이 야속하고 서러워서 "아이고!" 하고, 다른 산모들처럼 벽에다 대고 소리 소리를 질렀다. 그랬더니 정말로 배가 아프기 시작했다.

분만실로 들어간 지 겨우 이 분 만에 덜컥, 애를 낳았다.

"여대 대학원에 다닌다면서요? 거기는 원생이 몇 명이나 됩니까?"

내 가랑이 사이에 머리를 처박은 채로 나의 찢어진 회음부를 꿰매며 의사가 물었다. 나는 지금 막 애를 하나 얼떨결에 세상에 내놓고 채 감동에 젖기도 전에 의사의 뜬금없는 질문에 대답을 해줘야 했다.

"한, 열 명 정도 돼요."

"그럼 우리 과 레지던트들하고 그쪽 대학원생들하고 미팅 좀 하면 안 될까요?"

"네. 그렇게 하죠."

찢어진 회음부에 꽂혔다 뺐다 하는 실과 바늘을 내려다보며 그렇게 미팅을 주선하겠다는 약속을 하고, 질 안쪽까지 최대한 벌어지지 않게 특별히 꼼꼼하게 꿰매줬다는 의사의 다짐을 받고 나서야 나는 분만실을 빠져나왔다.

언니와 형부가 병실로 들어왔다. 침대 앞에 놓여 있던 의자 위로 형부는 무너져 내렸다. 눈치 없는 남편은 아들이라는 소리를 가히 백 번도 넘게 했다. 몇 번 축하의 말을 하는 둥 마는 둥 하더니, 언니 부부가 병실을 빠져나갔다. 백 킬로그램이 넘는 형부와 자기 말로는 곧 죽어도 칠십 킬로 조금밖에 안 넘는다고 주장하지만 남들이 봤을 땐 거의 형부랑 비슷해 보이는 언니가, 그 몸집 좋은 부부가 내 눈에는 그날따라 왜 그렇게 작고 왜소해 보이던지······

내가 아들을 낳자 언니는 난데없이 우울해하고 성질을 부리곤 했다. 친정 엄마는 친정 엄마대로 형부와 언니의 눈치를 보면서도 첫 외손자에 대한 사랑과 자부심을 감추지 못했다. 딸만 내리 셋을 낳은 엄마이고 보면 무리도 아니었다. 시집간 첫딸이 대물림이나 하듯 내리 딸 둘을 낳고 난 뒤로는 누가 딸딸이 집안이니 어쩌고저쩌고 할 때마다 쌍심지를 켜고 달려들던 엄마였다. 이제 둘째딸이 아들을 낳아줬으니 엄마의 기쁨이야, 말로 다 표현할 수 없는 것이었으리라. 자신의 둘째딸이 낳아준 아들, 비로소 엄마는 그동안 자신을 짓눌러왔던 무거운 짐에서 벗어날 수 있게 되었다.

"언니랑 형부 보기 전에 얼른 가져가. 괜히 손자라고 더 예뻐한다고 삐치면 어쩌냐?" 하면서, 엄마는 큰 시장으로 장만 보러 가면 첫 외손자의 옷을 사가지고 와서 내게 내밀기 일쑤였다. 평소에는 애를 귀여워하거나 어를 줄도 모르던 사람이 외손자만 안아 들면 장군님, 장군님, 장군님 타령을 해댔다.

그런 친정 엄마 보란 듯 임신을 해버린 언니였다. 가는 병원마다 셋째는 무리라는데도 언니는 낳겠다고 우겼다. 막무가내였다. 언니는 체질적으로 마취가 안 되는 사람이다. 쉬운 말로 얘기하면 제왕절개수술을 할 때마다 생살을 가른 거나 마찬가지였다는 얘기다. 그 무서운 걸 또 하겠다고 덤비다니…… 아들을 낳겠다는 언니의 오기는 이제는 거의 목숨을 담보로 한 것이었다.

나는 이번에도 또 딸이면 어쩌나 하는 걱정과 혹시라도 수술이 잘못되면 어쩌나 하는 우려와 체질적으로 마취가 안 된다는 언니가 인내하고 있을, 생살을 찢는 아픔이 눈에 밟히는 듯해서 가만히 앉아 있을 수도 없었다. 아무 데나 대고 주먹질이라도 하고 싶은 기분이었다. 내가 여자라는 것이, 언니가 여자라는 것이, 저기 복도 구석에 쪼그려 앉아 이번엔 진짜로 오줌이 마렵다고 낑낑대고 있는 저 철없는 아라까지, 우리가 모두 여자라는 사실이, 통과의례처럼 치러내야만 하는 딸들의 고통이, 못내 억울했다. 분했다.

"보호자 누구예요? 보호자 없어요?"

뜻밖에도 언니는 한 블록 떨어진 곳에 있는 수술실에서 실려나왔다. 들것에 실려 있는 언니는 이번엔 진짜로 죽은 사람 같았다. 감겨 있는 두 눈, 나는 죽어도 아들을 낳고야 말겠다고 악다물고 있는 것 같은 파리한 입술, 그 순간의 언니의 얼굴에서는 생의 혈기라고는 찾아볼 수

없었다. 아집과 오기에 짓눌려 모든 것을 희생하고도 그 대가로 한 줌
의 행복조차 움켜쥐지 못한 사람의 얼굴이 하나, 거기 버려져 있었다.
형부와 내가 들것 옆에 서서 언니의 초췌한 모습을 앞에 두고 눈시울
을 적시고 있을 때 목숨을 담보로 해서라도 얻고자 했던 언니의 아이
가 뒤따라 실려나왔다.

"아들입니다."

2

언니네 금지옥엽 외아들, 왕상이가 태어나면서 집안엔 잦은 분란과
자잘한 언쟁이 끊이지 않게 되었다. 언니네는 이곳, 장텃길 대로변에
서 과일 도매 장사를 한다. 직업상 늦어도 새벽 세 시엔 시장에 나와야
되는데 새벽부터 와서 애를 봐줄 사람을 구하는 일이 그리 녹록지 않
았다. 왕상이뿐 아니라 위로 둘 있는 왕상이의 누나들까지 씻기고 밥
먹여서 유치원엘 보내야 하는데 하나도 아니고 애 셋을 혼자, 새벽부
터 와서 봐줄 사람이 없었다. 그렇다고 안면도 없는 사람한테 애들을
맡길 수도 없었다. 결국 지금까지 그래왔던 것처럼 새벽마다 애 셋을
데리고 나와 시장통에 있는 엄마네 삼오식당에 맡길 수밖에 없었다.

큰딸 아라와 둘째딸 어진이는 어떻게 대충대충 해서 유치원엘 보내
면 되는데 문제는 아직 돌도 안 지난 왕상이다.

아라는 아직 걸음마를 떼기 전부터 삼오식당 왼쪽 옆에 붙어 있는
구멍가게, 무궁화마트의 여주인인 영석이 엄마가 돌봐줬다. 구멍가게

아줌마 얘기를 잠깐 하자면, 우리 동네 최고의 '예쁜이'다. 예쁜이란 별명에 걸맞게 구멍가게 아줌마는, 막내아들 영석이가 군대에 가 있다고 하면 누구나 깜짝 놀랄 만큼 아직도 풋풋한 처녀 같다. 똥배라고는 찾아볼 수 없는 날렵한 복부에 25인치의 개미허리, 기미 한 점 없이 매끈한 얼굴까지, 우리 동네의 투박한 여자들하고는 한마디로 노는 물이 달라 보이는 아줌마다. 우리 골목 여자들 중에는 남다른 노력을 하는 것 같지도 않건만 여전히 아름답고 여전히 싱그러운 영석이 엄마를 시기하는 무리도 적지 않은데 그런 아줌마들은 자기네 똥배가 유독 눈에 거슬리는 날이면 괜히 영석이 엄마의 미끈한 배를 노려보며 저희들끼리 이런 말을 쑥덕거리는 것으로 위안을 삼는다.

"자고로 미인 박복이라잖어."

그러면 구멍가게, 영석이 엄마가 왜 이런 말을 듣느냐? 거기엔 또 다 그만한 사정이 있지만 여기서 그것까지 얘기하자면 부연 설명이 너무 길어진다. '미인 박복'에 대해서는 다음에 언제 내 똥배가 유독 눈에 거슬리는 날 설명하기로 하고, 이쯤에서 원래 하던 얘기나 마저 해야겠다.

하여간, 그때부터 지금까지, 얼추 십 년 가까이 구멍가게, 영석이 엄마는 그 핑계로 소소한 반찬거리며 심지어는 밥까지 제 집 냉장고에 있는 찬거리 꺼내가듯 가져가는 것이 이제는 거의 아무렇지도 않게 되어 있다. 영석이 엄마는 어쩌다 돈 주고 배추를 사 와도 파니 마늘이니 고춧가루니 하는 양념은 죄다 엄마네 식당에서 가져가 김치를 담그곤 했다. 하다못해 찌개 하나를 끓여도 삼오식당을 들락거리지 않고는 그 집 찌개에 간을 맞추지 못한다. 사정이 그러니 우리 식구들도 왕상이야 당연히 영석이 엄마가 좀 거들어주겠지, 했던 것이다.

그런데 그게 그렇지가 않았다. 구멍가게 아줌마는 아줌마대로 아줌마가 삼오식당 찬거리를 갖다 먹는 것이야 벌써 오랫동안 아침마다 아라 뒤치다꺼리를 해준 데 대한 품삯이라고 생각했다. 구멍가게, 영석이 엄마 입장에서 보면 이미 계산이 다 끝난 셈인데 자기가 또 군이 왕상이까지 돌봐줄 이유가 전혀 없었다.

우리는 우리대로 생각이 달랐다. 아라를 봐줄 때가 그게 벌써 몇 년 전이냐, 이 말이다. 아라를 봐줄 때도 하루 종일 봐준 것도 아니고 아침에 잠깐 밥 먹여주고 머리 묶어준 것뿐이고 아라야 돌도 되기 전부터 놀이방이다 어린이집이다, 탁아 시설에서 컸는데 그걸로 이날 이때까지 우려먹는다는 건, 도가 지나치다는 것이 엄마를 제외한 우리 식구 전체의 생각이었다. 언니네 둘째딸 어진이야 낳아서부터 두 돌이 지날 때까지 삼오식당 오른쪽 어귀에 붙어 있는 당진상회 할머니네 큰딸이 한 달에 얼마씩 받고 봐줬으니 아라 머리 좀 묶어준 걸로 영석이 엄마가 해도 너무한다는 게 우리들의 공통 의견이었다.

엄마가 잠깐 낮잠이라도 자려고 방에 들어가면서, "영석이 엄마, 왕상이 좀 봐줘" 하면, 구멍가게 아줌마는 할 수 없이 뚱한 표정으로 왕상이를 가게 안쪽으로 데리고 들어간다. 그러다 왕상이가 차곡차곡 탑처럼 쌓아놓은 과자 봉지라도 조금 허물어뜨리면 득달같이 달려들어와서 물건 떼러 가야 하네, 어쩌네 하면서 다시 데려다놓기 일쑤고, 왕상이가 기저귀에 똥이라도 싸면 그까짓 것 기저귀 한번 갈아줄 수도 있으련만 그러면 무슨 큰일이라도 난 것처럼 "똥 쌌어, 똥! 할머니 똥!" 소리를 내지르며 얼른 데려다놓는 것이었다.

그렇게 서로의 계산이 틀리고 어쩌니 저쩌니 해도 한 식구나 다름없는 사람들이라 우리나 영석이 엄마나 힘든 대로 어떻게든 그럭저럭 왕상이를 끼고 하루하루를 보내고 있었다. 그런데 문제는, 당진상회에 그 집 외손녀, 주희가 오고 난 뒤로 눈에 안 보이던 반목이 겉으로 불거져나오기 시작했다.

당진상회 큰딸은 언니네 둘째, 어진이를 두 돌이 지날 때까지 봐준 아줌만데 일 년 전에 결혼 십 년 만에 딸, 주희를 낳았다. 그렇게 기다리던 자식을 보더니 사람이 확 달라져서는 주희 어렸을 때 한 푼이라도 더 벌어놔야 된다고 요즘엔 트럭 장사하는 남편을 쫓아다니고 있다. 당진상회 할머니가 꼼짝없이 외손녀를 떠맡게 된 거다. 그런데 무슨 조화 속인지 왕상이는 단 십 분도 못 데리고 있는 구멍가게, 영석이 엄마가 주희만은 하루 종일 끼고 살았다. 예전에야 이 일대에 소문난 부자였든 어쨌든, 오늘날에 와서는 당진상회 할머니네가 거지나 다름없다는 사실을 장텃길 사람치고 모르는 사람이 없다. 그 할머니한테 무슨 떡고물이 떨어질 리도 없건만 영석이 엄마는 주희한테만은 어쩜 그렇게 살갑게 구는지, 우리 식구들이 보기에는 일부러 우리 보라고 더 곰살맞게 구는 것처럼 보였다.

당연히 우리 식구들은 구멍가게에 앉아 있는 주희를 볼 때마다 눈살을 찌푸리기 일쑤였다. 주희가 미워서가 아니다. 영석이 엄마의 처사가 영, 괘씸했기 때문이다. 나랑 언니가 해도 너무한 것 아니냐고, 엄마한테 징징거릴 때마다 그래도 영석이 엄마가 잠깐 잠깐 봐주는 게 얼만데 그러냐고 핀잔을 주던 엄마도 그즈음에는 "나 아니면 그 집은 어떻게 먹고 살어?" 하고, 영석이 엄마가 반찬을 퍼갈 때마다 안 하던 소리를 내뱉곤 했다.

사실 별것도 아니었다. 마침 한창 바쁜 아침장 시간이었다. 그날따라 고등어자반을 튀기느라 생선 조림을 할 때보다 일손이 많이 가는 탓에 왕상이를 구멍가게에 데려다놨다. 이십 분도 안 돼서 영석이 엄마가 왕상이 손을 끌고 나왔다.

"우리 지금 물건 들어왔어, 할머니."

엄마는 뭐, 그런가보다 했다. 걸음마를 막 시작한 왕상이가 또 언제 차도로 뛰쳐나갈지 몰랐다. 엄마는 왕상이를 들쳐 업고 고등어를 튀긴다, 쟁반에 상을 차린다, 꽁지 타게 왔다 갔다 하고 있었다.

배달 갔다 돌아온 독산동 아줌마가 가게로 들어서면서 투덜거렸다.

"아니, 구멍가게 여자는 지가 잠깐 봐주면 안 되나? 지 할매랑 잘 놀고 있는 주희는 괜히 데려다 앉혀놓구서."

혹시나 하고 가봤더니, 역시나였다. 영석이 엄마는 과자 들어와서 바쁘다고 하더니 바쁘기는 웬걸? 주희랑 둘이 의자에 가아만, 앉아서 텔레비전만 보고 있었다.

그날로 건양병원 뒤쪽에 살고 있는 로타리 할머니가 급히 불려 왔다. 이 할머니는 젊었을 때는 일수놀이를 했었는데, 이 일대에서 로터리까지는 이 할머니 돈을 쓰지 않은 사람이 없다고 해서 닉네임이 '로타리'다. 그러나 '로타리'로 불리며 시장 초입에서부터 돈 꿔준 장사꾼들 가게마다 들어가서 커피깨나 얻어 마시던 예전의 영화는 온데간데 없고 오늘날에 와서는 집집마다 돌아다니며 내 돈 좀 써달라고 통사정을 하고 다녀도 누구 하나 거들떠보지 않는 신세가 되었다. 그도 그럴 것이, 로타리 할머니한테 푼돈 조금 얻어 썼다가 장텃길의 오야로 새로이 급부상한 목동 금씨 아줌마 귀에라도 들어갔다가는 그날로 목돈

구경은 아예 꿈도 꾸지 못하기 때문이다.

　그때나 지금이나 마냥 돈이 없기는 마찬가지지만 로타리 할머니가 일수놀이를 할 당시에는 엄마는 없어도 진짜로 없는 사람이었다. 중풍으로 십 년 가까이 자리보전을 하고 있던 아버지 약값에서 문제지 산다 어쩐다 눈만 뜨면 돈 달라고 지랄을 해대는 딸 셋을 키우느라고 엄마는 수시로 일수를 얻어 써야 했다. 그때마다 대부분은 이 로타리 할머니의 돈을 빌려 썼다. 그러면 또 이 할머니가 어떤 사람이냐 하면, 돈을 빌려주고 안심이 안 되는지 하루도 안 거르고 꼬박꼬박 감시 차원의 방문을 하던 사람이다. 우리 엄마가 식당을 집어치우고 어디로 훌쩍, 새처럼 날아가는 것도 아닌데 말이다. 젊은 시절의 로타리 할머니는 어쩌다 엄마가 이자를 며칠 늦게 내놓기만 해도 가게 한쪽 테이블에 자리 하나를 차지하고 앉아서 "내가 피 같은 내 돈을 떼먹힐 것 같우? 돈 안 주믄 안 갈 테니께 어디 맘대로 해보라지." 어쩌고, 일수놀이 하는 여자들 특유의 곤조를 부리곤 했었다. 엄마랑 로타리 할머니는 서로 머리끄덩이만 안 잡았지 잡아먹을 것처럼 달려들어 삿대질을 한 적도 여러 번 있는 사이이다. 그래도 세월이 뭔지 일수놀이를 집어치우고도 이 로타리 할머니는 "노인네가 다리도 아프다면서 여긴 뭣하러 오누?" 엄마한테 그렇게 된통맞은 소리를 들으면서도 아직까지 엄마의 삼오식당을 하루가 멀다 하고 드나들고 있고, 엄마는 엄마대로 로타리 할머니가 며칠만 안 오면 괜히 전화를 걸어서 "와서 파 좀 다듬어주지" 하고, 없는 일을 만들어서라도 할머니를 불러들이곤 한다.

　로타리 할머니랑 엄마는 곧장 의기투합했다. 식당 안쪽에 있는 가겟방에 들어앉아 둘이서 뭐라고 쑥덕쑥덕하더니 미닫이문이 부서져라, 있는 힘껏 문을 열어젖히고 두 할머니가 보무도 당당히 밖으로 나왔다.

"왕상이가 누구라고! 남의 귀한 손자를 누가, 누가! 왕상이는 인저 내가 봐, 내가!"

로타리 할머니가 누구 들으라는 듯이 구멍가게 벽에다 대고 빽, 소리를 질렀다. 홀 벽에 걸려 있는 전신 거울 앞에서 엉덩이를 씰룩거리고 있던 왕상이가 그 소리에 놀라 엉덩방아를 찧었다.

로타리 할머니가 달려가 왕상이를 일으켜 세우고 엉덩이에 묻은 먼지를 털어냈다. 로타리 할머니는 검지 끝으로 왕상이의 머리를 가리키며 엄마랑 나, 삼오식당 배달부, 독산동 아줌마를 향해 이렇게 말했다.

"얘가, 얘가 이래요!"

그 소리에 우리는 모두 가게가 들썩거리게 웃었다.

로타리 할머니의 곤조는 고질병이었는지도 모른다. 말 그대로 아차, 싶었다. 로타리 할머니가 왕상이를 봐주면서 구멍가게, 영석이 엄마와 우리 식구들 간에 눈에 보이지 않던 신경전은 종식되었다. 거기까지는 좋았는데 로타리 할머니의 밑도 끝도 없는 '곤조와 잔소리'라는, 새로운 골칫거리로 식구들은 속병을 앓아야 했다.

로타리 할머니가 왕상이를 봐주기로 하면서 엄마와 로타리 할머니 간에 서로 오고 간 약속은 이랬다. 우리 큰애랑 최 서방은 새벽에 나오는데 할머니가 새벽 세 시에 큰애네 집에 갈 수도 없는 노릇이고 또 거기 가서 혼자 우두커니 집 안에 틀어박혀서 왕상이 하나만 붙들고 있으면 할머니도 심심하고 죽을 노릇이 아니겠는가. 그러니까 나랑 같이 여기 식당 방에서 왕상이 데리고 같이 자고, 할머니가 힘들면 내가 거들어주기도 하고 그러는 게 낫지 않겠는가. 그렇게 해서 로타리 할머니가 삼오식당에서 하루 종일 왕상이를 보는 걸로 약속을 했다. 그런데 문제는 로타리 할머니와 엄마의 역할이 뒤바뀐 꼴이었다는 거다.

"이봐, 이봐!"

아침장이 끝나기가 무섭게 로타리 할머니가 엄마를 불러세운다. 막걸리 상자 위에 산더미처럼 쌓여 있는 밥 쟁반을 주방 안쪽으로 옮기다 말고 엄마가 또 뭔가, 하고 쳐다보면, 로타리 할머니는 "나, 집에 금방 갔다 올텨" 한다.

"노인네 눈엔 이 설거지가 안 뵈? 가드라도 이따 가."

엄마가 밥 쟁반을 들고 주방 안쪽으로 들어간다. 그런다고 포기할 로타리 할머니가 아니다.

"이적지 안 씻었어."

로타리 할머니는 주방으로 쫓아 들어와서 사타구니를 살살 긁는다.

"밤에도 갔다 왔잖여! 노인네가 뭐 금테 둘렀다고 씻고 씻고 또 씻고, 서방 볼 겨?"

엄마도 서슬이 파랗다. 이번만큼은 그냥 넘어가지 않겠다고 벼르고 또 벼른다.

"아니 그럼 자네는 아침에 씻고 저녁에 씻고 두 번 안 씻어? 아무리 늙어도 여자는 여잔디 거기를 최소한 하루에 두 번은 헹궈내야지. 난 몰러. 나는 여자니께 세상 두 쪽 나도 씻고 와야겠어."

엄마가 뭐라고 대꾸를 하기도 전에 로타리 할머니는 벌써 저만치 달아나버리고 없다.

"똥! 할머니 똥!"

식당 문 밖에서 영석이 엄마가 소리 높여 똥을 외친다. 꼼짝없이 왕상이는 또 엄마 차지다. 막걸리 상자 위며 테이블 위에 수북이 쌓여 있는 설거지를 뒤로하고 엄마는 가겟방으로 들어간다. 기저귀를 들고 나온다. 왕상이 바지를 벗기고 기저귀를 푼다. 누런 똥을 푸짐하게도 싸질러놨다.

"이노무 새끼. 자지는 소불알만 한 기."

설거지야 산더미처럼 쌓여 있든 말든 우선은 외손자 놈이 싸질러놓은 똥이 먼저다. 왕상이 놈은 아침 내내 뭘 그렇게 주워 먹었는지 입 가장자리가 시커멓다.

이상은 로타리 할머니의 '곤조의 한 예'를 들었을 뿐이다. 로타리 할머니의 곤조는 종류도 다양하고 가짓수도 만만찮다. 하루에 두 번은 뒷물을 해야 된다는 핑계로 식당이 한창 바쁜 시간에 자기 집으로 꽁무니를 빼버린다. 자기는 자기 집 화장실이 아니면 똥을 눌 수 없다고 똥 눈다고 집에 간다. 손자 점심 차려준다고 집에 간다. 오늘은 약장수 구경을 간다고 내뺀다. 오늘은 시동생 회갑 잔치가 있다고 차비 달란다. 로타리 할머니는 '곤조'에 있어서는 타의 추종을 불허하는 것이다. 하기야 일수꾼 여편네로서 평생 동안 갈고 닦은 실력이니 어디 보통 곤조겠는가!

"엄마! 차라리 놀이방엘 보내라."

보다 못한 내가 그렇게 볼멘소리를 하면 엄마는,

"그럼 밤엔? 밤엔 누가 데리고 자나? 너가 끼고 잘래? 밤에 데리고 자주는 기 그게 얼마라구!"

내 말은 들은 척도 않는다. 그렇게 엄마의 묵인하에 로타리 할머니의 곤조는 나날이 그 깊이를 더해가고 있었다.

"애가, 애가 이래요!"

로타리 할머니다. "애가, 애가 이래요!" 소리만 들리면 요즘은 머리카락이 다 위로 솟는다. 내가 현이를 데리고 놀이터에 가면 그 시간에 꼭 로타리 할머니가 나타난다. 내 아들 현이는 여동생을 보게 된 뒤로 장터 공원 안에 있는 구립 어린이집에 다녔다. 여기서 잠깐 딴소리를 좀 하면, "한집에서 둘이 같이 애를 배면 하나는 꼭 딸이라는데, 딸! 둘이 똑같은 건 죽었다 깨도 안 된대, 안 돼"라는, 고물 장수 박씨 할머니의 예언인지, 악담인지 대로 언니는 아들을, 나는 딸을 낳았다. 요새 형부는 우리 남편만 보면 "한집에서 둘이 똑같은 건 죽었다 깨도 안 된다잖아" 하면서 우리 남편의 축 늘어진 어깨를 두들겨주는 것을 낙으로 삼고 있고, 둘째마저도 고추를 바랐던 남편은 그 소리가 듣기 싫어 형부만 보면 아예 양쪽 귀를 손바닥으로 막아버리기부터 한다. 고물 장수 박씨 할머니는 할머니대로 왕상이랑 우리 둘째딸만 보면 그것 보라고, 내 말이 틀림없지 않느냐고, 그 유세가 장난이 아니다.

한집에서 둘이 똑같은 건 죽었다 깨도 되든 안 되든 간에, 어쨌든 중요한 건, 로타리 할머니가 우리 오는 시간에 딱 맞춰서 놀이터에 왕상이를 데리고 온다는 거다. 로타리 할머니는 그러고는 아예 왕상이를 나한테 떠넘겨버린다. 현이가 오전 아홉 시 정각에 어린이집 안으로 뛰어들어가고 나면 그때부터 왕상이는 내 차지다.

왕상이가 미끄럼틀에 기어오른다, 그네를 탄다, 놀이터 안을 천방지축으로 뛰어다니는 동안 나는 왕상이 꽁무니를 쫓아다니느라 정신이 없다. 내 이마에 송골송골 땀방울이 맺히는 동안 정작 보모인 로타리 할머니는 놀이터 벤치 위에 가만히 앉아 아침 햇살이나 감상한다.

"아이고, 어디 넓적한 방이 있나…… 애가 뛰어 놀 공간이 있나…… 방이라고 콧구멍만 한 게…… 아이고…… 내가 내 생각을 하면 너무너무 힘들어…… 돈을 생각하면 안 할 수도 없고…… 화장실이라고 변변하나……"

놀이터에서 장텃길, 삼오식당까지 걸어가는 동안에도 로타리 할머니의 불평불만은 끝이 없다.

"근데 얘는 웬 침을 이렇게 많이 흘리는가 몰러. 아이고, 애가, 애가 이래요! 야! 애 침이나 좀 닦아주라."

로타리 할머니가 내게 손수건을 내민다. 왕상이 턱 밑에 멀건 침 줄기가 대롱대롱 매달려 있다. 이럴 때 왕상이 침을 닦아주는 건, 할머니 몫이 아니다.

왕상이 걸음이 시원치 않다고, 로타리 할머니는 또 타박이다. 왕상이 손을 나한테 떠넘기고 혼자 멀찍이 앞서 걸어간다. 얼마 안 가 별안간 뒤를 돌아다본다.

"야! 나, 집에 좀 다녀올란다. 뒤가 급혀."

3

"자식이 뭔지, 남들은 손 하나 까딱 안 하고도 아들, 며느리, 사위, 딸이 사다주는 옷에 먹을 거에 물려서 죽겠다는데 이건 뭐 해도 해도 끝이 없으니…… 그냥 생각 같아서는 어디 도망이라도 가고 싶은디……… 아니, 아줌마는 거긴 또 왜 기어 들어가! 누가 설거지 하래유? 지금 밥이 밀렸는데 설거지는 웬 놈의 설거지? 배달이 먼저지 설거지가 먼저야? 마늘? 마늘 저기 있잖아. 김? 김은 또 왜? 김 사다놓은 거 없는데…… 내가 이거 식당 때려치우면 그 집은 뭐 먹고 산대? 아녀. 기다려. 내가 금방 가서 사 올 테니까 기다려, 잉?"

반찬 가지러 들어온 영석이 엄마한테 괜히 성질을 부린다고 부리긴 했지만, 엄마는 또 금방 맘이 변했다. 구기고 있던 얼굴을 갑자기 확 푼다. 파 다듬다 말고 일어나 시장으로 김 사러 뛰어갔다. 엄마가 이렇게 구멍가게 아줌마 비위를 맞출 수밖에 없는 건 역시나 왕상이 때문이다. 아쉬운 놈이 우물 판다고 어쩔 수 없는 노릇이다. 로타리 할머니는 그날도 자기 집에 똥 누러 가고 없었다. 전날 저녁에는 설사가 났다고 밤새 자기 집에서 자고 오더니 아침밥 먹자마자 또 내빼버린 것이다. 미우나 고우나 그래도 구멍가게 아줌마 말고는 어디 왕상이를 떠넘길데가 없고 보면 어쩔 수 없는 노릇이다.

그날도 로타리 할머니는 아침밥 먹자마자 똥 눈다고 나가서 점심장이 다 끝나도록 나타나지 않았다.

형부랑 언니는 당연히 로타리 할머니가 왕상이를 돌보고 있을 줄 알았다. 형부랑 언니가 농협에 물대를 입금하고 나서 왕상이를 보기 위해 엄마네 식당에 들른 건, 오후 네 시 무렵이었다.

왕상이는 할머니 등에 업혀서 아무것도 모르고 할머니 귀를 잡아당기고 있었다. 엄마는 마침 배달 갈 동태찌개의 간을 보려고 국물 한 숟갈을 떠서 입에 넣고 있었는데 왕상이가 귀를 잡아당기니까 뒤로 홀링

나자빠질 뻔했다.

"장모님!"

"엄마!"

형부랑 언니가 누가 먼저랄 것도 없이 엄마한테 뛰어갔다.

"집으로 곧장 가지 뭣하러 왔어? 어여 가서 자라니까."

큰딸 내외가 엄마 등에 업혀 있는 왕상이를 끌어 내리려고 했지만 엄마는 한사코 손사래를 쳤다. 괜찮다고만 했다. 로타리 할머니는 어디 간 거냐고 묻자 엄마는 또 대뜸 로타리 할머니 역성만 든다.

"아녀. 그 할매 금방 나갔어. 나간 지 십 분도 안 됐는데 뭔 소리여? 가라니까, 애는 놔두고 가서 자라니까 왜들 그려?"

그러나 아무도 엄마의 말을 곧이듣지 않았다. 엄마가 아무리 아니라고 우겨도 우린 다 알았다. 오늘도 엄마는 하루 종일 왕상이를 등에 업은 채로 설거지를 하고 찌개를 끓여 날랐을 거란 사실을. 엄마가 아무리 아니라고 해도 엄마의 잔뜩 불거져나와 있는 무릎이 모든 걸 말해주고 있었다.

엄마의 오른쪽 무릎이 벌에 쏘인 것처럼 부어올라 있었다. 무릎 안쪽에 솜뭉치를 쑤셔 넣은 듯했다. 아니다, 그건 솜뭉치가 아니었다. 엄마가 버텨온 세월이 거기, 당신의 무릎 안쪽에 고스란히 고여 있었다. 가난 앞에 주먹질 한번 할 수 없었던 세월의 막막함이 거기 한 줌의 응어리가 되어 박혀 있었다. 스스로 한 마리 우매한 소가 되어 그저 묵묵히 현재만을 일궈야 했던 늙은 어미의 무르팍엔 열매 대신 염증이 맺혔고 어미는 자신이 꽃 피워 낸 그 흉한 꽃이 못내 부끄러워 두 손으로 얼른 무릎을 감싸 쥐었다. 무릎을 감싸 쥔 엄마의 손등 위엔 벌겋게 부어오른 무릎보다 더 붉고 더 깊은 주름이 그어져 있었다.

큰사위가 자신의 무릎을 쳐다보자 엄마는 고개를 들지 못했다. 사위 몰래 돈을 빼돌리다 들킨 장모마냥 어쩔 줄을 몰라 했다. 큰사위에게 자신의 성치 않은 무릎을 들켰을 때 엄마는 난생처음 자식 앞에서 눈물을 보였다. 그러나 우리 중 누구도 엄마가 흘린 눈물의 의미를 정확히 알지 못했다. 그 순간 엄마를 그토록 부끄럽게 만든 것이 무엇이었는지. 어머니의 가난이었는지, 가난에 묶여 한평생을 지내온 어머니 자신의 융통성 없는 삶이었는지, 이제 당신 스스로 버텨낼 수 있는 날이, 자신의 남은 생을 자식에게 의탁해야 될 때가 얼마 남지 않았음을 들키게 되어서인지, 우리 중 누구도 알 수 없었다.

어쩌면 엄마는 그저 세월에 뭉개진 무르팍이 불쑥 서러웠는지도 모른다.

형부가 오토바이의 시동을 걸었다. 엄마는 성치 않은 다리를 절룩거리며 따라나왔다. 땅을 디딜 때마다 통증이 더 심해지는지 이로 아랫입술을 깨물었다. 그러나 앙다문 입술 사이로 끙, 하고 신음 소리가 새나오는 것만은 엄마도 어쩌지 못했다.

왕상이네 세 식구를 태운 소형 오토바이가 저만치 멀어져갔다. 이제는 너무 멀리 가서 따라잡을 수도 없으련만 엄마는 그래도 계속 쫓아갔다. 절룩거리며, 부어오른 오른쪽 무릎을 손바닥으로 꾹꾹 내리누르면서.

엄마는 쉼 없이, 오래도록, 악에 받쳐서, 무어라 무어라 혼잣말을 하고 있었다.

"애는 놔두고 가라니까! 그럼 삼십만 원 받고 새벽부터 와서 애 봐줄 사람이 누가 있다고 그려? 내 몸땡이 성할 때 니들 돈 벌라니까 왜 그려? 애는 놔두고 가! 큰애야! 최 서방! 내 몸땡이 성할 때, 내가 이거 식당이라도 할 때 니들은 돈 벌라니까 왜들 지랄이여, 지랄이! 내가 시방도 시퍼렇게 멀쩡한디."

나는 엄마의 그 혼잣말이 어머니 당신의 남은 세월을 향한 것인지, 저기 저만치 멀어져가는 큰딸 내외를 향한 것인지도 분간할 수 없었다.

보일러실 쟁탈전

나는 이번에도 무조건 은지네 편이다. 은지네 말이 언제 한 번이라도 틀린 적이 있었어야 반대를 하고 말고가 있는데 은지네 주장에는 하등 토를 달 이유가 없다.

요즘은 백화점에 갈 때도 꼭 은지네가 가자는 날에만 갈 정도로 나는 은지네 말이라면 우선은 그냥 믿고 본다. 은지네 말대로 은지네 하자는 대로만 하면 '자다가도 떡이 떨어지기' 때문이다.

일례를 들면, 은지네는 백화점 세일 날짜까지 언제든 귀신같이 알고 있다. 우리 집 둘째는 아직 기저귀를 차는데 은지네가 가자는 날에 백화점에 가면 단 한 번도 거르지 않고 72개들이 한 봉지에 이만 원이 넘는 기저귀를 만삼천 원에 세일 판매를 하고 있었다. 한 봉지당 칠천 원이나 싸다. 평상시라면 세 봉지밖에 못 사는 돈으로 다섯 봉지를 사는 셈이니 보름치 기저귀 두 봉지가 공짜로 생기는 거다. 요 몇 년 사이에 영철에서 여보와 윤 서방으로 호칭의 일대 변화를 맞게 된 나의 남편도 이제는 집에 기저귀가 떨어지면 으레 "은지네는 언제 또 백화점 간대?" 하고 물을 정도다.

사실 은지네를 처음부터 이렇게 믿고 따른 건 아니다. 오 년 전, 신혼살림을 차렸던 2층짜리 빌라에서 장텃길 안에 있는 이 건물의 4층으로 삼 년 전 전세금을 줄여 이사를 오게 됐을 때, 제일 맘에 걸리는 부분이 바로 은지네였다. 나는 체질적으로 깐깐해 보이는 사람은 경계하는 편인데 은지네가 꼭 그런 타입의 아줌마였다. 나와는 달리 살점이라고는 얼마 붙어 있지도 않은 팔뚝과 엉덩이며 허리 아래서 바짓단 끝까지 반듯하게 주름을 잡은 청바지에, 콧잔등 위에 걸터앉아 있는 금테 안경까지, 은지네의 첫인상은 영락없이 학생주임 선생이었다.

"이 집엔 컴퓨터가 없네요?"

"전 노트북을 쓰는데요."

"그래요? 그럼 컴퓨터는 있는 거고, 스탠드 하나, 냉장고 하나……그런데 이 집은 텔레비전이 두 대나 있네요? 우리 집보다 전기 더 많이 쓰겠다. 이 피아노는 새댁이 치나요? 난 귀가 되게 예민한데……"

집 안으로 이삿짐이 하나씩 옮겨져 들어올 때마다 은지네는 우리 집 살림살이들을, 특히 가전제품의 가짓수를 꼼꼼히 헤아렸다. 그런 은지네를 보면서 나는 '이 건물에는 전기 계량기가 분명히 하나뿐이다'라고 추측했고, 전기세가 나올 때마다 십 원 단위까지 정확하게 반으로 가르기 위해 몇백 원을 두고 은지네와 실랑이를 벌이게 될 일을 생각하며 이맛살을 찌푸린 것도 사실이다.

그런 내가 은지네 말이라면 덮어놓고 맞장구를 치게 된 데는 다 그만한 이유가 있다.

1

우리 가족이 이 건물로 이사 왔을 때가 4월 초였으니까 이사 온 지한 달이 조금 지나서였나보다.

밤새 열이 올라 칭얼거리던 애를 간신히 재우고 나도 잠깐 눈을 붙이려고 하는데 초인종의 뻐꾸기 소리가 자지러지게 울렸다. 애가 깰까 맨발로 뛰쳐나가 문을 열었더니 은지네였다.

"현이 엄마가 자물통을 따줬다는데 진짜야? 진짜면 다 현이 엄마 잘못이야."

은지네는 다짜고짜 내 잘못이라는 것이었다. 나는 대체 내가 뭘 잘못했는지, 은지네가 이렇게 언성을 높일 만큼 무얼 그리 잘못했는지, 도통 떠오르지가 않았다.

"우리 보일러실 말이야. 구둣방 사장 말로는 현이 엄마가 자물통을 따줬다는데?"

"제가요?"

"그럼 자물통 열쇠 가지고 있는 사람이 현이 엄마랑 나 말고 또 누가 있어? 아니, 현이 엄마는 왜 그렇게 생각이 없는 거야. 이사 올 때 주인 할아버지가 뭐라 그랬어. 보일러실이 이게 2층 구둣방 안에 있어도 3층이랑 4층 보일러가 그 안에 있으니까 보일러실은 꼭 우리만 쓰라고 신신당부를 하셨잖아. 주인 할아버지가 뭐 돈이 남아돌아서 열쇠까지 복사해줬겠어?"

아차, 싶었다.

"우리 집 보일러는 보름에 한 번씩 물 공급 밸브를 열어서 물을 공급해 줘야 되는 수동식입니다"라고, 주인 할아버지는 보일러실 열쇠를 내게 넘겨주며 당부를 했었다. 그런데 한 번도 물 공급을 해주지 않았지 뭔가. 아침밥 먹다 말고 2층 보일러실로 내려갔더니 보일러실 문이 열려 있었다. 어디에다 두었는지 생각나지 않는 열쇠를 찾기 위해 온 집 안을 벌컥 뒤집어엎었는데…… 나는 간신히 찾아온 열쇠를 들고 황망히 보일러실의 열린 문을 쳐다보고 있었다. 자세히 보니 자물통은 매달려 있는데 문이 열려 있었다. 순간, 등줄기로 섬뜩한 무언가가 스치고 지나갔다.

나는 보일러실 문에서 한 걸음 뒤로 물러섰다.

한쪽 문고리가 절단되어 있었다.

쇠를 자를 정도라면?

생각이 거기에 이르자 두 다리로 서 있는 것조차 힘에 겨웠다. 어떤 범죄와 관련된 현장 안으로 선뜻 들어설 용기도 나지 않았거니와 2층에 나 혼자 있다는 사실과 함께 별안간 엄습해 온 공포감으로 질릴 대로 질린 나는 비명을 지를 엄두조차 내지 못하고 그 자리에 붙박인 듯 서 있었다.

"저희 짐 좀 넣어뒀습니다. 아, 이 많은 걸 어따 처넣어둘 데가 있어야 말이죠."

언제 왔는지 구둣방 사장이 어깨를 밀치며 앞으로 튀어나왔다. 러닝셔츠 바람에 새 둥지를 튼 머리 꼴하며, 맨바닥에서 아무렇게나 자빠져 자다가 쫓아 나온 모양이었다.

"그럼 이거 아저씨가 이렇게 한 거예요?"

절단된 문고리를 가리키며 묻자 구둣방 사장은 낯빛 하나 바뀌지 않고, "뭐, 좋은 게 좋은 거 아닙니까?"라고, 오히려 내게 되묻는 것이었다. 구둣방 주인의 그 뻔뻔스러움에 할 말을 잃은 나는 "그러면 저한테 열쇠를 달라고 하든지 했어야지……"라고 툴툴거리고는 나머지 문고리에 매달려 있는 자물통을 열쇠로 풀어가지고 올라와버렸던 것이다. 그 순간에는 제 구실도 못하고 쓸모도 없이 문고리에 매달려 있는 자물통이 보기 싫어서, 그래서 그렇게 했을 뿐이다.

"그러니까 현이 엄마가 자물통을 따주긴 따준 거네?"

사정 얘기를 듣고 난 은지네는 화를 가라앉히기는커녕 좀 전보다도 더 심하게 나를 몰아세우기 시작했다.

"구둣방 사장이 나한테 뭐라는 줄 알아? 짐 넣어두라고 현이 엄마가 자물통을 따줬다는 거야. 그 인간이 그런 인간이라구. 아니, 세상에 어떻게 잠가둔 문을 열겠다고 절단기로 문고리를 자를 수가 있니? 아무나 그런 생각을 할 수 있을 것 같아? 그 인간, 그거 내가 진작에 양아치 새끼인 줄은 알았는데, 그래도 이렇게 무서운 인간인 줄은 생각도 못했네. 아니, 절단기로 문고리를 잘랐는데 현이 엄마는 그걸 그래, 그냥 뒀단 말이야? 이제 어떡할 건대?"

"어떡하긴, 뭘요?"

나의 사오정 같은 반응에 은지네는 급기야 불을 내뿜기 시작했다.

구둣방 사장은 보일러실의 주인인 우리들의 허락도 없이 우리 재산을 파손시켰을 뿐만 아니라 무단으로 보일러실을 점거한 것이다. 그런데도 너는 느끼는 바가 없느냐? 이건 누군가가 우리 집 현관문을 절단기로 자르고 들어와 우리 집 안방을 흙 묻은 구둣발로 짓밟고 다닌 거나 마찬가지다. 너는 화도 안 나냐? 만약 보일러실에서 무슨 일이 생기면? 그때는 어찌 되는 줄이나 알고 있는 거냐? 알다시피 구둣방에 깔리고 깔린 게 가죽에 고무 밑창이고 잠시 잠깐도 멈추지 않고 내뿜어지는 거, 그게 신나에 본드라는 사실은 이 동네 사람치고 모르는 사람이 없다. 그뿐이랴. 구둣방에서 구두를 만들고 있는 놈들은 또 어떤 인간들이냐? 주인이나 일하는 놈들이나 죄다 양아치들인데 그놈들이 보일러실에 가죽이다 고무 밑창이다 잔뜩 들여다놓고 거기서 술판이라도 벌였다가 싸움이라도 나면? 홧김에 담뱃불을 집어 던졌는데 그게 하필 가죽에 떨어져 불이라도 나면 그게 다 누구 책임인데? 구둣방 사장? 그 사람이 왜? 보일러실에서 불 나면 욕먹는 건 당연히 보일러실 책임자지 구둣방 사장이 아니다, 등등의 말을 은지네는 숨 한 번 쉬지 않고 쏟아냈다.

"은지 엄마, 그건 너무 비약이 심한 거 아니야? 지들이 술 처먹고 불 내면 지들 책임이지 그게 어떻게 우리 책임이에요?"

"현이 엄마, 대학원 나왔다는 거 그거 뻥이지? 현이 엄마 이러는 거 보면 다들 국졸이라 그래. 어떤 놈이 우리 집에 들어와서 불 내고 달아나면 그놈이 책임져, 우리가 책임져?"

국졸이라는 말에 기분이 나빠진 나는 은지네 면전에서 그냥 콱 문을 닫아버릴까도 생각했지만 은지네의 말이 너무 일리가 있는 바람에 그럴 수도 없었다.

"주인 할아버지가 보일러실 열쇠를 우리 둘한테만 줬지. 그게 무슨 뜻일까?"

은지네가 열거한 최악의 경우들은 하나둘이 아니었고 그 최악의 경우에 책임을 지게 될 사람이 다름 아닌 바로 나라는 사실, 은지네의 말에 의하면 이제는 빼도 박도 못하게 됐다는 그 사실 때문에 나는 겁을 잔뜩 집어먹었고, 하필이면 왜 이런 때 보일러실에 내려갔다가 꼼짝없이 덤터기를 쓰게 됐는지, 그날의 불운을 탓하지 않을 수 없었다.

"기득권이 뭐야? 절차를 밟아서 이미 얻은 법률상의 권리, 그게 기득권이라는 건데 우리가 왜 힘들게 얻은 우리 권리를 이렇게 쉽게 포기해? 우리 걸 왜 그 인간한테 그냥 거저로 넘겨주냐고? 말도 안 되지. 기득권이란 건 한번 뺏기면 그만이야. 뺏기고 나서 다시 찾으려고 하면 그게 얼마나 힘든 일인 줄 알아?"

"설마, 보일러실을 뺏기기야 하려구요? 우리 보일러가 거기 있는데."

"설마? 이 여자 이거 그렇게 안 봤는데 되게 답답한 사람이네. 지금은 겨우 고무 밑창 두 상자 갖다놨지만 그게 열 상자가 될지, 백 상자가 될지 그걸 누가 알아? 막말로 뭐든지 처음이 어렵지 그다음엔 일도 아니잖아. 나중에 더 골치 아파지기 전에 뭔가 수를 내야 된다고. 더 힘들어지기 전에 우리 건 우리가 지켜야지."

은지네의 말은 구구절절이 다 옳았다. 거기다 은지네가 일깨워준 '기득권'이라는 단어, 나는 깊이 생각해보지도 않았던 그 단어가 내 마음을 흔들었다. 아직은 현실조차도 소꿉놀이와 비슷했던 저 학창 시절, 그렇게도 나를 들뜨게 했던 불의에 대한 투지, 정의감 같은, 이제는 생활에 묻혀 머리카락 한 올조차 태우지 못할 만큼 그 화력마저 엷어진 불꽃이 다시 내 안에서 새롭게 점화되는 순간이었다.

나는 나의 순간적인 판단 미스로 위태로워진 나의 기득권을, 우리의 보일러실을 사수하고자 주저 없이 은지네와 동지가 되기로 결심했다.

은지네는 내가 내민 손을 덥석 부여잡았다.

"우리의 기득권을 지키기 위하여!"

그날부터 은지네와 나는, 우리는 같은 구호 아래 혼연일체가 되었다.

2

가져다놓을 게 없었다. 은지네야 2층 바로 위, 3층에 사니까 뭐 그렇다고 해도 우리는 옥상 전체를 우리만 사용하고 있고 베란다도 꽤 넓은 편이기 때문에 굳이 보일러실에까지 옮겨다놓을 짐이 없었다.

이리 둘러보고 저리 뒤져봐도 보일러실에 처박아둘 만큼 필요 없는 물건은 보이지 않았다. 생각다 못해 나는 베란다에 내다놓은 '파워 점프'라도 내려다놔야겠다고 마음먹었다. '파워 점프'는 남편이 TV 홈쇼핑을 통해 십구만 원이나 주고 산 운동기구로 처음 얼마 동안은 운동을 해야겠다는 마음보다도 돈이 아까워서 가뭄에 콩 나듯이 그 위에 걸터앉아 시늉만 내다 구입한 지 한 달도 못 되어 베란다로 내쫓아버린, 그야말로 자리만 잡아먹는 쇳덩어리였다.

'바로 그거다 그거!'

나는 베란다로 뛰어나갔다. 문제의 '파워 점프'가 베란다 한쪽을 전부 차지하고 있었다. 그런데 정작 '파워 점프' 앞에 서자 좀 전의 계획을 포기하지 않을 수 없었다. '파워 점프'는 너무 크고 너무 무겁다. 옮겨 놓을 엄두도 내지 못할 만큼. 집 안의 어떤 가구나 물건은 생활에 전혀 보탬이 되지 않는데도, 심지어는 생활에 불편만을 덧보태고 생활의

질을 현저히 떨어뜨리는데도 단지 그것이 차지하는 부피와 하중이 다른 것들보다 턱없이 크다는 이유 하나만으로 내쫓기지 않고 영구히 자신의 위치를 지키는 것이다. 가족 중에도 그런 이들이 적지 않지만 말이다.

'파워 점프'가 거대한 코끼리처럼 다가왔고 동시에 나는 내가 무척이나 무기력한 존재로 느껴졌다. 맥이 풀렸다.

다행인지 불행인지 그때 마침 초인종이 울렸다. 누군지 성질 한번 되게 급했다. 베란다에서 현관문까지 뛰어가는 사이에 벌써 네 번이나 벨을 누르고 있었다.

성질 한번 되게 급한 사람은 다름 아닌, 1층 잡화 가게 주인이었다. 여기서 잠깐, 우리 건물에 모여 살고 있는 사람들 설명을 좀 하고 넘어가야겠다. 1층에는 샴푸, 종이컵, 필름, 생리대까지 온갖 잡동사니를 죄다 모아서 팔고 있는 잡화 가게와 형제 셋이서 사장에 총무에 종업원까지, 모든 직책을 식구들끼리 골고루 한 자리씩 꿰차고 있는 통조림 가게, 삼형제상회와 시장에서 구루마를 끌고 다니며 커피 장사를 하다가 몸에 좋다는 이것저것을 섞어서 만든 자칭 '정력차'를 발명해 하루아침에 벼락부자가 된 차씨 아줌마가 차린 '정력 한방차' 가게가 있다. 사실 차씨 아줌마가 오늘날 이렇게 번듯한 간판을 내건 가게의 사장이 되기까지에는 말 못 할 우여곡절이 퍽도 많았다. 유모차만 한 커피 구루마를 끌고 다니며 장텃길 대로변이 떠나가게 "커피! 시원한 냉커피 있어라잉! 그랑께 한 잔만 들이부었다 하믄 시방 이 자리서 곧장 물개가 되어부리는 정력차도 있어라잉!"을 외치느라 팍 쉬어버린 목구멍을 달래느라고 기실은 남들한테 파는 것보다도 본인 스스로 퍼

마시던 빈도가 훨씬 빈번하던 이 정력차가 그러면 오늘날에 와서는 어떻게 '정력 한방차'로 탈바꿈해서 어떤 까닭으로 이렇게 인기리에 판매가 되고 있는 것인가? 차씨 아줌마의 이, 말도 안 되는 진간장 수준의 정력차가 이름만 들어도 대단해 보이는 '정력 한방차'가 되기까지에는 일등 공신이 따로 있는데 그 일등 공신이란 다름 아닌 차씨 아줌마의 웬수 같은 딸년 정희와 정희의 딸, 소영이다. 앞에서도 잠깐 얘기한바가 있는 대로 정희는 제 남편에게 죽지 않을 정도로만 매를 맞고 살다가 이번에는 정말로 야구방망이에 맞아 죽는구나라는 생각을 마지막으로 욕실 변기를 붙잡고 혼절을 했는데 때마침 비명 소리를 듣고 쫓아온 옆집 사람들의 도움을 받아 구사일생으로 그 집을 탈출해서 친정살이를 하고 있었다. 변변한 한약 한 첩 지어 먹일 수 없는 처지의 차씨 아줌마는 정희한테 그저 시도 때도 없이 정력차만 먹으라고 성화를 부리곤 했다. 그런데 정희란 년은 엄마가 먹으라고 하면 그냥 먹으면 될텐데 써서 못 먹겠다, 뜨거워서 못 먹겠다, 까탈을 부리기 일쑤였다. 웬수 같은 딸년을 죽일 수도 없고, 그저 어떻게든 그 비위를 맞춰주려고 차씨 아줌마는 정력차에 흑설탕도 좀 넣고 냉커피마냥 얼음도 좀 넣고 했다. 그랬더니 이 정력차가 달짝지근하니 꼭 쌍화차 비슷한 맛이 나는 것이었다. 입에 담을 수 없는 활극과 수차례의 악다구니를 거쳐 천신만고 끝에 되찾아 온 정희 딸, 소영이까지 이 정력차를 무슨 요쿠르트처럼 마시길 좋아했다. 있는 거라고는 정력차밖에 없던 차씨 아줌마는 손녀딸이 이걸 이렇게 좋아하니까 더더욱 손녀딸의 입맛에 맞게 흑설탕의 양을 점점 더 늘렸다. 그랬더니 연탄 넣고 달인 것 마냥 새까맣기만 하던 것이 노리끼리하니 수정과 빛으로 변하는 것이 아닌가! 보기에도 참 침 넘어가게 보이게 된 것이다. 더구나 곧 죽을 것 같아 보이던 정희가 멀쩡하게 일어나 장텃길을 활보하고 다니게 된 것을 목격한 시장 사람들 사이에서 다음과 같은 소문이 꼬리에 꼬리를 물고 퍼져 나가기 시작했다.

"정희 쟤가 왜, 그거 있잖아, 정력차. 그거 마시고 저렇게 싹 나았다 잖아, 글쎄."

"어디 정희뿐이야? 정희 딸인가 뭔가 그 애도 그거, 처음 여기 데려 왔을 때는 걷지도 못했다잖어. 정력찬가 뭔가 그거 몇 잔 마시더니 애 가 벌떡 일어나 걷더라는데?"

정희와 정희 딸, 소영은 한마디로 살아서 돌아다니는 정력차의 효용 의 증거였던 것이다. 그 뒤로 차씨 아줌마가 물개니 해구신이니 떠들 어댈 때는 속는 셈치고 그거 한잔 마셔보고 싶다가도 그 나이에 첩 들 일 거냐고 누가 놀려댈 일이 무서워 본 척도 않던 하차반들을 비롯해 서 15킬로그램짜리 과일 짝들을 연일 들었다 놨다 하느라고 팔뚝이 장 딴지 통만큼 굵어진 과일 가게 여자들까지도 차씨 아줌마의 구루마가 멀리서 보이기만 해도 그 굵은 팔뚝을 깃발처럼 흔들어대며 "어이, 커 피!"를 부르게 되었다. 장사꾼들뿐만 아니라 동종 업계의 커피 장사꾼 들도 너 나 할 것 없이 차씨 아줌마로부터 정력차 비법을 알아내기 위 해 동분서주했는데, 무슨 수를 써도 차씨 아줌마로부터 비법 한 줄 훔 쳐낼 수 없다는 것을 알게 된 커피 장사꾼 여자들이 급기야는 차씨 아 줌마로부터 정력차를 웃돈 얹어 구입하기 시작했다. 그런데 그 주문량 이 아줌마가 하루에 달여 오는 양으로는 턱도 없이 모자랐다. 차씨 아 줌마는 물밀듯이 밀려 들어오는 주문량을 맞추기 위해 정력차에 들어가는 재료들을 일회용 커피 믹스처럼 갈아서 큰 거 한 봉지에 얼마, 작은 거 한 봉지에 얼마, 하고 팔게 되었다. 그러던 것이 오늘날에 와서는 서울에 있는 시장통의 웬만한 커피 장사꾼들의 커피 구루마에는 꼭 하나씩은 구비되어 있는 그 유명한, '정력 한방차'로 새롭게 태어나게 된 것이다. 자기는 죽었다 깨어나도 커피 장사를 해먹을 팔자를 타고난 게 틀림없다고, 그래서 나는 성(姓)마저도 차씨인가보다라는 차씨 아줌마의 말대로 차씨 아줌마의 인생은 그야말로 차로 시작해서 차로 끝장을 보고야 만 인생이니 차씨 아줌마야말로 장텃길 사람들에게 인생 대역전의 드라마를 펼쳐 보여준 주인공인 셈이다.

이 가게 하루 매출이 천만 원에 육박한다니, 우리나라 사람들이 '정력'이나 '한방' 들어가는 단어에 얼마나 환장하는지 짐작하고도 남는다. 이상이 1층에 세 들어 살고 있는 사람들의 전모이고, 2층은 말 안 해도 누가 사는지 다들 알 거다. 3층엔 삼형제상회의 사장이자 삼 형제의 장남인 은지네 아빠를 비롯해서 은지네 네 식구가 살고 있다. 그러니까 은지네는 사장님 와이프, 다시 말해 사모님이다.

"오늘은 집에 붙어 있을 거유?"

잡화 가게 주인은 인사고 뭐고 없이 대뜸 그것부터 물었다.

"왜요?"

"여름 시작되기 전에 우리도 에어컨 하나 달려고 그랬는데 옥상 키가 없어서 어제 기사가 왔다가 못 달고 그냥 갔잖아. 기사가 오늘 다시 온다고 그랬으니까 거, 옥상 키 좀 주쇼."

잡화 가게 주인은 어제 자기네 가게 에어컨 못 단 게, 그게 다 내가 집을 비워둔 탓이라고 생각하는지 태도랑 말투가 상당히 비난조였다.

122

내가 뭐 집 지키는 개도 아니고, 1층에서 에어컨을 다는지 떼는지, 그것까지 무슨 재주로 안다고……

"에어컨 기사가 오늘 몇 시에 오는데요?"

"그거야 지 땡기는 대로 오겠지, 고것까지 내가 정확히 어찌 알겠우? 아줌마 있나 없나, 올라왔다 내려갔다 나도 귀찮고, 아줌마도 신경 쓰이고, 옥상 키나 가져오슈. 낼 다시 줄 테니까."

내일 돌려준다는데 못 내줄 이유가 없었다. 나는 집 안으로 들어가 거실 벽장문을 열고 열쇠 꾸러미를 꺼냈다. 열쇠 꾸러미에 매달려 있는 열쇠만 해도 스무 개가 넘는다. 방마다 열쇠를 최하 세 개씩은 복사해둔 걸 보면 주인 할아버지가 얼마나 꼼꼼한 분인지 같이 살아보지 않아도 알 수 있을 정도다. 스무 개도 넘는 열쇠들 사이에서 옥상 키를 찾고 있는데 은지네가 기척도 없이 안으로 들어왔다.

"내가 이럴 줄 알았다니까. 현이 엄마, 자기 바보니?"

잡화 가게 주인이 옥상 열쇠를 가져갔다가 혹시라도 열쇠를 안 주거나, 열쇠 하나를 복사해서 시도 때도 없이 옥상에 들락거리면 그때는 현이 엄마가 다 책임질 거냐? 내가 알기로는 주인 할아버지가 현이네도 가급적이면 옥상은 쓰지 말라고 했다는데 그 할아버지가 아무 이유 없이 그랬겠느냐. 막말로 잡화 가게 주인한테 옥상 열쇠를 넘겨줬다가는 그날로 옥상이 잡화 가게 창고가 되는 건 불을 보듯 뻔한 일이다.

은지네의 말은 섬뜩할 정도로 설득력이 있었다. 옥상 열쇠를 잡화 가게 주인한테 넘겨주기 전에 은지네가 나를 찾아와 내 행동을 나무란 일은 아무리 생각해도 하늘이 나를 도운 거였다.

해가 저물 때까지도, 저녁을 먹고 현이 목욕을 시키고 나서도 에어컨 기사는 나타나지 않았다. 그날 나는 옥상 열쇠를 넘겨주는 대신에 하루 종일 집을 지키고 앉아 이제나저제나 에어컨 기사가 올 때만 기다리고 있었다. 그날 온다던 에어컨 기사는 끝내 오지 않았다. 나를 골탕 먹일 작정이 아니라면 그럴 수가 없었다.

다음 날 아침 일찍, 나는 '너도 한번 당해봐라!'라는 심보로 현이 기저귀와 분유까지 챙겨 들고 친정 엄마네 삼오식당으로 내빼버렸다.

"어디 다녀오슈? 내일은 꼭 집에 계셔야 됩니다. 내가 에어컨 기사한테 늦어도 오전 열한 시까지는 와야 한다고 했으니께 오전 중에만 잠깐 기다리면 되는데…… 아따, 거 아들 하나는 증말로 잘나게 뽑았수다."

그날 저녁, 내가 나타나자마자 잡화 가게 주인은 쏜살같이 쫓아와 분유 가방을 들어줬다. 아쉬운 놈이 우물 판다고, 옛말 하나 틀린 게 없었다. 애를 들쳐 업고 4층까지, 사십 개도 넘는 계단을 올라가면서도 그날따라 숨도 차지 않았다.

에어컨 기사는 다음 날 아침, 날이 밝기가 무섭게 나타나 득달같이 에어컨을 설치했고 에어컨 기사가 옥상을 오르내리는 동안 잡화 가게 주인은 며칠 전과는 달리 입에 척척 들러붙는 찹쌀떡처럼 내 비위를 맞췄다. 에어컨 모터를 옥상에 올려놨으니 에어컨 때문에라도 옥상에 올라갈 일이 잦을 텐데 괜히 내 기분을 상하게 해봤자 자기만 불리할 뿐이라는 걸 이 닳고 닳은 장사꾼이 모를 리가 없었다.

은지네 말을 듣고, 옥상 열쇠를 넘겨주지 않은 건 얼마나 잘한 짓인가! 내가 옥상 열쇠를 움켜쥐고 있는 한은 잡화 가게 주인도, 2층 구둣방도, 심지어는 케이블 TV의 안테나를 옥상에 설치해놓고 있는 은지네까지도 내게 함부로 굴지 못하는 것이다. 이것이 바로 말로만 듣던 권력의 참맛이 아닌가.

열쇠를 쥐고 있는 놈이 최고다!

옥상 문을 잠그고 내려와 나는 열쇠 꾸러미에서 옥상 열쇠만 따로 빼내어 신발장 깊숙이 숨겨두었다. 그리고 곧장 장롱 문을 열고 겨울 옷을 끄집어내기 시작했다.

겨울옷이 든 사과 상자를 들고 보일러실로 내려갔더니 마침 은지네도 고무 다라이 하나를 옮기고 있는 중이었다. 배추 절일 때 쓰는 고무 다라이로 현이 같은 아이 스무 명도 들어갈 수 있을 만큼 컸다.

"마침 고물상에 이게 있지 뭐야."

은지네가 가져온 고무 다라이는 고물상에서 주워온 거였다. 나는 들고 내려온 옷상자를 고무 다라이 옆에 내려놨다. 그렇게 하고 보니 이제야말로 보일러실의 임자가 누구인지 보다 확실해진 듯했다.

보일러실 중앙에 떡하니 버티고 있는 은지네의 고무 다라이와 우리 집 겨울옷 상자, 이제부터 그것들은 우리 대신 보일러실을 차지하고 앉아 우리의 기득권을 사수할 것이다. 제 몫을 충분히 해낼 수 있을 만큼, 저까짓 고무 밑창 두 상자하고는 견줄 수도 없을 만큼 그것들은 덩치가 컸고 자리를 많이 차지했다.

은지네와 나는 보일러실 문 앞에 서서 한쪽 귀퉁이에 처박혀 있는 고무 밑창 두 상자를 내려다보며 시선을 교환했다. 우리는 서로 말 한 마디 나누지 않았지만 입가에 번져 있는 미소만으로도 상대가 무슨 생각을 하고 있는지 넉넉히 짐작할 수 있었다.

3

"그러니까, 바로 너였어? 니가 이 옷 보따리 주인이란 말이지? 내가 이것들을 봤을 때 진작부터 알아봤다, 알아봤어. 새파랗게 젊은 년이 뭐가 아쉬워서. 너, 또라이지?"

보일러실에서 튀어나온 노랑머리는 생판 모르는 여자였다. 노랑머리는 백설공주한테 독사과를 넘겨준 마녀가 현실에 나타나면 꼭 이런 얼굴을 하고 있을 것 같은 얼굴을 하고 있었는데 내가 "세상에, 누가 내 옷들을!" 하고, 비명을 내지르자마자 쫓아 나와 다짜고짜 멱살을 움켜잡았다.

숨이 막혀 말을 할 수가 없었다. 내가 간신히 "누구세요?"라고 묻자, 노랑머리는 그 말을 기다렸다는 듯이 포효하기 시작했다.

"내가 누구냐고? 니년이 내가 누군지 몰라서 물어? 내가 누구긴 누구야, 여기 사장 마누라지. 젊은 년이 우리 순진한 신랑 한번 꼬드겨서 단물만 빨아먹고 뱉으려고 하는 거, 내가 니 시꺼먼 속을 모를 것 같니? 야, 이 호적에 잉크도 안 마른 것아. 내가 너 같은 것들한테 우리 신랑을 넘겨줄 것 같으니? 내가 이래 봬도 물장사만 십수 년이야. 이거 왜 이래?"

그 말과 동시에 노랑머리가 내 멱살을 풀었다. 노랑머리는 이거 왜 이래? 바로 그 부분에서부터는 멱살을 잡고 있는 것보다는 삿대질이 어울린다고 생각했던 모양인데 나는 노랑머리가 삿대질을 하려고 멱살을 풀자마자 그대로 줄행랑을 쳤다. 뭐가 뭔지, 정신이 아찔아찔하고 순식간에 당한 일이라 미처 대거리 한번 해보지 못했던 것이다.

내가 혼비백산을 하고 나타나 노랑머리가 어떻고 사장 마누라가 어쩌고 횡설수설을 하는 동안 은지네는 쓰레빠를 꿰어 신고 벌써 2층 구둣방까지 단숨에 뛰어내려갔다. 은지네가 앞장서서 구둣방 안으로 들어갔다. 나는 심장이 뛰어서 그 안으로 다시 들어갈 엄두가 나지 않았다.

"현이 엄마, 뭐 해?"

은지네의 불호령이 떨어졌다. 나는 할 수 없이 미적거리며 안으로 따라 들어갔다.

"사장 어딨어? 다 필요 없고, 사장 나오라 그래."

은지네의 서슬이 대단해서였는지, 아니면 그새 사태 파악을 제대로 끝낸 뒤인지 노랑머리는 그 잠깐 동안에 완전히 다른 여자가 되어 있었다.

"아줌마, 서서 그러지 말고 이리로 잠깐 들어와 앉으세요."

노랑머리가 은지네와 나의 팔을 잡아끌며 들어와 앉으라고 한 곳은 다름 아닌 보일러실 안쪽에 들여다놓은 군용 간이침대 위였다. 물론 우리가 거기 엉덩이를 붙이고 앉을 이유가 없었다. 은지네는 노랑머리를 제치고 보일러실로 뛰어들어가 햇감자 서너 개는 들어갈 만큼 입을 벌리고 서서 보일러실의 변모를 살펴보았고, 나는 보일러실 창문 바로 밑에, 알맹이가 다 까발려진 채로 비에 쫄딱 젖어 있는 옷상자로 뛰어갔다. 내 겨울옷이 든 종이 상자는 은지네 고무 다라이 속에 던져져 있었는데 열어놓은 창문으로 들이친 비가 고무 다라이에 고이자 바닥에 구멍이 난 나룻배마냥 물을 흠뻑 머금고 다라이 속에 침몰해 있었던 것이다.

겨울옷 상자에 든 옷들의 값을 전부 합하면 못 나가도 백만 원은 넘었다. 처녀 적 무이자 10개월 할부로 구입한 검정 가죽 코트에 세무 잠바, 엄마한테 미친년 소리를 들어가며 샀던 진짜 바바리 목도리까지, 물에 잠겨 있었다.

내 입에서 백만 원이라는 말이 나오자, 노랑머리는 군용 침대 위로 가서 엎어져버렸다.

"나는 그게 4층 새댁 건 줄은 모르고…… 열어보니까 젊은 애들 입는 옷만 잔뜩 들어 있기에 전에 있던 그년 옷인 줄 알고…… 내가 미쳤지, 내가 미쳤어. 내가 백만 원이 있으면 요기다 요렇게 살림을 차렸겠어요? 그 돈 있으면 어디 지하에 방 한 칸이라도 얻지…… 색시, 그러지 말고 성질 풀릴 때까지 내 머리끄덩이라도 잡고 흔들던가…… 그러면 그냥 날, 몇 대 칠래요?"

노랑머리는 완전히, 날 잡아 잡수쇼로 일관했다. 자기 말마따나 물장수 십수 년 동안 통달한 수법인지, 노랑머리의 그, 날 죽여주쇼, 하는 태도에는 당해낼 재간이 없었다.

이 보일러실의 임자가 다름 아닌 나와 은지네라는 것을, 이 절대 불변의 기정사실을 알리는 데 조금도 모자람이 없을 것이라 여겼던 고무다라이와 겨울옷 상자는 보일러실 맨 안쪽, 창문 밑으로 쫓겨나고 그것들이 있던 자리에는 대신 구둣방 사장과 노랑머리가 그 위에서 뭔짓을 하려고 끌어다놨는지 말 안 해도 알 수 있는 군용 간이침대가 놓여 있었다. 침대 앞으로는 빈 맥주 상자가 두 개 나란히 엎어져 있었는데 그 위에 어지럽게 늘어놓은 버너니 도마니 접시, 밥공기 따위로 짐작하건대 임시 부엌이 틀림없었다.

우리의 보일러실은 은지네와 내가 잠시 방심하고 있는 사이에 감쪽

128

같이 남의 살림집이 되어 있었다. 아무것도 없이 을씨년스럽기만 하던 예전의 모습은 온데간데없고 이제는 그 안으로 들어서는 것조차 망설여질 만큼 우리의 보일러실은 궁색한 살림살이들로 꽉 들어차 있었다. 노랑머리를 에워싸고 있는 자질구레한 살림살이들이 너무나 어설퍼서 나는 시선을 어디에다 둬야 할지 난감하기조차 했다. 그 순간에 나는, 실수로 남의 집 문을 열고 들어갔다가 그만 뜻하지 않게 그 집의 궁색한 살림살이를 목격하고는 괜히 민망해져서 얼른 뛰쳐나왔을 때처럼 우선은 그 자리를 모면하고만 싶었다.

"여긴 우리 보일러실이에요!"

은지네도 나와 같은 생각을 했는지 보일러실이 우리 소유라는 사실을 몇 번이고 강조했다.

"우리 집 양반도 그렇다고 하대요. 근데 아줌마, 우리도 다달이 세를 내고 이 2층을 빌려 쓰고 있는데 2층에 있는 보일러실이 어째서 3층 거래요? 나는 도통 이해가 안 가요."

노랑머리도 만만치 않았다.

"우리 보일러가 여기 있으니까 여기는 당연히 우리 보일러실이죠."

내가 듣기에도 은지네의 주장은 왠지 설득력이 떨어졌다. 보일러실을 가득 채우고 있는 건 보일러실 한쪽 벽면에 도드라져 나와 있는 3층과 4층의 보일러 두 대가 아니라 2층 구둣방 사장과 노랑머리의 살림살이들이었다. 전후 사정을 모르는 제삼자가 와서 들여다보면 보일러실의 임자는 영락없이 그들이었다.

은지네의 신호에 따라 나는 물이 뚝뚝 듣는 겨울옷가지들을 챙겨 들고 3층 은지네로 올라갔다. 그때 우리는 십 보 전진을 위한 일 보 후퇴의 필요성을 절감했기 때문에 그렇게 했을 뿐이지 노랑머리에게 보일러실을 양보하기로 한 건 아니었다.

"할아버지가 직접 와서 보세요. 부루스타까지 들여다놨다니까요. 그게 아니죠. 그러다 불이라도 나면요? 그게 무슨 소리예요? 잘못되면 다 우리 책임이라뇨?"

은지네가 목동에 살고 있는 건물 주인에게 전화를 걸었더니 주인 할아버지는 다짜고짜 역성부터 냈다. 보일러실을 왜 그놈한테 그렇게 호락호락 넘겨주었느냐고, 주인 할아버지는 그야말로 난리가 아니었다. 이미 거기다 살림까지 차린 마당에 사람을 시켜서 끄집어낼 수도 없고 이제 이 일을 어쩔 거냐고, 주인 할아버지는 도리어 우리에게 호통을 쳤다.

"그때 현이 엄마가 그랬지, 설마 보일러실을 뺏기기야 하겠냐고. 쳇, 설마가 사람 잡는다더니…… 그 노랑머리, 보통이 아닌 것 같지?"

은지네가 물었다. 나는 고개를 끄덕였다.

"나가란다고 나갈까?"

은지네가 물었다. 나는 고개를 설레설레 저었다.

뺏기고 나서 다시 찾는다는 건 내가 생각했던 것보다 몇 곱절 더 힘든 싸움인지도 몰랐다.

4

노랑머리는 확실히, 우리보다 질겼다.

장마가 시작되는 통에 꺼둔 보일러를 켜려고 내려갔다가 구둣방 사장의 살림집으로 변한 보일러실을 발견하고부터 나와 은지네는 특별한 볼일도 없으면서 하루에도 몇 번씩 보일러실에 들락거렸다. '배 째라!' 식으로 나오는 인간들한테는 그 방법밖에 없다는 은지네의 주장에 따라 우리는 번갈아, 더러는 같이 쳐들어갔다.

노랑머리는 군용 침대 위에 반듯이 누워 있다가도 우리가 내려가면 담뱃진에 누렇게 변색된 이 사이로 "끄응." 얕은 신음 소리를 내고는 벽 쪽으로 돌아누워버렸고, 우리가 문가에 버티고 서서 서슬 푸른 눈빛으로 쏘아봐도 맥주 상자 앞에 쪼그려 앉아 하던 도마질을 계속하곤 했다.

어쩌다 은지네가 "아줌마는 다 늙어서 여기서 이렇게 살고 싶어요?"라고 비아냥거리기라도 하면, 노랑머리는 도마로 쓰는 찰흙판 위에 들고 있던 과도를 힘없이 내려놓고는 수많은 잔주름에 묻혀 잘 보이지도 않는 눈으로 나와 은지네를 멀거니 올려다보곤 했다.

"복 없는 년…… 말년이 다 그렇죠, 뭐."

노랑머리가 어깨를 늘어뜨리고 뿌연 담배 연기를 내뿜으면 은지네와 나는 못 볼 걸 본 사람들처럼 손사래를 치며 서둘러 그 자리를 피해 뛰쳐나왔다.

하루 두세 번에서 사나흘에 한 번, 보름에 한 번으로 횟수를 줄여가다가 나중에는 나나 은지네나 아예 보일러실에 발길을 끊어버렸다. 누가 먼저랄 것도 없이, 물이 위에서 아래로 흐르듯이, 그냥 그렇게 되어버렸다.

구태여 내려가봐야 우리를 기다리고 있는 광경이야 뻔했으니까.

나는 지금도 가끔 노랑머리의 최후를 회상하곤 한다.

우리 같은 젊은 와이프들의 잔대가리로는 도저히 어찌해볼 수 없을 것 같던 관록의 노랑머리. 월말이면 날아오는 각종 고지서 말고는 발 구를 일도 없고, 메우지 못할 만큼 생활비에 크게 빵구를 내본 적도 없는 나나 은지네는 죽었다 깨도 흉내 낼 수 없는 비굴함을 아무렇지도 않게 아무 때나 들이대던 노랑머리. 우리네의 상식으로는 최소한 이 정도는 지니고 살아야 된다고 생각하는 자존심마저도 밑 닦은 화장지 휴지통에 던져버리듯 휙, 집어 던져버린 노랑머리. 나나 은지네가 알고 있는 그 어떤 방법으로도 결코 쫓아낼 수 없을 것 같던 노랑머리. 고래 심줄보다도 질기고 질겼던 그 노랑머리는 그러나 우리의 예상과는 전혀 달리 겨우 한 방에 나가떨어졌다.

노랑머리는 고작해야 그해 여름 한 철을 풍미하고는 아주 멀리 사라져버린 것이다.

그 노랑머리가 어떤 노랑머린데 이렇게 쉽게 떠나겠느냐고, 반드시 돌아올 거라고, 은지네와 나는 노랑머리가 다시 나타날 때를 대비해 처음 얼마간은 긴장을 늦추지 않았다. 그러나 끝내 노랑머리는 돌아오지 않았다.

때로 우리는 서로 언성을 높이며 논쟁을 벌이기도 했었다.

"딴 놈이 생긴 거야. 그런 년이 그렇지 않고서야 떠날 리가 있어? 그 질긴 여자가?"

은지네의 주장은 다른 놈팽이를 따라갔다는 것이었다.

"홍. 그건 은지네 생각이고. 그 여자라고 뭐 좋은 거 모르고 나쁜 거 모르나? 저도 이젠 늙을 대로 늙었겠다 저런 생활도 물린 거지. 언젠가 자기 입으로 그랬잖아. 군대 간 아들이 있다고. 그 아들이 제대라도 했을지 알아요? 세상에 젤로 무서운 게 자식이라잖아요."

"자식? 쳇. 자식 무서운 거 아는 년이 그래 그러고 살았겠다. 현이 엄마는 세상 여자가 다, 우리 같은 줄 아나봐."

노랑머리의 잠적을 두고 나와 은지네는 퍽도 많이 다퉜고 우리가 이마를 맞대고 앉은 횟수에 비례해 장텃길에는 그럴듯한 소문만 무성하게 퍼져갔다.

그러나 정작 노랑머리는 '사랑하기 때문에' 떠난 거였다. 누가 억지로 쫓은 것도, 쫓겨난 것도 아니고 제 발로, 제 스스로 '사랑에 못 이겨' 걸어 나간 것이다.

평소 절친하게 지내는 소설가 J와 만나 우리 세대의 불행은 불행의 원인을 절대로 알 수 없기 때문에 실은 이 세상의 그 어떤 불행보다도 불행한 것이며, 그런 이유로 우리는 평생 불행에 발을 담그고 살아야 될 불행한 사람들이라는 J의 말에 연신 고개를 끄덕거리며 우리 세대의 저주받은 운명을 위로하느라 밤늦도록 술을 마시고 돌아온 날, 그 밤 불 꺼진 계단에 서 있던 노랑머리의 모습이 나에게만 마지막은 아니었던 거다. 구둣방 사장에게도, 보일러실에게도, 이 건물에게도 그때, 그녀의 그 모습은 진짜 마지막이었다.

내가 불 꺼진 계단을 올라가 2층 구둣방 앞에 이르렀을 때 노랑머리는 발목까지 내려오는 검은 주름치마를 입고 서서 굳게 잠겨 있는 구둣방의 철문에 이마를 비벼대고 있었다. 노랑머리는 내가 근처에 서 있는 줄도 모르고 철문에 이마를 댄 채 울었다. 건물 전체를 진동시킬

만큼 목청껏 뽑아내는 울음소리는 아니었다. 비좁은 계단에 추적추적 내려앉던 노랑머리의 울음소리는 언뜻 들으면 나직하게 읊조리는 아리랑 같기도 하고, 칭얼대는 손자를 달래기 위해 불러주는 할머니의 자장가 소리 같기도 했다.

"문 좀 열어줘요…… 얼굴만, 얼굴만 한번 보고 갈게…… 제발……"

울음소리에 섞여 딱 한 번, 노랑머리의 입술 사이에서 흘러나온 말이었다.

"삼천만 원?"

구둣방 사장의 측근의 입에서 흘러나온 말에 따르면 노랑머리는 구둣방 사장의 아내가 아니었다. 이삼 년 전부터 알게 된 사이로 노랑머리가 구둣방 사장보다 못 잡아도 십 년 이상은 나이가 많다고 했다. 만난 지 몇 달도 안 되어 포장마차 해서 번 돈 삼천만 원을 몽땅 구둣방 사장 입에 털어넣고 나중에는 포장마차까지 팔아서 구둣방 사장에게 돈을 대줬다는데, 오늘에 와서는 이제 겨우 사십 줄에 들어선, 앞날이 창창한 구둣방 사장이 빈털터리가 된 할머니를 데리고 살 이유가 없다는 것이었다.

생각해보면 노랑머리의 노랑머리는 무늬만 갈색이었던 것도 같다. 세월에 너무 바래서 이제는 더 바랠 수도 없을 만큼 하얗게 바랜 무명 치마저고리 같은 흰머리에 염색약을 그득그득 들이부었어도 노랑머리의 머리는 세월에 바랜 금발이 멀리서는 눈부신 은발로 보이는 것처럼 햇빛 아래서 보면 갈색보다는 은갈색에 가까웠었다.

노랑머리가 자취를 감춘 지 이삼 일도 지나지 않아 보일러실은 텅 비었다. 노랑머리가 그 앞에 쪼그려 앉아 도마질을 하던 임시 부엌도, 담뱃불에 여기저기 구멍이 나 있던 군용 간이침대도 사라졌다.

"나가기만 기다린 사람 같지 않우? 세상에, 어쩜 먼지 하나 없이 싹 들어낼 수가 있니? 이걸 보면 왔다가도 도로 나가야겠다. 현이 엄마, 그거 알어? 요즘엔 회사에서도 직원 자를 때는 이렇게 한다잖아. 아침에 출근해 보면 자기 책상이 없대요. 이게 지금 그거랑 똑같은 거 아냐?"

사실, 은지네는 하루 종일 머리를 싸매고 노랑머리를 쫓아낼 궁리만 하던 사람의 입에서 나온 말이라고는 믿어지지 않는 말을 하고 있었다.

"다 늙어서, 그 나이에 어디 가서 붙어 살 수나 있을까요, 그 여자? 겉만 멀쩡했지 속으론 골병이 잔뜩 든 것 같던데……"

내 입에서 나온 말도 은지네의 입에서 나온 말과 별반 다르지 않았다.

막상 노랑머리가 없어지고 나니 맥이 풀려버린 것도 사실이었고 제 멋대로 복도 지지리 없는 년을 그렇게까지 들들 볶을 필요는 없지 않았냐고, 은지네나 나나 그제야 비로소 보일러실이니 기득권이니 하는 것들이 다 쓸데없는 짓거리였다는 생각을 하게 되었다.

그러면 여기서 다 끝이 났느냐, 하면 그건 또 아니다.

"이걸 왜 여기다 달았답니까? 아줌마들도 상식적으로 생각을 해보세요. 아래서 위로 끌어올리는 게 당연히 더 힘이 많이 들죠. 3층 보일러는 3층에 달고 4층 보일러는 4층에 달아야 모터가 힘을 덜 받죠. 아니, 그걸 말이라고 합니까? 힘이 더 많이 드니까 보일러비도 많이 나오는 게 당연하죠. 그러면 차라리 낮에 사람 없을 때는 아예 전원을 꺼버리세요. 밤에만 잠깐씩 켜면 그래도 좀 나을 겁니다."

그해 겨울 들어 벌써 서너 번이 넘는 고장이었다. 보일러 기사의 말도 낙담스러운 것이었지만 뒤이어 이어진 구둣방 사장의 말은 더 가관이었다.

"떼어 가요, 떼어 가! 아침이고 저녁이고 귀찮아 죽겠네."

"아저씨! 여긴 우리 보일러실이에요. 우리 보일러실에 우리가 들어왔는데 아저씨가 무슨 상관이에요?"

가만히 있을 은지네가 아니었다.

"우리 보일러실? 이 아줌마가 이거 진짜 큰일 날 사람이네. 이게 왜 아줌마 보일러실이야? 여기 우리 물건이 잔뜩 있는데! 거, 기사 양반! 다 끝난 거요, 어쩐 거요? 남 일하는데 귀찮게…… 거, 빨랑빨랑 좀 하쇼."

구둣방 사장이 구두 밑창에 못을 박다 말고 망치를 들고 뛰어와 성질을 내자 보일러 기사는 구둣방 사장을 향해 머리를 조아리며 "죄송합니다"를 연발했다. 구둣방 사장은 나와 은지네를 위아래로 훑어보고는 알 듯 모를 듯한 웃음만 남기고 유유히 되돌아갔다.

구둣방 사장은 노랑머리랑 살 때는 단돈 몇천 원도 아까워서 나무도마 하나 사주지 않더니 노랑머리가 사라지자 어디서 돈이 솟아났는지 보일러실 벽이란 벽에는 모두 철제 앵글을 짜 맞춰 넣었다. 보일러실의 사면을 에워싼 철제 앵글이며 바닥이며 할 것 없이, 보일러실에는 발 디딜 틈도 없이 고무 밑창이 들어차 있었다.

그래도 우리는 말 한마디 안 했었다. 이미 노랑머리와 일을 한 차례 겪고 난 뒤라 은지네나 나나 "우리한테 보일러실이 꼭 필요한 건 아니잖아?'라고, 어느 정도 마음을 접고 난 뒤였기 때문이다.

그날로 은지네와 나는 다시 의기투합했다. 새벽 다섯 시면 가게 문을 여는 은지네는 새벽 다섯 시에, 나는 오전 아홉 시경에 구둣방 문을 열고 들어가 보일러의 전원을 끄고, 은지네는 저녁 일곱 시나 여덟 시에, 나는 그날그날의 사정에 따라 어떤 날은 밤 열 시에, 어떤 날은 자정에도 들어가 보일러의 전원을 다시 켜곤 했다. 확실히 보일러는 고장 나는 횟수가 전보다 많이 줄어들었고 거실 한 칸만 불을 넣는데도 한 달에 십구만 원에 달하던 보일러비도 십만 원 선으로 현저히 인하되었다.

구둣방 사장도 만만치 않았다. 우리가 아침저녁으로 보일러실에 드나들기 시작하자 구둣방 사장은 다방 레지들을 끌어 들이기 시작했다. 다방 레지랑 마주 앉아 술을 마시고 있다가도 우리가 보일러를 켜러 안으로 들어가면 구둣방 사장은 우리 보라는 듯이 일부러 더 야한 장면을 연출했다. 한창 겨울이고 가게 안도 썰렁한데 그 인간은 매번 속옷 바람이었다.

어느 날인가는 구둣방 사장도 팬티 바람으로, 다방 레지 년도 브라자에 팬티만 걸치고 앉아서 소주를 마시다 내가 들어가니까 다방 레지 년이 "아줌마! 아줌마도 이리 와서 한잔해요!" 하는 것이었다. 구둣방 사장도 이에 질세라 나를 향해 소주잔을 높이 치켜드는 것이 아닌가!

두 눈으로 붉은 기운이 뻗쳐오르면서 당장이라도 두 연놈한테 달려들어 제까짓 것들이 쓰러지던지 내가 쓰러지던지, 사생결단을 내야만 분이 풀릴 것 같았다. 그 순간에 "너는 그래도 배운 사람 아니냐. 배운 사람이 못 배운 사람들하고 똑같이 굴면 너만 못된 년 소리 듣는 거여"

라는, 엄마의 입버릇만 떠오르지 않았어도 나는 정말 그렇게 했을 거다. 사실 말이 나왔으니까 말인데 시장통에서 삼십 년을 살아온 나다. 지금까지 보아온 싸움만도 박치기로 남의 대가리 깨뜨리는 싸움에서부터 술 처먹고 괜히 마누라 찔러 죽인다고 칼 들고 지랄하다가 제 발에 제가 걸려서 뒤로 자빠지는 바람에 칼로 제 손가락 자른 등신이 벌인 싸움까지, 싸움이라면 신물이 나게 많이 봐서 나도 웬만한 싸움에는 지지 않을 배짱이 있었다.

저희들처럼 웃통을 벗고 달려드는 대신에 나는 배운 사람답게 집으로 올라가 전보 한 장을 들고 은지네와 함께 내려왔다.

"이거 보여요?"

구둣방 사장은 팬티 바람으로 내가 내민 축전을 읽더니 곧장 일어나 바지를 찾아 입었다. 사장의 왼쪽 허벅지 위에 새겨져 있던 금발의 비키니 여자도 바지 속으로 함께 미끄러져 들어갔다.

"이거 진짜 환경부 장관이 보낸 거예요? 아줌마가 어떻게 환경부 장관이랑도 아는 사이래?"

"아저씨, 현이 엄마가 말을 안 해서 그렇지, 어디 환경부 장관뿐인 줄 알아요? 사실은 저번에도 현이 엄마가 일이 있어서 환경부 사람을 만났는데, 우리 아래층에 구둣방이 있어서 아주 죽겠다고, 본드 냄새 좀 안 나게 할 수 없냐고 그랬더니 환경부 사람이 그럼 자기네가 나와서 단속을 해주겠다고 합디다. 현이 엄마가 사람이 착해서 이웃지간에 어떻게 그리하느냐고 거절해서 그렇지, 아저씨네 이거 신고하면 그날로 끝이야. 여기 이거, 환경부 장관 친필 싸인* 보이죠? 이 아저씨가 뭐 알고나 이러는 거야?"

축전에 적힌 환경부 장관의 친필 싸인을 보자마자 구둣방 사장의 얼굴에서 핏기가 가셨다.

구둣방 사장은 은지네 말을 곧이곧대로 믿고는 그 뒤 얼마간은 나나 은지네가 내려가면 인사하는 흉내도 내고 그러더니 그나마도 한 일 년 지나자 약발이 떨어져버렸다.

보일러실에는 하루가 다르게 고무 밑창이 쌓여갔고 이제는 그 안으로 비집고 들어가 보일러 기계 앞에 서기도 힘들 만큼 보일러실에는 구둣방의 물건들이 빼곡히 들어찼다. 아침마다 아이들을 구둣방 문 앞에 세워두고 보일러의 전원을 끄러 들어가면 발부리에 차이는 고무 밑창에 걸려 쓰러지기도 예사였지만 이제는 구둣방 사장도, 직원들도 누구 하나 우리의 불편과 불평에 신경 쓰지 않았다.

삼 년 사이에 전에 있던 구둣방의 직원들이 대부분 교체되었고 보일러실의 소유권이 3층과 4층에 있다는 사실을 아는 직원은 거의 남아 있지 않았다. 이제 은지네나 나는 시도 때도 없이 남의 일터에 쳐들어와서 일이나 방해하고 되지도 않는 소리나 늘어놓는 '시끄러운 아줌마들'이 되어버린 것이다.

이사 왔을 때와는 달리 구둣방에서 올라오는 신나 냄새도 점점 그 농도가 강해졌다. 해를 거듭할수록 심해지기 시작한 신나 냄새는 이제

---

* 일전에 나는 환경부 장관으로부터 "보내주신 책은 잘 받아보았습니다. 건필하십시오"라는 내용의 축전을 받은 적이 있다. 환경부에서 주관하는 산불 현장 답사를 다녀온 일도 있고 해서 그 뒤 얼마 뒤에 발간한 산문집을 환경부 장관 앞으로 보냈더니 그와 같은 형식적인 전보가 날아온 것뿐이다. 사실 내가 환경부 장관과 절친할 턱이 없지 않은가.

는 아이들의 건강에 미칠 악영향에 대해서도 우려를 하게 될 만큼 심각한 정도에 이르렀다.

차라리 이사를 갈까?

생각 안 해본 것도 아니었다. 그러나 지금 살고 있는 전세금 사천만 원으로는 월세로 돌린다 해도 15평 아파트의 보증금도 어림없다. 게다가 이대로 이사를 가버리고 나면 '패배했다'는 좌절감, 이 정체불명의 억울함이 끝끝내 나를 붙들고 놔주지 않을 것만 같았다.

6

그리하여 오늘에 이르렀다.

"아예 못질을 해버리자고."

은지네가 망치를 집어 들고 나는 못을 챙겼다.

구둣방 사장은 어디서, 또 어떤 레지를 꼬셔서 자빠져 자는지 아직 출근 전이었고 구둣방 양아치 놈들은 우리가 들어서자 '저 여편네들이 또 시작이군.' 하는 표정으로 한번 쳐다보고는 신경도 쓰지 않았다.

"보일러 기계 앞에는 제발 물건 좀 놔두지 말라고 그렇게 사정을 했는데도 저 인간들이 번번이 이러는 거 있지? 현이 엄마도 부탁을 했었단 말이야? 인간 말종들하고는. 글쎄 오늘 아침에는 우리 보일러 앞에다 내 키만큼 박스를 쌓아둔 거 있지? 아, 그래서 내가, 보일러 앞에 있는 상자 좀 치워주세요, 그랬더니 이 인간들이 뭐라는 줄 알어? 거기다 이거 쌓아둔다고 보일러 고장 안 난다는 거야."

은지네가 먼저 앵글 위에 쌓여 있는 고무 밑창들을 보일러실 밖으로 집어 던지기 시작했다. 고무 밑창들은 더러는 벽에 부딪혔다가, 더러는 곧장 바닥으로 떨어졌다. 벽에 부딪히거나 바닥에 떨어지며 그것들이 만들어내는 마찰음이 내 귀에는 마치 채찍질 소리처럼 들렸다. 나의 맨살을 가르는 채찍질 소리에 놀라 나는 앵글 위의 고무 밑창들을 그러모아 집어 던지기 시작했다. 지나온 삼 년 동안에 마땅히 치러내야 했을 일을 차일피일 미루다가 지금에 와서야 일을 마무리 지으려는 조급함이 은지네와 나를 몰아세우고 있었다.

구둣방에 새로 들어온 직원 하나가 웃통을 벗고 달려들어 왔을 때, 앵글 위에는 아직도 우리가 내던진 것보다 더 많은 양의 고무 밑창들이 남아 있었다.

새로 들어온 직원은 기존에 있던 양아치들보다 한술 더 뜨는 양아치임에 틀림없었다. 보일러실 문을 가로막고 선 이 양아치는, 팔뚝에 나란히 새긴 용 문신들하며 내지르는 고함 소리까지, 한번 시작했다 하면 끝장을 보고야 마는 성격이 분명했다. 그렇다고 이대로 물러선다면 체면이 안 서는 일이었다.

"비켜요! 우리 땅에서 남의 물건 끄집어내는데 당신이 뭐야!"

새로 온 양아치가 버티고 서 있는 문가로 은지네가 고무 밑창들을 집어 던졌다. 나도 뒤질세라 있는 힘껏 그것들을 집어 던지긴 했는데 막상 사내의 팔뚝에 새겨진 두 마리 용이 우지끈, 갈기를 세우며 날아오르자 내쉬던 숨을 도로 집어삼켰다.

은지네가 들고 내려간 망치가 양아치의 손으로 옮겨지고 주인을 배신한 망치가 우리 둘 눈앞에서 왔다 갔다 하자 이제는 체면이고 뭐고 없었다. 은지네와 나는 누가 먼저랄 것도 없이 보일러실을 뛰쳐나왔다.

그날 저녁, 구둣방 사장이 4층 초인종을 누른 순간, 화이트데이 사탕 바구니 앞에 둘러앉아 있던 우리 가족의 얼굴에서 웃음기가 걷혔다.

"층계에서 본드 냄새 나는 거, 그건 제가 벌써 책임지고 처리했습니다. 우리 출입문 위쪽에 창문이 하나 있는데 유리가 깨져서…… 아마 그 틈으로 냄새가 좀 빠져나왔을 겁니다. 진작에 내가 고쳐놨어야 하는 건데……"

늦은 시각에 나타나 그동안의 일을 사과하는 구둣방 사장은 겁에 질려 있었다. 그 순간의 구둣방 사장의 얼굴은, 구둣방 양아치를 피해 3층으로 올라와 저런 놈들한테는 법이 얼마나 무서운지, 따끔한 맛을 보여줘야 된다고 구둣방의 위치와 상호까지 자세히 설명했다가 그쪽에서 신고자의 이름과 전화번호를 묻자 "현이 엄마, 그래도 법보다는 주먹이 더 가까운 거 맞지?" 하며, 수화기를 제자리에 내려놓던 순간의 은지네의 얼굴과 닮아 있었다.

구둣방 사장의 말에 따르면, 점심 무렵 환경과 직원들이 불시에 들이닥쳤고 그들은 어떻게 알았는지 곧장 보일러실로 들어가 한쪽 구석에 있는 컴프레서를 찾아내더란 것이었다. 누군가 내부 사정을 잘 알고 있는 사람의 신고가 없었다면 불가능한 일이라고, 구둣방 사장은 딱 잘라 말했다.

나는 구둣방 사장의 어깨 너머로 은지네를 쳐다보았고 3층 현관문 앞에 서서 우리의 대화를 엿듣고 있던 은지네는 사색이 되어 오른손을 내저었다.

"백 번 천 번 따져봐도 시설 하나 변변하게 못해 놓은 내 잘못인데 뭔 할 말이 있겠습니까. 내가 돈 좀 모아지는 대로 아줌마네 보일러랑 3층 보일러랑 둘 다 위로 올려줄 테니까 그때까지만 불편해도 어떻게 좀 참아봅시다. 근데 아줌마, 요거 하나만 꼭 물어봅시다."

구둣방 사장의 눈꼬리가 순간, 가로로 길게 가늘어졌다.

"환경부 장관은 그래, 잘 있답디까?"

구둣방 사장은 정중히 허리를 굽혀 인사를 하고 내려갔다. 그가 계단을 내려가다 잠시 그 앞에 멈추어 서서 쳐다보자 은지네는 재빨리 문을 닫고 들어갔다.

3층 은지네로 내려가 신고자의 철회 요청을 무시하고 제멋대로 단속을 나올 수도 있는 건지, 은지네는 이런 법에 대해 무언가 아는 것이 있느냐고, 그것부터 물어봐야 할지, 아니면 2층으로 내려가 구둣방 사장을 붙잡고 은지네가 그랬지 나는 아니라고, 나의 결백을 주장하는 일이 우선인지, 내가 갈피를 못 잡고 서 있는 사이에 3층 은지네 안쪽에서 현관문을 이중으로 걸어 잠그는 소리가 들려왔다.

나는 후들거리는 손으로 계단 난간을 붙잡고 서서 3층 은지네 초인종 옆에 나란히 달려 있는 환풍기의 전원 코드를 바라보았다. 계단에 본드 냄새가 진동을 한다고 항의를 하자 어제 오후 건물 주인은 사람을 시켜 구둣방에 환풍기 두 대를 설치했고 혹시라도 구둣방 인간들이 환풍기를 돌리지 않을지도 모르니 2층 구둣방의 환풍기는 3층에서 관리해야 한다고, 전원 코드를 은지네 초인종 옆에 달아놓았다.

"이걸 왜 여기다 달았답니까? 아줌마들도 상식적으로 생각을 해보세요. 3층 보일러는 3층에 달고 4층 보일러는 4층에 달아야지. 아니,

그걸 말이라고 합니까?"

　보일러 기사의 말이 빈 계단에 메아리쳤다.

　글쎄, 왜 그랬을까? 정말 거기다 그걸 왜 달았을까?

　2층 환풍기의 전원 코드는 3층에, 3, 4층의 보일러 기계는 2층에, 1층의 전기 차단기는 4층 거실에, 4층의 수도 계량기는 1층 잡화 가게 안쪽에……

　이것은 무슨…… 무엇을 잡기 위한, 어떤 용도의, 교묘한 덫인가?

　아무리 생각해도 나는, 건물 주인이 3, 4층의 보일러를 왜 굳이 2층 세입자의 가게 안에 설치해놓은 것인지 이해할 수 없었다.

　그리고 또, 잔금을 치르기 전에는 4층과 옥탑방 모두를 4층 세입자가 사용하기로 약조한 것과는 달리 건물 주인은 왜 내게 아직도 옥탑방의 열쇠만은 넘겨주지 않는 것일까?

잔
치

당진상회 할머니가 설쳐대는 걸 보니 어쩌다 또 밥 한번 시킨 모양이다.

"삼오! 김치는? 아따, 또 그런다. 그놈 말고 냉장고에 있는 놈, 입 안 댄 거 새 놈으로다가 한 사발 푹푹 퍼 와."

입으로는 삼오식당 여주인한테 이것 퍼 와라, 저것 내와라, 안방마님 행세하느라고, 손으로는 삼오식당 냉장고 문 열어젖히고 뭐 새로운 거, 손님한테는 안 내놓고 식당 식구들끼리만 먹으려고 꼬불쳐둔 거 뭐 없나 하고 냉장고 뒤지느라, 당진상회 할머니 바빠도 이만저만 바쁜 게 아니었다.

"암 말 말고 빨리 뛰어 와!"

엄마의 닦달에 무슨 큰일이 난 줄 알고 달려왔더니, 큰일은 웬걸? 당진상회 할머니만 눈꼴사납게 왔다 갔다 하고 있었다.

돈 내고 밥 시켜 먹으면서 큰소리 좀 칠 수도 있지 나이도 어린년이 노인네 알기를 너무 우습게 아는 거 아냐? 니네 친정 엄마네 식당 냉장고 한번 뒤졌기로서니 인정머리 없게끔 눈꼴사납다니? 나이 지긋이 잡수신 어른들은 도리어 나한테 호통을 칠지도 모른다. 그래도 고까운 건 고까운 거다.

　당진상회 할머니로 말할 것 같으면, 그래, 예전에는 쬐끔 살았다. 진짜 잘사는 동네에서 산다 하는 집 정도는 아니고 여기, 우리 동네 장텃길 수준에서는 그래도 꽤 살던 집이라는 거다. 장텃길에서 꽤 산다고 해봤자, 막일 안 하고도 남편이 벌어 오는 돈으로 먹고살 수 있었다는 거지만. 당진상회 할머니의 남편, 당진상회 할아버지는 몇 년 전까지만 해도 월급쟁이였다. 요 앞 경성아파트 옆에 붙어 있는 장터초등학교에서 삼십 년 가까운 세월 수위 노릇을 했었다. 장텃길에 사는 사람들이야 너나없이 하루 벌어 하루 먹고사는 형편인 터라 월급쟁이와 월급쟁이의 아내로 사는 이 부부는 우리 골목에서는 선망의 대상이었다.

　"여자 팔자는 저 여편네 팔자가 최고여. 내 말이 맞잖어, 봉투? 여자 팔자 중에 젤로 더러운 팔자가 바로 우리들 팔자 아녀? 봉투나 나나 내 손으로 돈 안 벌면 그날로 밥숟가락 놓는 신세잖아. 여자가 돈 버는 거, 이것처럼 슬픈 인생이 어딨어. 그래서 내가 우리 딸년들만큼은 죄다 월급쟁이한테 시집을 보내려고 했는디…… 웬수 같은 년들이 하나같이 장사꾼 서방이여. 여자는 그저 남편이 십 원 벌어 오면 십 원어치 죽 끓여 먹고, 백 원 벌어다주면 백 원어치 밥해서 먹고사는 게 젤로 행복한 인생인데. 사업하는 사람들 어디 한시라도 맴을 놓을 수가 있어야 말이지. 수위 여편네는 을매나 좋아! 가만히 앉아 있어도 서방이 월급은 꼭꼭 갖다주잖아."

　"아휴우 그러게나 말이야. 삼오식당이나 나나 우리야 저기 개 새끼보다도 못한 팔자지. 수위 여편네는 전생에 무슨 덕을 쌓아서 저렇게

148

사는가 몰라. 삼오식당은 낮에 수위네 한 번도 안 가봤지? 말도 말어.
어디 엉덩이 내려놓을 데가 없다니까. 어쩌믄 그렇게 더럽게 하고 사
는지 말도 못해."

"나는 장사 때려치우고 살림만 하라고 하면 하루 웬 종일 닦고 닦고
또 닦고 유리알처럼 하고 살겠구만 하루 종일 하는 일도 없는 여편네
가 뭐 한다고 집도 못 치우고 살어?"

"삼오식당만 알어. 수위, 저 여편네가 그거 하잖아, 그거!"

"그거?"

"도리지꾸땡 말이야."

"여편네가 뭔 할 지랄이 없어서 노름을 한대? 하여간에 남편 잘 둔
년들이 더 지랄이라니까."

"아휴우 그러게나 말이야. 방구석은 돼지우리처럼 해놓고 하루 웬
종일 화투나 치다가 남편 퇴근 시간에 맞춰서 저녁이나 해놓으면 만사
땡이니. 아휴우 나는 언제 저렇게 살아보나……"

"봉투나 나나 서방 있어? 이렇게 살다 죽는 거지."

삼오식당에서 배추 담그는 날이면, 장텃길 아줌마들은 고무 다라이
주위에 둘러앉아 배추 썰다 말고 수위 여편네 팔자와 자기네들의 팔자
를 비교하며 한숨을 내쉬곤 했다. 수위 아저씨가 장터초등학교의 수위
노릇 즉, 월급쟁이를 그만두고 당진상회를 열고 나서야 장텃길 아줌마
들의 한숨소리는 그나마 한풀 꺾이는 듯했다.

그러면, 당진상회 할머니가 너네 친정 엄마랑은 다르게 월급쟁이의
아내로 고생 안 하고 살았다는 사실 때문에 이지선, 너는 그렇게 당진
상회 할머니를 고까워하는 거냐? 천만의 말씀. 내가 당진상회 할머니

를 달가워하지 않는 이유는 따로 있다.

"삼오! 이거, 이거 갓김치지? 아니, 근데 왜 그렇게 안에다 깊숙이 찔러뒀대. 혼자만 입이여? 사위들만 입이냐구? 이거 맛이나 좀 보세."

"삼오! 요거, 요거 고등어 아녀? 요거 한 토막 튀겨."

"아따, 진짜 침 넘어가게 생겼네. 그려? 어쩐지. 둘째 사위가 강경서 사온 조개젓이었어? 우리 것도 한 사발 덜어. 우리도 맛있는 거 먹을 줄 안다니까."

"간장 게장이잖여. 요새는 요거 한 마리에 만 원씩이랴. 이눔, 큰 눔으로다가 얼른 배때기 좀 까봐. 아니, 아니. 우리 주희는 매운 건 못 먹잖여. 고춧가루 넣지 말고 참기름만 넣어서 주희 거는 따로 무쳐."

이상은 당진상회 할머니가 삼오식당에 와서 노상 늘어놓는 말을 따옴표로 직접 인용한 것이다. 당진상회 할머니는 어쩌다, 그것도 삼오식당이 한창 바쁜 아침장 시간에 밥 한 상을 시키곤 하는데 밥 시켜 먹는 유세가 장난이 아니다. 배달이 밀려 바쁜 와중에도 주방까지 쫓아 들어와서 김치는 이거 익은 김치 말고 어제 새로 담근 겉절이로 담아라. 콩나물은 이것밖에 없냐, 새로 얼른 한 접시 만들어서 줘라. 고등어조림 말고 밀가루 묻혀서 튀겨줘라. 그 잘난 밥 한 상 시키면서 요구 사항은 끝도 없다. 그뿐이랴? 밥 시킨 날이면 삼오식당 냉장고를 아예 분해를 한다. 검은 비닐봉지마다 일일이 꺼내 가지고 그 안에 뭐가 들었는지 확인하는 건 예사고, 우리 형부가 강화에 놀러 갔다가 장모님만 드시라고 사다준 인삼 몇 뿌리, 우리 신랑이 상주까지 내려가서 장모님이 좋아한다고 특별히 사 온 상주 삼천리 곶감까지, 삼오식당 냉장고 안에 들어 있는 건 그게 무엇이든 악착같이 발라 먹으려고 든다.

150

돈이라도 제대로 주면서 그 유세면 그래도 이해하겠지만, 당진상회 할머니는 셈도 영 이상하다. 어떤 날은 돼지고기 한 근 넣고 제육볶음을 해달라고 한다. 정육점까지 뛰어가서 돼지고기 한 근에 육천 원 주고 사 와서 볶아주면 고깃값은 빼고 달랑 밥 한 상 값 삼천오백 원만 준다. 고 깃값은 줘야 되지 않느냐고 우리 엄마, 삼오식당 여주인이 따지기라도 하면, "그게 무슨 소리여? 밥 시키면 찌개 안 줘? 김치찌개든 된장찌개 든 밥 시키면 찌개 주잖어. 나는 김치찌개 안 먹고 제육볶음 먹은 건데 밥값 줬으면 됐지 찌갯값을 따로 왜 줘?" 하고 펄펄 뛴다. 어차피 무슨 말을 해도 당진상회 할머니한테 돈을 받아낼 수 없다는 사실을 잘 알고 있는 삼오식당 여주인은, "그래, 너 잘 먹고 잘 살아라!" 불난 속을 냉수 한 사발로 달래고는 주방으로 들어가 서둘러 배달 갈 상을 차린다. 욕 한마디 더 보태면, 당진상회 할머니가 시키는 밥 한 상도, 그것도 원칙 대로 따지자면 순수한 밥 한 상이 아니라는 거다. 당진상회 할머니는 주 문할 때는, 우선 밥 한 상을 시킨다. 당진상회로 밥이 배달되어 가면 십 분도 안 지나 당진상회 할아버지가 빈 공기 가지고 온다. 밥이 적단다. 그러면 엄마는 그, 빈 밥공기에 수북이 한 그릇 새로 밥을 떠준다. 말이 한 상이지 두 상이나 다름없다. 밥 한 상 시키면서도 이 유센데 만약에 두 상을 시키기라도 하면? 우리 엄마는 당진상회 할머니가 유세 떨 일 이 무서워서 두 상 팔아먹을 생각은 아예 엄두도 내지 않는다.

당진상회 할머니가 고까운 이유는 또 있다. 이 할머니는 자기는 대 갓집 마나님이고 삼오식당 여주인을 비롯해 장텃길 아줌마들은 죄다 자기네 집에서 부리는 행랑어멈 취급이다. 매사에 자기만 옳고 남들이 하는 짓은 다 잘못됐다.

"삼오! 이거, 이거, 검은 봉다리에 들은 거 뭐여? 소고기네? 한우 맞어? 아무리 식당 반찬, 식당 음식이라고 해도 사람 먹는 건데 고춧가루도 비싼 걸로, 고기도 한우만 써. 내가 따로 말 안 해도 그런 거야 삼오가 알아서 하겠지만, 여기서 밥 시켜 먹는 사람들이 어디 남이야? 다 식구나 다름없는 사람들뿐이잖아. 내 말이 무슨 말인지 알아들어?"

말을 해도 꼭 이런 식이다. 번번이 가르치려고 든다.

"삼오! 삼오! 뭣 혀? 밥주발하고 대접은 안 나갔잖여. 아니, 근데 뭐 한다고 이렇게 꿈지럭거려! 밥 먹기도 전에 찌개만 다 아작나겠네."

오늘은 그 유세의 강도가 한결 더 심하다. 진짜로 두 상 시킨 모양이다. 아침밥이 아니라 점심에 밥을 시킨 것도 어째 이상하긴 하다.

"알았으니까 거기 선풍기 좀 돌려봐. 더워 죽겠네."

주방 안쪽에서 엄마가 소리쳤다.

"11월에 선풍기는 웬 선풍기? 그러게 내가 좋은 건 나눠 먹자고 했지? 삼오, 집이는 보약을 하도 먹어서 더운 거야. 몸에 좋다고 보약만 먹으니까 이 겨울에 덥다 소리 나오지. 누구는 팔자가 좋아서 보약만 먹구 겨울에도 덥다 소리만 하네!"

당진상회 할머니의 그, '보약' 소리에 나는 완전히 머리 뚜껑이 열리고 말았다. 다른 사람도 아니고 장텃길에서 우리 엄마랑 한평생을 보낸 당진상회 할머니의 입에서 '보약'이니 '팔자가 좋아서'라는 말이 나올 수가 있느냐 이거다. 순간, 나도 모르게 입에서 큰소리가 터져나왔다.

"보약은 할머니나 많이 먹지 우리 엄마가 무슨 보약을 먹었다 그래요? 누구 놀리는 거예요, 지금? 할머니야 팔자가 좋아서 남편이 사시사철 보약 해서 나르겠죠. 우리 엄마는요. 보약 많이 먹어서 더운 게 아니라 이리 뛰고, 저리 뛰고 이거 밥장사해 먹고사느라고 한겨울에도 땀을 뻘뻘 흘리는 거라구요!"

평소 당진상회 할머니만 보면 내가 눈꺼풀 까뒤집는 걸 잘 아는 우리 엄마, 김치 퍼 담다 쫓아와서 김칫국물 묻은 손으로 나를 주방 안으로 끌어당겼지만, 그러나 벌써 때는 늦었다.

"야, 너 지금 어른한테 눈깔 똑바로 떴냐? 대학 나온 것들은 다 너처럼 싸가지가 없어?"

당진상회 할머니의 종알대는 입에서 내가 이 세상에서 가장 듣기 싫어하는 말이 흘러나왔다. 진작에 열려 있던 머리 뚜껑이 하늘로 솟구쳐 오른 것은 물론이고 뜨겁게 데워진 뇌에서 스팀이 팍팍 올라오고 있었다.

"싸가지요? 할머니가 남한테 싸가지 소리를 할 수 있다고 생각하세요, 지금? 싸가지가 있는 분이 그래, 우리 엄마 어떻게 살았는지 뻔히 알면서 누구는 팔자가 좋아서 보약만 먹는다는 소리를 해요?"

나는 당진상회 할머니를 향해 앞으로 나아갔다. 당신의 둘째딸이, 한번 뚜껑이 열렸다 하면 그 뒷일은 절대로 생각 못하는 단세포라는 사실을 너무나 잘 아는 우리 엄마, 삼오식당 여주인이 밥주걱을 휘두르며 달려와서 내 뺨을 후려치지 않았다면, 나는 정말 당진상회 할머니랑 한판 크게 붙었을 거다.

내가 뭐 어른 공경할 줄 아는 싸가지 있는 년이라서 중도에 그만둔 건 아니다. 우리 엄마 불쌍해서 그만뒀다. 어쩌다 내가 동네 어른한테 말대꾸만 한번 해도 장텃길 사람들은 성질 더러운 내가 아니라 우리 엄마 등 뒤에서, "밥장사 하는 집 딸년이 다 저렇지"라거나 "지가 대학

나왔어야 근본이 어디로 가냐구. 주막집에서 뭐 배운 거나 있겠어? 보고 배운 게 있어야 흉내라도 내지" 등등의 말을 서슴없이 내뱉곤 했다. 그때마다 엄마는 딸 잘못 키운 죄로, 밥이랑 막걸리 팔아서 먹고산 죄로 꼼짝없이 죄인이 됐다. 그 언젠가처럼 대꾸 한마디 못했다. 내가 이제 막 여대생이 되어 스무 살, 대학 캠퍼스의 낭만을 만끽할 찰나, 엄마는 뜻밖의 전화 한 통을 받은 적이 있었다. 나는 그때 종로에 있는 시사영어학원으로 영어 회화를 배우러 다녔는데 같이 수업을 듣는 남학생한 명이 나를 쫓아다녔다. 부티 나는 남자애는 아니었다. 어느 날 그 남자애의 어머니라는 여자는 전화를 걸어 우리 엄마한테 대뜸, "밥장사하는 집 딸과 우리 아들의 교제를 허락할 수 없다" 하고 말했다. 사모님소리 듣는 여자한테 걸려 온 전화를 받고 나서 엄마는 내 등짝을 후려치기 시작했다. "이년아, 이년아! 나가 뒈져라, 이년아! 죽어라 가르쳐서 대학 보내놨더니 대가리에 피도 안 마른 게 연애질이여, 연애질이! 나가 뒈져, 이년아!" 나는 연애를 한 것도 아닌데 매를 맞았기 때문에 억울해서 운 것은 아니었다. 나가 뒈지라고 내 등짝을 후려치던 엄마의 손끝이 하나도 맵지가 않아서 나는 그게 더 이상하고 가슴이 저려서 나도 모르게 그만 설움이 북받쳐올라왔다. 내 등을 후려치던 엄마의 손바닥은 맵기보다는 다정했고, 그 다정함은 나가 뒈지라는 욕설보다는 못난 어미의 설움에 더 가까운 촉감이었던 것이다. 때리는 건지, 다독거려주는 건지 모를 엄마의 매질에 등이 발갛게 달아오르는 동안, 나는 그때 태어나서 처음으로 누군가를 죽이고 싶다는 살의가 어떤 것인지를 어렴풋하게나마 느꼈다.

어려서도 그랬지만 지금도 나는 이해할 수가 없다. 기업을 하든 장사를 하든, 저희들이나 우리나 어차피 남의 주머니에 들어 있는 돈 털어내서 먹고사는 장사꾼이 아닌가. 이곳, 장텃길 사람들도 마찬가지다. 하루도 거르고는 살 수 없는 밥을 팔아먹고 사는 건 최하빠리 장사고, 꼭 먹어야 살 수 있는 것도 아닌 과일을 팔아서 먹고사는 건 그나마 밥장사, 막걸리 장사보다는 나은 장사라고 뻐기는 건 대체 어느 나라 사고방식인가? 이곳, 장텃길에는 과일 장사, 밥장사, 야채 장사, 양말 장사, 생선 장사까지 온갖 장사꾼들이 모여서 살고 있는데 이상하게도 이들 온갖 장사꾼들 중에서는 과일 장사꾼을 최고로 치는 경향이 있다. 얼마 전까지 여기 장텃길에서 생선 장사를 하던 김씨 아줌마는 아들 며느리 성화에 장사를 때려치웠다. 한 석 달, 집에 있나 싶더니, 집 안에만 있는 게, 그게 아주 생지옥이라고 다시 시장에 나왔다. 803호 앞자리를 얻어서 과일 소매 장사를 시작했다. 이력 난 생선 장사를 하지 왜 해보지도 않은 과일 장사를 하느냐고 묻자, 생선 장수 김씨 아줌마 왈, "과일 장사는 고상하잖어"였다. 생선 장사, 밥장사, 야채 장사와는 다르게 손에 비린내 안 묻히고 설거지물, 흙 안 묻힌다는 거, 오로지 그 이유 하나만으로 과일 장사는 개중에 그래도 고상한 장사로 취급받는 것이다.

"원래가 얻어먹는 사람이 더 큰소리치는 것이여."

당진상회 할머니는 새로 담근 김치 몇 포기, 사위들 주려고 일부러 담근 간장 게장을 얻어 가면서도 고맙다는 말 한마디는커녕 미안해하는 기색도 한번 내비친 적이 없다. 얻어먹는 사람이 어떻게 더 큰소리를 칠 수가 있는지, 나는 정말 모르겠다. 여기 시장통의 삼오식당이 아니라 인터컨티넨탈 호텔의 식당 같은 곳에 가서도 당진상회 할머니는 과연 그렇게 큰소리를 칠 수 있을까? 당진상회 할머니가 삼오식당에 와서 큰소리를 칠 수 있는 까닭은 다름이 아니다. 변소도 안 달려 있는 삼오식당을, 한평생 밥장사를 해온 삼오식당 여주인을 은근히 깔보기 때문이다. 손에서 김칫국물, 설거지물 떨어지지 않는 날이 없는 주막집 주모에 대한 우월감이 은연중에 그렇게 밖으로 드러나는 거다. 엄마는 엄마대로, 있다고 소문난 것들한테는 더 아끼지 않고 퍼줌으로써 '내가 이날 이때까지 밥장사로 살아왔지마는 그래도 너희들, 있는 것들 하나 부럽지 않다!'는 속내를 과시하려 들었다. 주인과 객들의 이와 같은 꿍꿍이 탓에 삼오식당의 곳간은 그래서 늘 풍성해 보이면서도 기실은 언제나 텅텅 비어 있는 것이다.

"하여간에 저년이 딸 셋 중에서는 제일 지랄 맞은 년이여. 삼오는 저것 낳고도 미역국 처먹었겠지?"

당진상회 할머니는 끝까지 이죽거렸다. 엄마가 내민 밥공기랑 막걸리 사발을 받아 들고 당진상회 할머니가 식당 밖으로 나가버리자 엄마는 대뜸, "너는 그 욱하는 성질, 그거 못 고치면 신세 망쳐, 이것아! 어이구, 꼴도 보기 싫여. 고기라도 처먹이려고 불렀더니, 으이구! 이거나 갖다주고 와!" 하고, 나한테만 난리였다.

나는 엄마가 내민, 코가 잘려 나간 돼지머리를 들고 당진상회로 갔다.

장텃길 사람들이 거의 반은 모여 있었다. 으리뻔쩍하게 번호 내붙이고 대로변에서 장사하는, 이 사장, 조 사장하고 사장님 소리 듣는 중도매인들은 빼고 장텃길에서도 삼오식당 주변으로 오밀조밀 붙어 있는 별 볼 일 없는 가게의 사장들만 와서 앉아 있었지만. 이 별 볼 일 없는 가게의 사장들이란 주로 당진상회 할아버지와 연배가 비슷한, 한마디로 한물간 장사꾼들을 일컬음이다. 물론, 낄 데 안 낄 데 어디든 빠지지 않고 엉덩일 밀어붙이고 들어오는 노래방 아저씨랑 세탁소 아저씨가 와 있음은 말할 것도 없었다.

"사람들이 왜 그려? 오늘은 무조건 봉투가 먼저지. 오늘 주인공은 봉투여, 봉투!"

노래방 아저씨가 자기 남편, 당진상회 할아버지한테 먼저 막걸리를 따라 주려는데 당진상회 할머니가 막걸리병을 낚아챘다. 개가 똥을 마다하는 수는 있어도 이런 일이 있을 수가 있나! 별일도 다 있다 싶었다. 당진상회 할머니는 어디 결혼식에 가서도, 심지어는 초상집에 가서도 남보다 소주라도 한 잔 더 마시고, 고기라도 한 점 더 집어 먹으려고 누구보다도 먼저 젓가락을 집는 사람이다. 초장부터 선수를 치면서 손녀 주회한테도, "이것아, 한눈팔지 말고 빨리빨리 먹어"라든가, "아니, 근데 이이가 뭐 하고 있댜? 속도 좀 내요!" 하고, 옆자리에 앉은 자기네 식구들한테도 얼마나 닦달을 해대는지 모른다.

당진상회 할머니는 막걸리병을 낚아채서 봉투 아줌마 잔에 먼저 부어줬다. 세상 참, 오래 살고 볼 일이다.

비닐 돗자리 한가운데 나는 돼지머리를 내려놨다.

"이거 진짜 무슨 날이네? 돼지머리꺼정 나오고."

노래방 아저씨가 돼지머리 앞으로 달라붙으며 물으니까,

"왜? 무슨 날이면 노래방 니가 부주라도 하려고 그러냐?"

세탁소 아저씨는 또 언제나처럼 노래방 아저씨 약을 슬슬 올리고,

"야! 고기는 이거 내가 내는 거니까 그러믄 노래방 너는 맥주를 좀 쏴라."

당진상회 할아버지는 세탁소 아저씨 말을 받아 노래방 아저씨한테

술값 덤터기를 씌우려고 들었다.

"내래 안 먹고 만다야. 쇠고기도 아니고 돼지 몇 점 내놓고 너래 생색이네? 내래 더러버서 안 먹어야!"

맥주 쏘라는 말에 노래방 아저씨, 들었던 젓가락을 후닥닥 내려놨다. 그래도 일어나서 나가지는 않는다.

"캬, 좋다!"

봉투 아줌마가 막걸리 잔을 단숨에 비우며 듣기에도 먹음직스러운 소리를 냈다.

"옳지, 옳지. 한 잔 더 받어. 안주는 뭣 줄까? 요놈 찌개를 한 숟갈 떠줄까, 고기를 한 점 집어줄까? 말만 혀. 오늘은 내가 봉투 손이고, 손가락 노릇 할 참이여."

당진상회 할머니는 봉투 아줌마가 잔을 비우자마자 돼지머리 한 점을 집어 새우젓까지 푹, 찍어서 봉투 아줌마 입에 넣어줬다. 난, 사실 돼지머리만 내려놓고 돌아서려고 했는데 당진상회 할머니가 평소에 안 하던 짓을 하니까 쉽게 발걸음이 떨어지지 않았다. 뭔가 구린 냄새가 났다. 게다가 웬일인지 봉투 아줌마가 가지 말고 너도 앉아서 먹으라고 자꾸 신호를 보내고 있었다. 나는 되도록 당진상회 할머니하고는 멀리 떨어져 앉았다. 당진상회 할머니의 눈총에도 불구하고 봉투 아줌마는 홍어회 무침이랑 편육이 든 은박 접시를 내 앞으로 밀어줬다.

"어머머머! 무슨 좋은 일 있으신가봐?"

목욕탕에 갔다 오는지, 샴푸랑 린스병 주둥이가 비어져나와 있는 목욕 바구니를 옆에 끼고 지나가던 금성장 여관 아줌마가 당진상회 입구에 멈춰 섰다. 요사이 금성장 여관 아줌마는 하루도 안 거르고 목욕탕에 가서 때 밀고 온다. 정성 들여 잘 닦고 다녀서 그런지, 보리밥 쉬어 터진 냄새 같기도 하고 지린내 진동하는 변소간에서 풍기는 악취 같기도 하던, 금성장 여관 아줌마 특유의 그 시큼한 체취가 요새는 그나마 좀 덜 맡아지는 것도 같다.

금성장 여관 아줌마가 등장한 순간, 당진상회 할아버지는 "흠, 흠." 헛기침을 했고, 노래방 아저씨랑 세탁소 아저씨는 서로 옆구리를 찌르며 다 안다는 듯이 고개를 끄덕거렸고, 입이 하나 더 늘 것을 걱정한 당진상회 할머니는 이맛살을 찌푸렸다.

"바빠도 내가 주는 술 한잔 먹고 가."

세탁소 아저씨가 일어나 금성장 여관 아줌마를 돗자리 안으로 끌고 들어왔다. 우연인지, 우정의 배려인지 세탁소 아저씨는 금성장 여관 아줌마를 당진상회 할아버지 옆에 앉혔다.

흠, 흠, 괜히 헛기침을 하며 당진상회 할아버지가 금성장 여관 아줌마한테 막걸리를 따라 주려니까 금성장 여관 아줌마는 또 금방, "아이, 술은 제가 먼저 따라드려야죠." 막걸리병을 뺏는다. 당진상회 할아버지가 막걸리 잔을 삐뚜름하게 들고 있는 것도 아닌데 금성장 여관 아줌마는 잔을 바로 잡아주는 척하면서 당진상회 할아버지 손등에 자기 손을 슬며시 갖다댄다. "어험, 흠!" 당진상회 할아버지, 너무 티가 나게 얼굴을 붉힌다. 아닌 척, 하는 꼴이 내가 보기엔 영, 엉성하다. 나는 터져나오는 웃음을 억지로 참으며 당진상회 할머니를 곁눈질했다. 당진상회 할머니는 아직도 감을 못 잡은 모양이다. 장텃길 사람치고, 요새 당진상회 할아버지랑 금성장 여관 아줌마가 그렇고 그런 사이로 발전했다는 사실 모르면 간첩이다. 얼마 전에 노래방 건물에 콜라텍이(부디

중딩이나 고딩들이 힙합 추러 가는 콜라텍과 착각하지 마시길. 이 콜라텍은 어디까지나 댄스 교습소, 혹은 무도장의 변형된 명칭에 다름 아니까) 들어섰는데 당진상회 할아버지랑 금성장 여관 아줌마랑 거기서 매일 만나고 있다. 당진상회 할아버지처럼 가정과 처자식밖에 모르는 건전한 가장이 콜라텍 같은 곳엘 제 발로 찾아갔을 리는 만무하고 보나마나 0번 앞자리, 그 제비가 억지로 끌고 간 게 틀림없다. 그 제비는 왜 하필 당진상회 할아버지한테 달라붙었을까? 그야 당연히, 당진상회 할아버지는 이 골목에서 제일 속여 먹기 쉬운 사람이니까. 0번 앞자리 제비가 슬쩍슬쩍 흘리는 말을 들어보면, 당진상회 할아버지랑 금성장 여관 아줌마는 지르박을 춰도 다른 사람이랑은 안 추고 꼭 둘이서만 춘단다. 콜라텍 안에서만큼은 그 둘이 아주 공식 파트너인 셈이다. 불결하다(남자관계가 문란하다는 뜻은 아니고 어디까지나 잘 씻지 않는다는 의미다)는 평판 때문에 혼자 여관을 운영하면서도 숫처녀나 다름없는 금성장 여관 아줌마나 가족들에게 이제껏 업신여김이나 당하며 살아온 당진상회 할아버지나 사랑받은 적이 없다는 점에서는 일란성 쌍둥이였다. 사랑을 받아보지 못했기 때문에 아마도 둘은 사랑을 하는 데도 서투를 것이지만 그러나 그 서투름이 저 초로의 연인이 서로 사랑을 나누는 데 그 어떤 방해나 장애가 될 것 같지는 않았다.

　이런 경우에는 당진상회 할머니를 안됐다고 여겨야 당연한데도, 뺨을 빨갛게 물들이고 앉아 금성장 여관 아줌마가 따라 주는 술을 아껴 가며 마시는 당진상회 할아버지를 보고 있자니, '그래도 말년에 저런 낙이라도 한번 누려보셔야지' 하고, 나는 속으로 당진상회 할아버지에게 파이팅을 보내고 있었다. 분위기로 미루어 짐작건대, 여자 남자가릴 것 없이 그 자리에 앉아 있는 어른들도 모두 나와 비슷한 생각을 가지고 있는 듯했다.

"이 돼지는 진짜로 뭐네? 야, 이거 알고나 먹자야."

당진상회 할머니가 식칼로 돼지 귀때기를 잘라서 내놓자 노래방 아저씨, 또 낄 데 안 낄 데 참견이다.

"주면 주는 대로 먹지 노인네가 웬 말이 그리 많아요. 아무튼지 좋은 일이여, 좋은 일! 고기고 술이고 오늘은 내가 내는 날이니까 암말 말고 많이들이나 자셔. 근데, 삼오랑 영석인 왜 여태 안 와? 야! 지선이 너는 니 입에만 쑤셔넣지 말고 가서 니 엄마도 좀 데려와! 저년은 그저 지 입만 입이지. 내가 여태 살면서 안 가르친 자식이 효도한다 소리는 들어봤어도 배운 자식이 효도한다 소리는 들어보들 못했다니까."

진짜로 우리 엄마까지 먹이고 싶어서 그런 건지, 나 먹는 게 아까워서 그런 건지는 모르지만 어쨌든, 나는 당진상회 할머니가 시키는 대로 엄마를 데리러 갔다. 나 일어난 뒤에도 내 욕을 얼마나 해대는지 뒷골이 다 빠개질 것처럼 욱신거렸다.

"내가 거기 왜 가!"

엄마는 들은 척도 안 했다.

"저게 지금 그거지?"

정수기 앞에 물병 받치고 서 있던 독산동 아줌마가 물었다. 독산동 아줌마는 301호 앞자리를 얻어 과일 소매 장사를 시작한 뒤로는 물 받으러 온다는 핑계로 하루에도 여남은 번씩 삼오식당으로 달려온다. 수다 떨고 싶어서 오금이 저리는 거다.

"난 몰러. 어이! 영석이! 시원한 걸로 콜라 한 병 갖구 와! 얼음도 동동 띄워. 속에서 열불이 나서 죽겠어!"

엄마랑 독산동 아줌마랑 영석이 엄마가 테이블에 둘러앉았다. 막걸리 대신 콜라라도 들이켜고 실컷 취하기로 작정했는지 세 여자는 1.5리터 콜라를 단숨에 다 마셔버렸다.

"독산동은 가서 먹지? 가서 고기라도 한 점 축내고 와."

엄마가 말했다.

"싫어. 자기는 안 가면서 왜 나보고만 가래? 저 돼지머리가 저게 어떤 건지 모르면 또 몰라. 내가 저기 가서 저걸 어떻게 먹냐? 봉투는 저거 암것도 모르지?"

독산동 아줌마가 영석이 엄마를 쳐다보면서 물었다.

"모르지. 알면 저기 앉아 있어?"

옆에 앉아 귀동냥한 결과, 지금 당진상회 잔치판 한가운데 놓여 있는 돼지머리가, 그게 사연이 있는 돼지머리였다. 굿상에 올라갔던 돼지머리다. 절실한 기독교 신자도 아니면서 굿상에 올랐다고 못 먹을 이유야 없다. 안 먹는 이유는 다른 데 있다.

우리 엄마는 초파일에는 꼬박꼬박 철학관에 간다. 제단에 쌀 팔아놓고, 초에 불 켜러 간다. 원수 같은 세 딸년들 그저 그저 몸 안 아프고 잘들 살게 해달라고 한 달에 한 번이나마 그렇게 치성을 들여야만 마음이 놓이는 우리 엄마다. 우리 엄마가 초파일이면 찾아가는 곳은 여기 장텃길에 있는, 상호가 '유아독존'인 철학관이다. 이삼 년 전만 해도 장텃길에는 '유아독존' 말고도 점집이 두 군데나 더 있었다. 쌀가게 할아버지의 첩이라고 소문난 무당 할머니가 하던 주지사, 베트남에 참전했다가 오른쪽 다리 하나를 잃은 상이용사 할아버지가 소일 삼아 담뱃값이나 벌자고 봐주던 토정비결집이 있었다. 원래도 간판 하나 없이 영세로 하던 집들이었지만 이 년 전, 장텃길에 '유아독존'이 들어선 뒤로는 두 곳 다 문을 닫았다. '유아독존'은 상호대로 그야말로 유아독존이 되어서 장텃길 거의 대부분의 사람들의 현재와 미래를 좌지우지하고 있는 것이다. 장텃길의 계꾼 오야, 금씨 아줌마가 금두꺼비 목걸이를 늘상 목에 매달고 다니는 것도 실은 '유아독존'의 엄명 때문인데, 이것만 봐도 장텃길 사람들이 유아독존의 신통력을 얼마나 맹신하는지 알 수 있다.

이번 달 초파일은 바로 어제였다. 엄마는 큰 시장에서 특별히 맞춰온 초 세 개를 들고 앞서 걷고 나는 쌀 포대 세 개를 딸딸이에 싣고 뒤따라갔다. 독산동 아줌마도 쫓아왔다. 이 아줌마는 우리가 뭐 물을 때자기도 옆에 있다가 돈 안 들이고 공짜로 몇 개 물어보려고 우리가 '유아독존'에 갈 때마다 매번 쫓아온다. 어제도 예외는 아니어서 우리는셋이 '유아독존'으로 올라갔다.

"걱정 마! 일주일도 안 가! 아니면 내가 내 손가락을 잘라! 즉빵이여. 가서 장사나 하고 있어봐. 우리 할아버지가 누구냐, 누구냐, 누구냐! 우리 할아버지가 어여뻐하는 사람 소원은 다 들어줘. 우리 할아버지도 못 들어주는 소원이 하나 있기는 있어. 들어주고 싶어도 못 들어주는 소원! 그게 뭐냐? 남자 정력 없는 거, 그건 우리 할아버지도 못 고쳐. 그럼 우리 할아버지는 무슨 소원 들어주냐! 집 없는 놈 집 사는 거, 먹은 거 없어서 빌빌 물똥만 싸대는 놈 먹을 거 마련해주는 거, 부도난 놈 다시 사업 일으키게 해주는 거, 우리 할아버지는 그런 소원은 암말 않고 다 들어줘!"

빨간 방석 위에 징 하나 엎어놓고 앉아 '유아독존'의 여주인은 당진상회 할머니한테 소리소리를 질러대고 있었다.

"진짜로 그렇게 될까요? 봉투가……"

"지랄, 지랄, 또 지랄! 고놈의 주둥이가 지랄! 들어준다잖아! 우리 할아버지가 들어준다면 애기 쫑이야! 가! 얼른 가! 가서 장사나 해! 당장에 효험 봐. 즉빵이여, 즉빵!"

뭔가 석연치 않다는 듯이 고개를 갸우뚱거리던 당진상회 할머니, 괜히 한마디 꺼냈다가 '유아독존' 여주인한테 혼쭐만 이뻐이 나고 쫓겨나다시피 밖으로 나갔다.

우리는 '유아독존'으로 들어가 거기 제단 밑에 쌀 세 포대를 나란히 늘어놓고 포대마다 초를 하나씩 세웠다. 엄마는 엄마와 막내 몫뿐만 아니라 출가한 두 딸의 몫으로도 달마다 그렇게 쌀을 팔아놓고 초를 켠다. 썩 내키지는 않았지만 엄마의 소원인지라 나는 우리 집에 해당하는 쌀 포대 앞에 가서 절을 몇 번 올렸다. 이왕 절을 할 바에야 열심히 빌자, "그저 그저 우리 남편 장사 잘되게 해주시고, 그저 그저 우리 애들 안 다치고 몸 성히 이 겨울 나게 해주시고, 그러고도 시간이 남으시면 덤으로 저 책 쓰는 거, 글 쓰는 것도 잘되게 해주시고, 그저 그저……" 나는 쌀 포대 앞에 머리를 조아리고 지문이 닳도록 손바닥을 비벼댔다. 기독교 집안의 며느리로서 양심에 찔리는 바가 없지는 않았지만, 나나 남편이나 우리 친정 엄마가 돌아가실 때까지는 어쩔 수 없이 교회에도 가고, 절에도 가고, 그렇게 중용을 지킬 수밖에는 없다. 살 날보다는 죽을 날이 가까운 노모의 소원을 뿌리칠 만큼 나나 남편의 믿음은 모질지가 못하다.

"운 받았어."

164

초파일 음식을 먹으면서 당진상회 할머니는 뭐 하고 간 거냐고 물었더니, '유아독존' 여주인 왈, 당진상회서 오늘 운 받는 굿을 했다는 거였다. 올해 그 집이 대운이 들어오는 해냐고 물었더니 '유아독존' 여주인은 그건 아니라고 했다. 자세한 내막을 알고 싶었지만 놀이방으로 애들 찾으러 갈 시간이 되어서 나는 그 뒷얘기는 듣지 못하고 나왔던 거다.

"유아독존이 용하긴 용해."

그것 봐라, 약간은 뻐기는 투로 엄마가 영석이 엄마한테 말했다.

"그니까. 굿하고 바로 쇼부 나는 것 봐. 그나저나 봉투는 인제 뭐 먹고 산대?"

만나기만 하면 서로 우리 아들이 더 잘났네, 못 잡아먹어서 난리더니, 그래도 영석이 엄마가 봉투 아줌마 걱정을 제일 많이 하고 있었다.

"자기 말로는 아들이 벌어다주는 돈으로도 끄떡없다던데?"

"독산동은 그 말을 곧이들어? 성철이가 그게 키보든가 그거나 두드리고 다닐 줄 알았지 돈은 뭔 돈? 아휴우 날 추워지니까 봉투 저도 겨울날 일이 끔찍했지. 당진상회 오고 저기서 일 년 버틴 것도 용허지. 그러게 내가 진작에 연탄 광 같은 거라도 임시로 하나 만들어서 거기 들어가 있으라니까."

엄마는 또 연탄 광 타령이었다. 올 초에 당진상회가 개업한 뒤로 우리 엄마가 입에 달고 살다시피 한 말이 있는데, 바로 '연탄 광'이다. 그런데 이, 연탄 광에 얽힌 사연을 이해하려면, 우선은 삼오식당이 세 들어 있는 건물의 구조를 알아야만 한다. 이 건물에는 삼오식당을 가운데 두고 양옆으로, 과일 가게들이 밀집해 있는 대로변 쪽으로는 당진상회가 붙어 있고, 삼오식당의 왼쪽, 통조림 골목 쪽으로는 세탁소가 있는데, 이 세 가게가 일렬로 나란히 붙어 있는 게 아니다. 세탁소와 당진상회의 가운데 있는 삼오식당은 안으로 한참 들어가 있고, 세탁소 바로 뒤에 영석이네 무궁화마트가 있다. 이 건물 구조를 한눈에 파악하려면 아무래도 말보다는 그림이 나을 듯하다.

그리고 봉투 아줌마네 평상이 바로 당진상회 정면에 위치해 있다. 지금의 당진상회 자리는 얼추 십 년 가까이 비어 있다시피 했다. 당진상회가 개업하기 바로 전에는 404번 자리였는데 터가 나쁜지, 번호에 4자가 많이 들어가 있어서

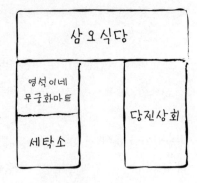

그랬는지, 404번도 얼마 못 버티고 문 닫았다. 이상하게도 그 자리에선 오래 장사한 사람이 없었다. 지금의 당진상회 자리는 그래서 늘 비어 있었고, 그 빈 가게의 가겟방은 봉투 아줌마 차지였다. 봉투 아줌마는 그 가겟방에 들어앉아 정면에 있는 자기네 평상을 지켰다. 여름에는 거기서 비를 피했고, 겨울에는 가겟방의 전기 판넬 위에 앉아 그나마 엉덩이라도 뜨끈뜨끈하게 지져가며 봉투 장사를 할 수 있었다.

비어 있던 그 자리에 당진상회가 들어서고, 바야흐로 봉투 아줌마의 수난이 시작됐다. 당진상회 할머니는 대놓고 말은 안 했지만 가뜩이나 비좁은 자기네 가게에 꼭두새벽부터 나와 앉아 있는 봉투 아줌마를 눈엣가시로 여겼고, 봉투 아줌마는 아줌마대로 염치가 없는 줄을 뻔히 알면서도 달리 다른 방도가 없으니까 해오던 대로 당진상회 가겟방에 죽치고 앉아 있었다.

아침에 엄마네 식당으로 들어가다가 보면, 봉투 아줌마는 당진상회 가겟방 귀퉁이에 엉덩이만 걸치고 앉아 있고, 주희는 좁은 가겟방에 장난감을 바구니째 엎어놓고 앉아 뭐가 못마땅한지 생떼를 부리고 있고, 자기네 가겟방인데도 봉투 아줌마랑 엉덩이 맞붙이고 앉아 있기가 민망해서 그런지 당진상회 할아버지는 할아버지대로 앉아 있지도 못하고 왔다 갔다 하고 있고, 당진상회 할머니는 자기네 가겟방 아랫목을 차지하고 앉아 있는 봉투 아줌마가 꼴 보기 싫으니까 괜히 아무 죄도 없는 주희만 울려쌓고, 봉투 아줌마는 아줌마대로 눈치가 보여서 주희가 울면 구멍가게로 달려와서 사탕이라도 하나 사다가 주희 입에 물려주곤 했다.

그러더니 결국엔 그게 그렇게 되고 만 거였다.

엄마 말대로 연탄 광 같은 거라도 하나 짜서 그 안에 의자라도 들여놓고 버텨볼 생각도 하고 자기 딴에도 별의별 생각을 다 해봤겠지만 딱히 뾰족한 수가 없으니까 봉투 아줌마도 이제는 어쩔 수 없다고, 폐업 선언을 해버렸다. 그런데 하필, 봉투 아줌마가 폐업 선언을 한 오늘이, 당진상회 할머니가 '유아독존'에서 굿을 한 그다음 날이라는 거다. 엄마와 독산동 아줌마의 말을 들어보니, 당진상회 할머니는 바로 어제, 장사 잘되게 해달라고 굿을 하면서 덤으로 눈엣가시 같은 봉투도 어떻게 좀 안 보게 해달라고 빌었다는 거였다. 영험하기로 소문난 '유아독존'의 불가사의한 신통력 때문인지, 주희의 그 악귀 같은 울음소리와 당진상회 할머니의 따가운 눈총에도 여태 끄떡없던 봉투 아줌마가 오늘 아침 난데없이, "아줌마! 내가 이거 평상, 집에 갖고 들어가기도 그렇고, 아줌마가 봉투 장사도 같이 한번 해볼래요?" 하고, 당진상회 할머니한테 그 금쪽같은 평상을 넘겨줬다지 뭔가. 당진상회는 봉투 아줌마가 폐기 처분한 평상 및 봉투 일체를 넘겨받아 오늘부터는 과일 장사에 봉투 사업까지 겸하게 된 거다. 보기 싫은 봉투 아줌마도 내쫓고 밑천 안 들이고 새 사업도 시작하고, 당진상회만 완전히 꿩 먹고 알 먹고다.

"겨우 굿하고 남은 거, 저까짓 것 돼지머리 하나 달랑 들고 와서는 생색은 지가 혼자 다 내고 있어. 김치니 국이니 나머지는 전부 다 삼오 식당에서 내는 거잖아. 아, 가서들 먹자구. 왜 우리가 남 좋은 일만 시켜. 아주 그냥 거덜이 나게 먹어주잔 말이야! 가자구, 가!"

갑자기 열이 뻗치는지, 좀처럼 화를 내지 않는 영석이 엄마가 콜라병을 움켜쥐고 일어섰다. 빈 페트병을 방망이처럼 휘두르며 영석이 엄마가 앞장서고, 독산동 아줌마랑 엄마랑 나는 영석이 엄마의 기세에 눌려 마지못해 따라갔다. 기왕 이렇게 된 거 될 대로 돼라, 나는 영석이네 구멍가게로 들어가서 냉장고에서 병맥주 세 병을 가지고 나왔다. 영석이 엄마도 덩달아 쫓아와서 빈 병은 내팽개치고 콜라를 세 병이나 꺼내 가지고 나왔다. 돈이야 당연히 당진상회 할머니 앞으로 달아놨지만.

"봉투! 얼마나 좋아? 이놈의 지긋지긋한 장사 때려치우고 인제는 편하게 살게 됐잖어. 봉투, 내가 주는 술 한 잔 더 받어."

당진상회 할머니가 봉투 아줌마 잔에 막걸리를 새로 또 한 잔 따라 주고 있었다.

"마지막인 사람한테 막걸리가 뭐야, 막걸리가! 맥주로 다시 쳐! 술을 사려면 확실히 사야지!"

삼오식당 여주인이 돗자리 안으로 밀고 들어가 봉투 아줌마 잔에 들어 있던 막걸리를 바닥에다 끼얹어버렸다. 삼오식당 여주인은 내가 들고 있던 맥주병을 빼앗다시피 해서 봉투 아줌마 잔에 따라주고는 자기 잔에도 맥주를 쏟아부었다. 마시지도 못하면서 아주 그득하게도 따랐다.

"맥주 또 누구여?"

삼오식당 여주인이 맥주병을 번쩍 들어올렸다. 여기저기서 다들 맥주로 먹는다고 난리도 그런 난리가 없고, 별안간 등장한 맥주에 당진상회 할머니는 사색이 되고, 영석이 엄마랑 독산동 아줌마랑 나는 이왕 먹을 거면 아예 당진상회 기둥뿌리를 뽑아버리자고 돼지머리, 홍어회 무침, 새우젓 등등 닥치는 대로 쑤셔넣기 시작했고, 막걸리만 먹다가 생전 못 먹어본 맥주를 마시더니 머리가 약간 이상해졌는지 봉투 아줌마는 난데없이 일어나 목이 터져라 노래를 부르기 시작했다.

"덩기덕덕 쿵작짝짝 덩기덕덕 쿵작짝짝 또르르르 하고 돌아왔소. 각설이라 각설이라. 명나리 잡는 덴 도끼가 대빵 고래를 잡는 덴 바늘이 대빵 기고 나는 놈은 뒷간으로 보내라 어허 품바 잘도 헌다! 홀아비 동네는 홀어미가 대빵 처녀 동네는 총각이 대빵 뛰는 놈에겐 나는 놈을 보내라 어허 품바가 잘도 헌다! 돈 없는 산중엔 여시가 대빵 고래 없는 바다엔 멸치가 대빵 뛰는 놈에겐 나는 놈을 보내라 어허 품바가 잘도 헌다! 품바 품바 잘도 헌다······"

대빵, 대빵 중간에 봉투 아줌마는 눈을 찡긋찡긋거리며 내 앞에다 빈 맥주잔을 들이댔다. 얼마나 빨리 들이켜 퍼붓는지 술 따르는 내가 다 숨이 가빴다.

"또르르르 하고 돌아왔소. 각설이라 각설이라······ 뻘뻘 돌아 장타령······ 한경 유관 경주장······ 명태 옆에는 대두장 서서 본다 서울장 앉아 본다 안성장 에고! 에고에고 곡성장 바삭바삭이 담배전, 딸깍딸깍이

나막신전, 품바허고 자리 헌다 또르르르 하고 들어간다…… 기고 나는
놈은 뒷간으로 보내라 홀아비 동네는 홀어미가 대빵 뛰는 놈에겐 나는 놈
을 보내라 돈 없는 산중엔 여시가 대빵…… 지선이 뭐 허냐, 잔 비었다!"

어딘가에 쑤셔박아두었다가 날이 추워지자 서둘러 꺼내놓은 난로에
하루 치의 석유가 부어지고, 석유 한 통을 모조리 잡아먹고도 서너 평
남짓한 가게 하나 훈훈하게 달궈놓지 못하는 기름 난로 앞에 둘러앉아
장텃길 사람들은 밤이 이슥하도록 술판을 벌였다. 냉기와 취기로 얼굴
이 붉어진 사람들이 하나둘씩 자리를 비우고, 드문드문 드러나 있는
빈자리마다 엎질러진 잔에서 흘러나온 막걸리와 맥주와 씹다 뱉은 고
깃점이 떠난 사람들을 대신해 그 빈자리를 악취로 채워갈 즈음에도 봉
투 아줌마는 술잔을 내려놓지 못했다.

이제 돗자리 중앙에는, 거기 세워놓았던 맥주병들이 거진 다 쓰러지
고 마지막 한 병이 남아 있었다. 봉투 아줌마는 마시던 잔에 남아 있던
술을 단숨에 들이켰다. 이것마저도 내줄 수는 없다. 그녀 앞에 남아 있
는 마지막 한 병의 맥주를 향해 거침없이 팔을 내뻗었다. 비닐 천막으
로 꽁꽁 묶어버린 그녀의 평상을, 팔다 팔다 못 팔고 남아버린 비닐 봉
투들과 함께 거기 봉인되어버린 그녀의 앞날을 바라보며 봉투 아줌마
는 맥주병의 마개를 땄다. 서둘러 채우지만 채우는 속도보다도 더 급
하게 비어버리는 그녀의 술잔에 다시 또 술을 따랐다.

봉투 아줌마가 빈 잔에 술을 채우는 동안에도 천장의 전구는 아까부
터 꺼질 듯, 꺼질 듯 깜빡거리고 있었다. 봉투 아줌마가 마지막 잔을 미
처 다 비우기도 전에 그녀의 머리 위에서 천장의 전구가 터져버릴 것
만 같아서, 나는 자꾸 천장의 전구를 올려다봐야만 했다.

결승선에서

1

이번에도 맨 처음 바람을 잡은 사람은 고물 장수 박씨 할머니다.

작년 봄인가 언제, 로터리에 있는 꽃 상가 지하에 건강 용품 상설 전시장이 들어섰을 때도 거기서 파는 생전 듣도 보도 못한 남색 양말 한 켤레를 가지고 와서 "이게 그냥 양말이 아니다. 종아리 늘씬하게 해주는 건 물론이요, 관절염에 허리 디스크까지 치료해주는 요술 양말이다"라고 말 같지도 않은 헛소리를 늘어놨던 사람도 바로 고물 장수 박씨 할머니였다. 지압 양말처럼 발바닥에 오톨도톨 뭐가 돋아나와 있는 것도 아니고, 발목 부분의 밴드가 일반 양말보다 두꺼워서 발목을 보호해주는 기능이 있는 것도 아니고, 요렇게 보고 저렇게 보고 뒤집어봐도 일반 양말이랑 아무 차이도 없는 그까짓 양말이 한 켤레에 팔만 원이나 한다는 게 우리 기준으로는 도저히 이해가 가지 않았다.

팔만 원짜리 양말을 신더니 고물 장수 박씨 할머니는 그다음 날부터는 아예 쌩쌩 날아다녔다. 예전 같으면 점심 먹을 때만 되어도 벌써부터 무릎이 저리고 종아리가 뻐근하고 발목이 절단 나는 것 같아야 정상인데 요술 양말을 신고부터는 아무리 걷고 또 걸어도 다리 아픈 줄 모르겠다고, 박씨 할머니는 요술 양말이 부리는 신통한 요술에 대해 길 가는 사람까지 붙들고 떠들어댔다. 빈 병이나 종이 박스, 각종 고물 수거용의 구루마를 끌고 영등포 장바닥을 한 바퀴 후딱 돌고 돌아와서 삼오식당 테이블 앞에 엉덩이를 내려놓기가 바쁘게 박씨 할머니가 몸뻬의 밑단을 걷어 올리면서 "요게 요술이 아니면 뭐겠어?"로 시작되는 체험담을 늘어놓기 시작하면 장텃길 아줌마들은 그 신기한 요술 양말 속에 들어 있는 고물 장수의 종아리를 좀 더 자세히 들여다보려고 심지어는 고물 장수의 종아리를 삼오식당 테이블 위에 번쩍 들어 올려놓기도 했다. 그러나 육안으로는 고물 장수의 종아리에서 도대체 무슨 요술이 일어났는지 확인할 길이 없었다. 돈 만 원이나 하면 속는 셈 치고 한번 신어나보겠지만 이건 만 원도 아니고 이만 원도 아니고 팔만 원이나 하니 덜컥 사버릴 수도 없고 그렇다고 신기만 하면 다리가 안 아프다는데 신어보지 않을 수도 없고, 장텃길 아줌마들은 머리를 맞대고 앉아서 "한번 신어볼까?" "그랬다 암것도 아니면?" 등등의 답 안 나오는 토론을 하느라 한나절을 잡아먹곤 했다.

장텃길 아줌마들은 요술 양말에 대한 미련을 쉽게 버리지 못했다. 장바닥에서 장사꾼 여편네로 한평생을 살아온 여자들 중에는 몸 성한 사람이 거의 없기 때문이다. 누구는 탈장 수술을 몇 번씩이나 했고 누구는 무릎에 대못을 수십 개나 박아넣었고 누구는 살이 다 타들어가도록 부항을 뜨지 않으면 손가락 하나 움직이지 못하고, 그렇게 고질병 하나씩 안 가지고 있는 사람이 없고 보면 몸이 안 아프다는데 그보다 더 달콤한 유혹은 없었던 것이다. 한 보름쯤 지나자 고질병인 관절염 때문에 늘 절뚝거리고 다니는 우리 엄마, 삼오식당 여주인과 어쩌다가 감질나게 맛보는 좋은 날에도 허리 디스크 때문에 이마를 찌푸리고 있을 수밖에 없는 봉투 아줌마가 고물 장수 박씨 할머니의 손바닥에 돈 팔만 원을 쥐어주면서 그 요술 양말을 하나 사다달라고 부탁했다. 내가 알기로는 그 뒤로 장텃길의 거의 대부분의 아줌마들이 그 요술 양말을 샀다.

그 요술 양말은 사람마다 차등을 두고 요술을 부렸다. 누구한테는 진짜로 신통방통한 요술을 부렸고, 누구한테는 "이게 요술이여, 아니여?" 긴가민가한 정도의 요술을 부려 애간장을 태웠고, 누구한테는 도대체 그 요술이라는 것이 무엇인지 도통 알 길이 없을 정도로 아무런 요술을 부리지 않았다. 그것 때문에 큰 싸움도 두 번이나 났다. 고물 장수 박씨 할머니가 삼오식당으로 점심을 먹으러 오면, 요술을 경험한 아줌마들과 아직 요술을 구경도 못한 아줌마들은 그렇게 두 패로 갈라져서 박씨 할머니를 심판관으로 세워두고 그 앞에서 얼마나 치열한 논쟁을 벌였는지 모른다.

"안 그래도 내가 오늘은 비법을 구해가지고 왔어. 그동안 우리가 멍청해도 너무 멍청했어. 아무것도 아닌 일로 그렇게 시끄러웠지 뭐야. 요것 때문이었대. 봉투는 우리 요술 양말을 뭘로 빨았어? 그러니까 봉투는 아직까지 한 번도 안 빨고 그냥 신기만 한 거네? 그래서 봉투는 그거 신고부터는 허리가 덜 아팠던 거야. 독산동은 뭘로 빨았는데? 독산동은 우리 이 귀헌 요술 양말을 이백 원짜리 싸구려 빨랫비누로 비벼 빨았다는 얘기지? 그러니까 독산동은 요술 할아비도 구경을 못했지. 이 요술 양말이 요술은 요술인데 이게 거 뭐라고 하던데, 에너지? 으, 맞어. 우리 몸에 에너지가 있는데 이 양말에는, 그러니까 그게 뭐라던데, 아무튼지 우리 몸에 있는 에너지를 이 양말이, 이 양말이 그냥 실이 아니라 특수한 어떤 실로 만들어져서, 그게 그러니까, 하여튼 이 양말에 뭐가, 우리 눈에는 안 뵈는 뭐가 있어. 이 속에 눈에 안 뵈는 뭐가 들었다는 건 모두 알겠지? 근데 빨랫비누나 하이타이 같은 걸로 빨면 그게 다 죽는다는 거야. 요게 효소? 효모? 이 물비누가, 효손지 효몬지 그게 들었는데 요걸로 빨아야지만 양말 속에 들은 그것이 안 죽는대. 이거? 이게 한 병에 또 이만 원이래. 그래도 어쩌겠어? 귀헌 양말을 싸구려 빨랫비누로 빨아서 못 쓰게 만들 수는 없잖아."

장텃길 아줌마들은 그렇게 중요한 걸 왜 이제야 말해줬냐고 길길이 뛰었다. 삼오식당 배달부, 독산동 아줌마는 나는 벌써 세 번이나 빨랫비누로 비벼 빨았는데 내 양말에 들은 그 귀헌, 아무튼지 눈에 안 뵈는 그게 혹시 다 죽어버렸으면 어떻게 하냐고 따지다 신고 있던 요술 양말을 벗어 들고 요리 살피고 저리 살피는데, 얼마나 속이 상했으면 눈에 눈물까지 맺혀 있었다. 장텃길 아줌마들은 이번에는 이만 원이나 하는 물비누를 그 자리에서 당장 주문했다. 오직 단 한 사람, 요술 양말을 사지 않았던 구멍가게, 영석이 엄마만이 효몬지, 효소가 들었다는 물비누를 가운데 두고 콜라병 발견한 부시맨들처럼 신기해하는 아줌마들을 바라보며, "물비누나 빨랫비누나 비누가 그게 그거지" 하고 흥을 깨는 잡음을 조금 집어넣었다.

내 짐작으로는 구멍가게, 영석이 엄마의 입에서 아주 작고 미세한 잡음이 흘러나왔을 때, 바로 그때, 고물 장수 박씨 할머니는 영석이 엄마를 감시를 늦춰서는 안 되는 요주의 인물이자, 여차하면 제거해야 할 숙청 대상이자, 때려눕혀야만 될 적군으로 규정했던 것 같다.

2

작년 봄에 요술 양말이란 걸 들고 와서 시장 여자들의 혼을 빼놓은 걸 시작으로 해서 그 뒤로 박씨 할머니는 건강 용품 전시장이나 의료기 체험장, 약장수들을 열심히 따라다니게 되었다. 박씨 할머니라는 사람은 예전에도 고물 장수였고 지금도 고물 장순데 위에 열거한 곳들을 쫓아다니게 되면서 고물 수거하러 다니는 일보다는 어디에서 무슨 약장수가 무얼 팔면서 공짜로 어떤 걸 주는지, 따위의 정보를 수집하는 일에 더 열성을 보이게 되었고, 예전과는 달리 옷 갈아입는 횟수를 하루 두 번에서 세 번으로 늘렸다.

박씨 할머니는 주업으로는 고물 장사를 하고 부업으로는 아침마다 삼오식당에서 설거지를 한다. 몇 년 그렇게 한 것이 아니라 우리 엄마가 장텃길에다 삼오식당을 개업한 바로 그날부터 죽 그렇게 해왔으니까 근 삼십 년 동안이나 두 가지의 일을 병행해온 셈이다.

박씨 할머니는 신월동에 사는데 거기서 첫 버스를 타고 온다. 새벽 여섯 시에 삼오식당에 도착해 박씨 할머니가 제일 먼저 하는 일은 가겟방으로 들어가 옷을 갈아입는 일이다. 빨간 고무 다라이 앞에 쪼그려 앉아 설거지를 하다 보면 바지도 젖고 양말도 젖기 때문에 설거지할 때만 입는 몸뻬로 갈아입고 신발도 물 안 새는 털신이나 플라스틱 쓰레빠로 갈아 신는 거다. 복장을 갖추면 박씨 할머니는 곧장 주방으로 들어가 설거짓거리가 쌓여 있는 고무 다라이 앞에 자리를 잡는다. 삼오식당의 단골들은 공판장 중도매인들 중에서도 터줏대감 격이라고 할 수 있는 노땅들이 대부분인데 다른 건 다 기다려도 밥 늦게 오는 건 못 참는 이 노인네들을 상대하느라고 삼오식당의 여주인, 우리 엄마가 이리 뛰고 저리 뛰면서 "할머니! 누가 지금 설거지하래요? 상 좀 보라니까!" "할머니! 누가 지금 밥 푸래요? 밥이 밥통에도 잔뜩 있구만, 지금 왜 쌀을 씻어요! 배달이 먼저지 쌀 씻는 게 급해요!" "할머니! 젓가락이랑 숟가락 좀 빼라니까 여태 뭐 했어요!" "밥 전화를 받았으면 나한테 말을 해야지, 말도 안 하고 설거지만 하고 있으면 어떡해요! 808호서 지금 밥 안 온다고 난리가 났잖아요!" 등등의 잔소리와 고함과 벼락치는 소리를 삼십 년 동안 단 하루도 거르지 않고 매일같이 쏟아부어도, 고물 장수 박씨 할머니는 너는 짖어라, 나는 귀먹었다, 하는 식으로 순 자기 고집대로 일을 하다가, 시곗바늘이 아홉 시를 가리키면 설거지가 잔뜩 남아 있든 말든, 배달이 밀렸든 아니든, 삼오식당의 장사 현황과는 상관없이 고무 다라이 앞을 떠난다. 아홉 시 오 분도 아니고, 아홉 시 십 분도 아니고 정확히 아홉 시인 것이다. 삼십 년 가까운 세월 동안 한결 변함이 없다. 유치원 다닐 때부터 지금까지 하루도 거르지 않고 이 광경을 지켜보고 있는 내 눈에는 고물 장수 박씨 할머니가 마치 신데렐라처럼 보일 때도 있다. 왕자랑 춤추다가 열두 시 종이 울리니까 정신 나간 년처럼 내빼 버리는 신데렐라와 설거지를 하다가도 아홉 시만 되면 번개 맞은 사람처럼 벌떡 일어나 옷 갈아입고 나가버리는 박씨 할머니는 하는 짓이 너무 닮아 있다. 언젠가 나는 박씨 할머니가 가겟방 문턱 앞에 벗어 던지고 간 털신 한 짝을 바라보면서, 신데렐라가 흘린 건 유리 구둔데 박씨 할머니가 벗어 던지고 간 건 닳아빠진 털신 짝이어서 박씨 할머니는 여태도 왕비나 여왕이 되지 못하고 설거지를 하고 있는 건 아닐까, 그런 생각을 한 적도 있다.

178

아홉 시 정각에 삼오식당을 뛰쳐나가 박씨 할머니가 가는 곳은 장텃길에 있는 고물상이다. 거기서 박씨 할머니는 삼오식당에서 설거지하기에 적당한 복장으로 옷을 갈아입었던 것과 마찬가지로 이번에는 고물 장수에 어울리는 옷으로 갈아입는다. 공공사업에 동원된 영세민 할머니들이 쓰는 것과 똑같이 생긴 챙 달린 모자를 쓰고, 허리에는 전대를 둘러맨다. 고물 장수 복장을 갖추면 굵은소금 한 자루를 구루마에 싣고서 드디어 고물 수거의 머나먼 여정을 떠나는 거다. 박씨 할머니가 고물을 수거하러 다니는 코스는 거의 변함이 없다. 박씨 할머니는 맨날 가는 골목, 맨날 가는 집에만 가는데 찾아간 곳에서 빈 병이나 신문지, 안 보는 책 같은 고물을 내주면 그 대가로 굵은소금 한 사발을 퍼주면서 소금만 주는 게 아니라 남의 험담도 꼭 하나씩은 덤으로 얹어준다. 박씨 할머니가 굵은소금 위에 얹어주는 덤이란 건, "요새 이 집 바깥 분은 매일이 행복한 얼굴이지? 잘은 모르지, 나야. 삼 일 전인가, 이 집 아빠가 대낮에 어떤 여자랑 꽃장여관서 나오는 것만 봤지"와 같이, 대부분은 굳이 전해주지 않아도 될 말들뿐이다. 박씨 할머니가 주는 덤 덕택에 부부 싸움하고 이웃 간에 다퉜던 사람 부지기수다. 그럼, 박씨 할머니는 고물 주우러 다니면서 굵은소금 주고 덤만 얹어주느냐 하면, 그뿐만이 아니다. 영등포 일대를 내 집 안마당처럼 훑고 다니면서 박씨네 비밀은 이씨, 김씨한테 소곤거리고, 이씨네 비밀은 박가, 최가, 황가한테 까발리는 등, 이 좁은 시장 바닥에 사는 사람들의 사생활을 전부 공개해놓는다. 고물 장수 박씨 할머니는 한마디로 말해 '걸어 다니는 생중계 소문 전파 라디오'다.

박씨 할머니는 그놈의 도움 안 되는 '생중계' 때문에 언젠가는 나랑도 한번 크게 싸운 적이 있다.

"삼오식당 둘째년 알지? 고게 대가리에 피도 안 마른 게 벌써부터 서방질을 하고 있더라니까."

내 나이 고작 열네 살, 이제 막 여중생이 됐을 때였다. 같은 반 친구였던, 커피 장수 차씨 아줌마네 딸 정희의 말을 빌리면 고물 장수 박씨 할머니가 정희네 집에 와서 자기네 엄마한테 그렇게 말했다는 거였다. 나는 그 얘기를 듣고 그 길로 곧장 고물상으로 쫓아가 박씨 할머니한테 따졌다. 내가 눈을 똥그랗게 부릅뜨고 따지니까 박씨 할머니는, "그럼 그게 서방질이 아니면 뭐냐? 기집애가 남자애랑 단둘이 있으면 그게 서방질이지 서방질이 아니면 뭐냐? 니가 지금 그게 잘한 짓이라는 거냐?" 나보다 더 크게 눈을 부릅떴다.

1학년 반장들 모임이 끝나고 집에 오다가 같은 방향에 살고 있던 1학년 4반 반장 애랑 도중에 떡볶이집에서 떡볶이를 한 번 먹은 적이 있었는데 박씨 할머니는 내가 남자애랑 떡볶이 한 번 먹은 걸 목격하고는 그때부터 동네방네 돌아다니면서 삼오식당 둘째년이 서방질을 하고 다닌다고 떠들어댔던 것이었다. 한 치의 물러섬도 없이 그럼 그게 서방질이 아니면 뭐냐고 닦달을 해대는 박씨 할머니의 서슬에 눌려서 나는 그날 터져나오려는 울음을 집어삼키는 것 말고는 달리 아무것도 할 수가 없었다. 그 뒤로 나는 서방질했다는 소리를 또 듣게 될까봐 남자애랑은 같이 있을 기회조차도 아예 만들지 않게 되었다. 지금도 나는 남자랑 여자는 친구가 될 수 없다고 생각하는데 나의 이런 왜곡된 이성관의 형성에 결정적 기여를 한 장본인도 바로 고물 장수 박씨 할머니였다.

고물 장수 박씨 할머니는 그렇게 오전 내내 영등포 일대를 쏘다니면서 굵은소금 한 사발과 함께 이 집, 저 집에 분란의 씨앗을 나눠주고 다니다가 배에서 꼬로록 소리가 나면 삼오식당으로 와서 점심을 먹는다. 배를 채운 뒤에는 다시 또 구루마를 끌고 나가 혹시 어디 안 들르고 그냥 지나친 집 없나 하고 돌아다니다가 오늘은 더 다녀봤자 실어 나를 소문도 없고 평지풍파 일으킬 건수도 없겠다 싶으면 고물상으로 가서 하루 동안 모아 온 고물들을 천 원짜리 지폐 몇 장과 바꿔가지고 집으로 간다. 여기까지는 고물 장수 박씨 할머니가 약장수들을 따라다니기 직전까지의 일과였고, 지금은 여기에 하나가 더 추가되었다. 고물상에서 돈을 받으면 박씨 할머니는 물 묻힌 빗으로 앞머리를 뒤통수까지 넘겨 빗고, 약장수들 따라다니면서 공짜로 받은 옥팔찌를 왼쪽 팔목에 찬다. 오른쪽 팔목에는 건강 용품 전시장에서 하루도 안 빠지고 나왔다고 사은품으로 준 금도금 시계를 찬다. 고물 장수에서 남 보기에 그렇게 우스워 보이지는 않는 할머니로의 변신을 끝마치고 나면, 고물 장수 박씨 할머니는 오늘은 꽃 상가의 건강 용품 전시장으로 내일은 동양빌딩 지하의 약장수한테로 달려가는 것이다.

어제도 박씨 할머니는 왼쪽 팔목에는 옥팔찌, 오른쪽 팔목에는 금시계를 차고 정확히 다섯 시에 삼오식당 안으로 들어섰다.

"영석이네는 오늘도 안 간대? 왜 안 가? 가기만 하면 찜질 팩을 공짜로 주는데 왜 안 가? 안 가는 이유가 뭐래? 지가 시간이 없어, 발이 없어? 막말로 찜질 팩을 주든 안 주든 영석이네는 더 악착같이 다녀야 되는 거 아니야? 내가 이런 말까지는 안 하려고 했지만, 애를 저렇게 방구석에만 가둬두는 법이 어디 있대? 어미가 돼가지고 때맞춰서 밥이나 밀어넣어주면 그게 부모 노릇 다하는 거냐고. 생각들 해봐. 딸라 빚을 얻고 집문서를 잡혀서라도 새끼 병은 고쳐보려고 하는 게 부모 마음 아냐? 영석이네는 딸년 병 고칠 생각은 아예 하지도 않나 봐. 돈이 없어서 병원에 못 가고 좋은 약을 못 쓴다고 쳐. 그러면 돈 안 들어가는 거라도 열심히 해봐야 되잖아?"

박씨 할머니가 삼오식당의 홀에 앉아 우리 엄마랑 독산동 아줌마랑 봉투 아줌마를 앞에 앉혀놓고 영석이 엄마를 씹어대는 동안 나는 마침 구멍가게에서 영석이 엄마랑 둘이 같이 커피를 마시고 있었는데 박씨 할머니가 떠들어대는 소리가 하나도 걸러지지 않고 생짜 그대로 들려왔다. 영석이 엄마는 아무 소리도 못 들은 척, 마시던 커피를 계속 마시고 있었고 나는 2층 다락에 누워 있을 영선이에게도 박씨 할머니의 말이 그대로 전해지고 있을 거라는 걱정을 하며 영석이 엄마 옆에 어정쩡하게 앉아 있었다.

박씨 할머니가 남의 얘기를 하면, 저 푼수 없는 노인네가 오늘은 또 무슨 허튼소리를 늘어놓나, 한 귀로 듣고 한 귀로 흘려듣던 엄마까지도 이번만은 박씨 할머니의 의견에 동조를 하고 있었다. 삼오식당 안쪽에서 "지푸라기라도 잡아봐야지. 노력이라도 해봐야지"라고, 거기 모여 앉아 있던 아줌마들이 한목소리로 외치는 소리가 들려왔을 때, 영석이 엄마는 마시던 커피를 내려놓고는 영선이가 누워 있는 2층 다락으로 올라갔다.

3

"보자기는 왜?"

"남자들도 수두룩한데 여자가 거기 어떻게 발랑 누워 있어? 이걸로 다리라도 가리고 누워 있어야지."

나는 구멍가게, 영석이 엄마가 준 보자기랑 깔개를 비닐 봉투에 집어넣었다. 영선이는 아직도 마음이 내키지 않는 모양이었다. 영선이는 우리 동네 구멍가게, 무궁화마트의 장녀. 집안의 유일한 남자였던 막내 영석이마저 군대에 가버리고 무궁화마트에는 영선이와 영석이 엄마, 이렇게 여자 둘만 남아 있다. 제 엄마의 입에서 "엄마 살리는 셈 치고 갔다 와라, 응?" 애원조의 말이 흘러나오고 나서야 영선은 마지못해 일어섰다. 어제저녁에 동네 아줌마들이 삼오식당에 모여 앉아 떠드는 소리를 저도 듣기는 들었나보다. 아직까지 청각에는 이상 없는 모양이다.

영선과 나는 장터목욕탕 건물을 향해 걸어갔다. 현수막으로 뒤덮여 있는 장터목욕탕 건물은 선물 상자를 세워놓은 듯한 모습이었다. '○○ 의료기'라고 써 있는 현수막들은 선물 상자를 묶고 있는 리본 같았고, 그 리본을 풀고 상자의 뚜껑을 열면 상자 안에 들어 있던 좋은 일이 금방이라도 탄성을 내지르며 튀어나올 것만 같았다.

건물 입구까지 길게 내려와 있는 선물 상자의 리본 장식을 걷어 올리고 우리는 지하로 내려갔다.

"재산을 잃는 것은 조금 잃는 것이요, 명예와 지위를 잃는 것은 많이 잃는 것이요, 건강을 잃는 것은 천하를 잃는 것이다. 어르신들! 대

답 소리가 작어. 안 들려. 어르신들! 그렇지. 천장아 무너져라 냅다 쏴
질러버리셔. 그래야 스트레스 풀려. 여기 오셔서 대답만 잘하고, 박수
만 잘 치고, 소리만 냅다 질러도 스트레스 해소돼서 병은 그냥 나아버
리는겨. 어르신들, 내 말이 틀립니까? 저기 맨 뒤에 앉은 어르신. 저하
고 어제 약속했쥬? 자식들이 사준 거, 좋은 옷 애끼지 말고 그냥 막 입
어버리기로 했잖어. 근데 오늘도 어째 후줄근해? 애껴봤자 뭐해유? 죽
으면 다 불쏘시개라니까. 어르신들, 제 말이 맞습니까? 제가 어르신들
한테 당부하는 건 뭐냐 하면, 좋은 거, 입맛 돋우는 거, 맛있는 것만 잡
수시고, 나중에 입으려고 좋은 옷은 죄다 장롱 속에 신줏단지 모시듯
모셔놓지 말고 막 입구 댕기시고, 건강할 때 건강 지키시라는 거, 그게
다예유. 그런디, 요기 사거리에 전위 치료기 생겼다고 요새 거기 다니
시는 어르신들 내가 솔찬히 봤유. 한 가지만 오래 치료하셔야지 이것
저것 하면 진짜로 건강에 치명적입니다. 척추만 제대로 잡아주면 병은
다 낫는데 거긴 왜 간대유? 그러다 잘못되면 중풍 걸립니다."

　전시장 중앙에 놓인 의자에는 머리 희끗희끗한 할머니들, 할아버지
들이 늘어앉아 있었는데, 단상 위에 서 있는 중년 남자가 마이크에다
대고 무슨 말만 했다 하면 무조건, 이구동성으로 "옳소! 옳소!" "맞어,
맞어!" 손뼉을 치고 고개를 끄덕거리고 있었다.

　영선과 나는 번호표를 받아 들고 맨 뒷줄에 가서 앉았다. 척추를 바
로 잡아줘서 우리 몸의 온갖 병을 낫게 해준다는 치료기를 한번 체험
해보려고 왔는데(사실은, 나는 공짜라니까 한번 와본 거고, 영선이는 박씨 할머
니의 입방아에 더 이상은 오르내리기 싫어서 어쩔 수 없이 온 거였지만), 그게 또
아무 때나 오는 순서대로 해볼 수 있는 게 아니었다. 사십 분에 한 번씩

184

교대를 한다고 했다. 교대 시간이 될 때까지 기다릴 수밖에는 없었다.

장텃길에 사는 노인네들은 다들 거기 모여 있었다. 누가 막걸리라도 한 사발 내라고 하면 콧방귀도 안 뀌는 노래방 주인 아저씨도 와 있고, 노래방 아저씨의 심기를 건드리지 않으면 사는 낙을 느끼지 못하는 세탁소 아저씨, 교회 다니는 사람들은 전부 양식 있는 사람들이고 무당 집 드나드는 여편네들은 죄다 못 배운 것들이라고 믿고 사는 301호 아줌마, 입만 벌렸다 하면 며느리 욕하는 쌀가게 할머니, 요즘 들어 부쩍 뻥땅을 자주 치는 당진상회 할아버지에 악처라고 소문난 당진상회 할머니까지 있었다. 당진상회 할머니는 두 돌도 안 된 주희까지 데리고 와 있었다. 며칠 전부터 코를 찔찔 흘린다고, 하여간에 돈 잡아먹는 짓만 한다고 애를 구박하더니 약도 안 먹이고 공짜로 감기를 낫게 해볼 생각인지 침대처럼 생긴 치료기 위에 주희를 눕혀놓고는 그 앞에 앉아 지키고 있었다. 당진상회 할머니다운 행동이었다.

영선이 의자에 앉자, 다들 약속이나 한 듯이 영선을 쳐다봤다. 천만다행으로 쫓아와서 "영선이, 너 잘 생각했다. 니 엄마 생각해서라도 니가 니 병을 고쳐보려고 해야지." 어쩌고저쩌고해봤자 위로도 안 되고, 들어봤자 도움도 안 되는 잔소리를 늘어놓는 노인네는 없었다.

자기 딴에도 어지간히 떠들었다고 생각했는지 남자가 마이크를 내려놨다. 살날보다는 죽을 날이 가까운 노인네들의 구미에 맞는 말만 골라하던 남자가 내려가버리자 장내는 삽시간에 침묵에 잠겼다.

남자가 서 있던 단상 뒤로는 텔레비전이 하나 있었는데, 볼륨을 제로에 맞춰놓은 상태였다. 그 텔레비전은 화면 가득 코미디언 조○○의 모습을 보여주고 있었다. 화면 속의 그는 안개가 자욱이 깔린 새벽의 한

강변을 걷고 있었다. 그는 한 걸음 내딛기 위해 서너 번의 헛발질을 했으며 자신의 모습을 찍고 있는 카메라맨을 향해 무슨 말인가를 하고 싶어 했지만 그의 뒤틀린 입을 통해 나온 소리는 우리가 사람의 언어라고 부름 직한 것은 아닐 성싶었다. 말소리는 들리지 않았지만, 거기 앉아 멍하니 그 모습을 바라보고 있던 우리들은 알 수 있었다. 지금 화면 속에서 자꾸만 뒤틀리는 다리를 힘겹게, 그러나 쉬지 않고 앞으로 내뻗고 있는 저 뇌졸중 환자가 우리에게 보여주고자 하는 것이 무엇인지를.

나는 옆자리에 앉아 있는 영선을 곁눈질했다. 영선은 무슨 생각을 하고 있는지 가늠할 수 없는 표정으로 화면 속의 뇌졸중 환자를 바라보고 있었다. 무궁화마트의 주인이었던 영선의 아버지는 오 년 전인가, 찬물에 손을 담그면 입에서 절로 욕이 나오게 되는 엄동설한에 뇌졸중으로 세상을 떴다. 그때만 해도 장텃길 사람들은 "자고로 미인 박복이라잖어"라는 말까지는 하지 않았었다. 구멍가게, 영석이 엄마가 '자고로 미인 박복'이라는 말을 듣게 된 건 영선의 오른손 손가락들이 구부러지지 않게 되었을 때부터였다. 오른손 검지 하나만 구부리지 못했던 영선은 반년이 지난 지금은 오른손 전체를 움직이지 못하게 되었다. 요즘도 구멍가게, 영석이 엄마는 누가 영선의 병에 관해 물으면 "결과가 나와 봐야 알지"라고 곧이들리지 않는 대답을 하고 있는데, 정확한 결과가 나오지 않았어도 영선이 앓고 있는 병이 제 아버지를 세상 떠나게 했던 그 병하고 한통속일 거라는 사실은 누구라도 짐작하기가 어렵지 않았다.

"어르신들! 오늘 짝꿍이랑 같이 오신 분 손 좀 들어봐. 없어? 오늘 첨 오는 어르신 손 좀 들어보셔. 없어? 어르신들도 보셨지? 우리한테는 처음 오시는 분들이 거의 없어. 한번 오셨던 분들이 계속 와. 왜 오냐! 해보니까 좋거든."

출입구 앞 카운터에 앉아 번호표를 나눠주던 여자가 단상으로 올라와 마이크를 잡았다. 장내를 가득 메우고 있던 노인네들은 영업 책임자라는 여자가 갑자기 불러일으킨 소란스러움을 반가워하기까지 했다. 여기저기에 검버섯이 돋아나 있고 퀴퀴한 곰팡이 냄새가 지하의 묘지를 떠올리게 하는 이런 곳에서는 침묵이야말로 견딜 수 없는 것이니까. 누구라도 좋으니 우리 대신 귀가 먹먹하도록 떠들어주기를, 아무거라도 해서 우리에게 생각할 겨를 같은 것은 아주 잠깐이라도 내주지 말기를, 거기 있는 노인네들이 단상 위의 영업 책임자에게 바라는 것은 오직 그뿐인 듯했다.

"어르신들, 내가 누구지? 나는 여기 우리 어르신들 건강 책임지는 사람이야. 제가 오늘은 우리 어르신들 건강을 위해서 이거 딱 한마디만 부탁드립니다. 전위는 절대로 하지 마세요. 그거 잘못했다가는 그냥 그 자리에서 쓰러져. 요새 요 앞 사거리에 새로 생긴 데서 김치통 나눠준다며? 김치통 때문에 요새 우리 어르신들 아주 그냥 난리가 났어. 김치통하고 내 건강하고 바꿀 거야? 우리 어르신들 그렇게 바봅니까? 저기 뒤 좀 잠깐 돌아보세요. 중앙에 진열돼 있는 가습기랑 차렵이불 다들 보이죠? 이달 말까지 빠지지 않고 열심히 치료 받으러 오시는 분들한테 우리가 선물로 주려고 갖다놓은 겁니다, 저게. 여기 오시면 건강도 찾고, 선물도 받고, 친구도 생기고, 이것저것 다 좋으니까 빠지지 말고 오세요. 어르신들!"

"선착순으로 주는 거야?"

많이 듣던 목소리였다. 언제 왔는지, 고물 장수 박씨 할머니가 빈자리에 엉덩이를 내려놓고 있었다.

"열심히 오신 분들은 다 드려. 걱정 붙들어 매셔. 아, 맞다! 박 대리! 지금 우리 어르신이 그 어르신이지? 지금 우리 어르신, 잠깐만 앞으로 나와보세요."

박씨 할머니가 단상으로 불려 나갔다.

"저는요, 이 어르신한테 아주 감동했습니다. 이 어르신이 어제 우리 치료기를 하나 구입하셨어요. 이 어르신이 우리 치료기를 구입했다고 해서 제가 감동했다는 건 절대로 아닙니다. 내가 왜 감동을 했느냐! 이 분은요, 뭘 하시는 분이냐 하면 평생을 고물 장사를 하셨어요. 빈 병 주워다 자식들 공부시키고, 종이 박스 모아서 집 장만하신 분입니다. 박수 한번 주세요! 없지만, 남들이 버린 거 주우면서 살았지만, 알뜰살뜰, 아주 열심히 사신 분입니다. 내 한 몸 희생하고, 자식들 위해서 평생을 다 바치셨어. 사실 우리 치료기 값이 만만하지는 않아요. 저도 알아요. 그런데 이분이 저한테 어제 그러시는 거예요. 지금까지는 내가 자식들 위해서 살아왔다. 이제는 나를 위해서 살아야겠다! 저는 이 어르신 말씀 듣고 감동했습니다. 어르신들! 박수 한번 아주 크게, 힘차게 쳐주세요."

장내는 박수소리로 떠들썩했다. 단상 위에 올라선 박씨 할머니는 마치 시상식에 참석한 수상자 같았다. 영업 책임자라는 여자가 '고물 장수'니 '빈 병' 따위를 들먹거렸을 때 나는 당연히 박씨 할머니가 불쾌해할 거라고 생각했는데 박씨 할머니는 오히려 흡족해하는 표정이었다.

단상 위에 서서 박수갈채를 한 몸에 받으며 박씨 할머니가 장내의 사람들을 내려다봤다. 장내를 가득 메우고 있던, 젊음과 건강은 죄다 어디서 뜯기고 왔는지, 남은 거라곤 주름과 한숨과 병밖에는 없어 뵈는 노인네들을 재빠르게 훑어내려가다 장텃길 사람들과 눈이 마주치자 박씨 할머니는 여봐란듯이 어깨를 펴고 가슴을 내밀었다. 박씨 할머니의 눈동자에는 복수심마저 어려 있었다. 고물 장사와 설거지로 한평생을 꾸려오면서 하루도 안 거르고 매일같이 흉을 보고 악담과 저주를 퍼부어댔던 삼오식당집 세 딸년들, 그중에서도 제일 지랄 맞은 저둘째년, 고물이나 주우러 다닌다고 사람 말을 말 같지도 않게 듣던 고괘씸한 구멍가게 영석이네의 반병신 딸년, 어, 그리고 저기 앉아 있는 저 할망구, 당진상회 할망구, 야, 니까짓 게 그래 그렇게 대단하니? 뭐 그렇게 대단하게 사는 것도 아니면서 월급 받아다 주는 남편 하나 있는 걸 가지고 지가 무슨 대단한 감투라도 쓴 것처럼 사람을 깔보더니만 인제는 아주 길거리에 나앉게 생긴 이 할망구야! 이것들아, 그래 어쩌냐! 니들은 몰랐지? 나한테도 이렇게 '쨍!' 하고 해 뜰 날이 있을지 니들은 생각도 못해봤지?

말소리는 들리지 않았지만, 다닥다닥 붙어 앉아 단상을 올려다보고 있던 장텃길 사람들은 박씨 할머니가 우리에게 지금 무슨 말을 하고 있는지 똑똑히 알 수 있었다. 박씨 할머니는 당진상회 할머니와 눈이 마주치자 입꼬리를 한쪽으로만 치켜올리며 가소롭다는 듯이 한 번 살짝 웃었는데, 그걸 본 당진상회 할머니, 더 이상은 못 참겠다, 옆에 앉아 있던 당진상회 할아버지의 팔뚝을 냅다 꼬집었다.
"으이구, 이 화상아! 고물 장수도 사는 이까짓 거 하나를 못 사주고…… 등신아, 이 등신아!"

당진상회 할머니가 주희를 끌고 나가버리자 혼자 남은 당진상회 할아버지는 금성장 여관 아줌마가 혹시나 이 꼴을 봤을까봐 얼굴을 홍시처럼 해가지고는 뒤를 슬쩍슬쩍 쳐다봤다. 당진상회 할아버지가 앉아 있는 곳에서 대각선 방향에 있던 금성장 여관 아줌마는 다행히도 그때 마침 치료기 위에 배를 대고 누워서 잠을 자고 있었다.

"제가 어르신들한테 중요한 말씀, 한 말씀만 더 올리겠습니다. 68세 어떤 할머니 한 분이 병원에 가서 종합검진을 받으셨다는데 의사가 깜짝 놀라더랍니다. 왜? 의사가 첨 봤다는 거야. 68세 먹은 노인네 피가 초등학생 피보다도 더 맑더라 이거야. 그럼, 그 할머니가 누구냐! 여기 매일, 하루도 안 빠지고 와서 치료 받고 가신 할머니, 바로 여기 계신 이 어르신입니다. 박수! 손바닥에 불나게, 열나게 한번 주세요! 어르신들! 내 건강, 투자하는 만큼 돌려받습니다. 자, 일단, 교대합시다."

여자의 "교대합시다!" 소리와 함께 "땡! 땡!" 종소리가 울렸다. 치료기에 누워 있던 사람들이 일제히 일어나 겉옷을 찾아 입는 동안 의자에 앉아 있던 사람들은 짐을 챙겨 들고 치료기 앞으로 갔다. 다들 어떻게 해야 하는지 잘 알고 있었다. 앞사람이 자리를 내주자 치료기 위로 올라가 중앙에 툭 튀어나와 있는 부분에 허리를 갖다대고 누웠다. 여자들은 준비해 온 보자기로 배와 다리를 가렸다.

영선과 나는 우리가 받은 번호표의 번호가 붙어 있는 치료기 앞으로 갔다. 의자에서 치료기까지, 그 얼마 안 되는 거리를 영선은 참 더디게도 걸어갔다. 내가 한 발짝 내디딜 때 영선은 어금니를 악물었고, 내가 두 발짝 걸어나갔을 때 영선은 바닥을 딛고 서 있던 오른발을 위로 조금 들어 올렸고, 내가 세 발짝, 네 발짝 앞을 향하여 나아갔을 때 영선은 이제 막 한 발짝을 옮겨놨다. 그 순간에 나는 난데없이 토끼가 되어 버렸고, 동화 속의 토끼처럼 결승선을 향해 달리다 말고 그 자리에 우뚝 멈춰 섰지만, 나무 그늘에 누워 낮잠을 자려고 했던 것은 아니었다. 나는 느림보 거북이에게 증명해 보일 시간을 주고 싶었다. 너와 나는 같은 출발선상에서 출발했다는 것을. 느린 것이 빠른 것을 이길 수도 있다는 것을. 영선이 묵묵히, 지켜보는 사람의 인내를 요구하는 속도로 걸어 마침내 결승선에 도달해, 멈춰 서서 기다리고 있던 나를 뒤돌아봤을 때, 그러나 나는 차마 그 말만은 할 수가 없었다. 그러니까 "거기가 우리의 결승선이었니?"라고는.

제 몫의 치료기 앞에 서서 영선은 나를 기다리고 있었다. 영선의 등 뒤로, 한 치의 틈도 없이 비좁게 늘어서 있는 침대형 치료기들과 그 위에 누워 하얗거나 분홍빛이 감도는 보자기를 하나씩 덮고서 벽마다 걸려 있는 액자를 잡아먹을 듯이 노려보며 "믿어야 낫는다…… 미쳐야 낫는다……" 액자 속의 글귀를 읊조리는 노인들의 모습이 보였다. 아니, 흰 천을 머리끝까지 덮고 누워 있는 영안실의 시체들이 내 시야를 가득 메웠다. 나는 질겁을 하며 뒷걸음질 치기 시작했지만 갑자기 터져나온 마이크 소리에 덜미를 붙잡히고 말았다.

"어르신들! 돈 없어서 건강 못 챙긴다는 거, 그거 진짜 새빨간 거짓말입니다. 이제부터는 나를 위해서 살겠다, 결심이 중요한 거예요. 어르신들도 이제 결단을 내리세요. 이 어르신처럼 오늘 당장 결심해버려! 자자, 그럼 오늘도 또 한 번 신나게들 놀아들 보시는데 오늘은 우리 이 어르신, 고물 장수 할머니가 한번 먼저 흥을 돋워보실랍니까? 자, 박수! 노래 갑니다!"

영업 책임자가 박씨 할머니에게 마이크를 넘겼다. 박씨 할머니는 황송해서 어쩔 줄을 몰라 하며 허리를 넙죽 구부렸다. 고물 장수, 박씨 할머니가 마이크를 잡았다. 단상에 올라서서, 만인의 박수갈채를 받으며 잔뜩 상기된 얼굴로, 그럴 수 없이 행복한 미소를 짓고서 박씨 할머니는 마이크를 입술에 갖다댔다. 쿵짝쿵짝 쿵짜짜작작…… 노래방 기계에서 전주가 흘러나왔다. 이제, 박씨 할머니는 반주에 맞춰 노래를, 아니, 젖 먹던 힘까지 끌어모아 악을 쓰리라. 노랫소리가 이 지하의 묘지를 뚫고 나가 장텃길을 온통 쩡쩡 울리게 할 때까지 박씨 할머니는 악을 쓰고 악을 쓰고 그러다 후렴을 부를 즈음에는 모아두었던 눈물도 몇 방울 뚝뚝 흘리리라.

노래방 기계에서 흘러나온 반주 소리와 박자가 맞지 않는 박수 소리와 앞니가 하나 빠지고 없는 틈니 사이로 간간이 새어나오는 가쁜 숨소리와 그 온갖 떠들썩함의 한가운데 망연히 서서 나는 영선을 바라봤다. 하얀 시트가 깔려 있는 저 관 속으로 미끄러져 들어가 저기 즐비하게 누워 있는 시체들과 나란히 눕기 전에 어서 가서 영선을 데려와야지…… 영선을 끌고 지상으로 올라가야지……

제 몫의 치료기 앞에 서서 나를 기다리고 있던 영선은 그러나, 내가 그녀를 데리고 나가기도 전에 판촉 사원의 독촉에 못 이겨 벌써 치료기 위에 올라가 눕고 말았다. 판촉 사원의 손에 팔뚝을 잡힌 채로 치료기 위로 올라가면서 영선은 내내 나를 쳐다봤는데 그 순간의 영선의 얼굴은 막다른 골목에 몰린 사람의 얼굴이었다. 소리가 되어 나오지는 못했지만 그러나 또렷이 들려왔던 영선의 외침을 그 순간에 나는 왜 외면했을까? 왜 그랬을까?

우리들의 화장실

"작은언니? 나 좀 꺼내줘! 빨리!"

늦은 밤, 전화선을 타고 들려온 막내의 울부짖음은 모골을 송연하게 했다. 자다 놀란 내 가슴은 방망이질을 멈추지 않았고, 빨간 내복에 잠바만 달랑 하나 걸치고 달음박질을 치는 동안에도 귓전에서는 목 놓아 언니를 부르던 막내의 절규가 끊이지 않고 들려왔다. 대체 무슨 변인가? 이 야밤에, 그것도 공중 화장실에서? 시골에서 물건 싣고 올라온 뜨내기 트럭 기사가? 어떤 술 취한 놈이 해코지라도 하고 있는 거 아냐? 에잇, 이런 방정맞은 년. 하필이면 그따위 망측한 생각을 하다니. 아니지, 아냐. 절대로 그럴 리가 없다, 없어. 우리 막내가 어떤 앤데? 초등학교 다닐 때, 그때 말고는 누구한테 뺨 한번 맞고 온 적이 없는 왈가닥 여깡패가 아닌가. "어떤 놈이든지 건드리기만 하면 그냥 죽어라, 자지를 물어버려!" 우리 막내는 어려서는 등에 멘 가방이 땅에 닿을 정도로 키가 작았고, 만만하게 본 아이들한테 하루가 멀다 하고 터지고 들어왔다. 막내가 매를 맞고 돌아온 날이면 엄마는 그렇게 하루 온종일, 자지를 물어뜯어버리지 그랬냐고, 앞으로는 누가 때리면 그냥 자지를 물어버리라고, 남자는 제 아무리 천하장사라 해도 거기만 물려버리면 꼼짝없이 설설 기게 되어 있다고, 가르쳤다. 중학교에 들어가 갑자기 키가 훌쩍 커버린 막내는 엄마의 가르침을 인생의 좌우명으로 삼아 그 뜻을 받들더니, 나아가 다니던 중학교에서 '여자 짱'까지 했던 아이다. 공중 화장실에서 지금 무슨 일이 벌어지고 있는지는 모르지만, 설사 어떤 놈이 우리 막내를 상대로 무슨 해괴한 짓거리를 하려고 해봤자 우리 막내가 순순히 당하고만 있을 리가 없다고, 나는 그 순간처럼 그렇게 막내의 우악스러움과 한다 하는 주먹의 힘을 고맙게 생각한 적이 없었다.

화장실 문을, 똥할매가 지키고 서 있었다. 뿌연 불투명 유리창 너머, 화장실 안쪽에 서 있는 사람은 우리 막내가 틀림없었다. 똥할매와 막내는 문 하나를 사이에 두고 한 치의 양보도 없이 서로를 노려보고 있었다.

"문 열어, 할머니."

화장실 안쪽에서 들려오는 막내의 목소리는 예상 외로 담담했다. 똥할매는 들은 척도 안 했다. 어쩌면 정말로 못 들은 건지도 몰랐다. 똥할매는 벌써 옛날에 가는귀가 먹었으니까.

"문 열라고, 할머니."

막내의 목소리가 아까보다 한 옥타브 높이 올라갔다. 이번에도 역시 똥할매는 별이 번쩍번쩍 빛나는, 정신이상자들에게서만 볼 수 있는 똥할매 특유의, 그 빛나는 눈으로 막내의 얼굴을 말뚱말뚱 쳐다보고 있었다.

"문 열라니까! 안 열어? 진짜 안 열어?"

이제 막내는 한계에 달해 있었다. 화장실 안쪽에서 문고리를 붙잡고 흔들어대다가 발길질을 하다가 그도 안 되니까 문 위쪽에 달려 있는 유리창에다 얼굴을 대고 똥할매를 향해서 뭐라고 말도 안 되는 소리를 지껄이고, 혀까지 낼름거렸다. 아마도 막내는 똥할매를 향해 메롱 메롱, 혀를 내밀고 약을 올리면 똥할매가 열 받아서라도 문을 열고 안으로 뛰어들어올 거라고 생각했나본데, 똥할매는 약이 올라 문을 열기는 고사하고 유리에 잔뜩 짜부라져 있는 막내의 입과 콧구멍을 들여다보고는 배를 움켜잡고 웃는 것이었다.

내 눈에도 웃겼다. 막내 하는 꼴이 너무 웃겨서 나는 내가 거기로 왜 달려왔는지도 깜빡 잊고 정신없이 웃고 있었는데 어느 틈에 나를 봤는지, 내 입이 함지박만큼이나 찢어져 있는 걸 목격한 막내는 화장실 안쪽에서 나한테 삿대질을 하고 난리였다. 나도 이게 지금 뭔가 심각하긴 심각한 상황인 건 알겠는데, 화장실에 갇혀서 온갖 '쇼'를 다 하고 있는 막내와 막내가 처해 있는 상황이 나로 하여금 사태의 심각성을 잊게 하기에 충분했던 것이다.

내가 문은 안 열고 웃고만 있으니까 막내는 아주 얼굴까지 빨개져서 씩씩대더니 핸드폰을 집어 들었다. 내 핸드폰으로 거는 것 같았다. 핸드폰을 들고 나오지 않았으니 내가 전화를 받을 리가 없었다. 막내는 다시 핸드폰을 집어 들고 어딘가로 또 전화를 걸었다. 밖으로 나오기 위해, 막내는 필사적이었다.

이미 잔뜩 웃은 데다 막내의 하는 양이 너무나도 절박해 보여서 나는 얼른 뛰어가 문을 열어주고 싶었다. 그러나 똥할매가 어떤 할망군가? 똥할매를 한마디로 정의하면, 눈에 뵈는 게 없는 노인네다. 잘못

걸렸다가는 뼈도 못 추리게 될 뿐 아니라, 완전히 '똥 밟았다'가 되는 거다. 나는 똥할매 등 뒤에 서서 똥할매의 눈치를 살폈다. 똥할매가 잠시 딴 데를 쳐다보거나 화장실 문에서 조금이라도 비켜서면 그때를 노려 문을 열어줄 생각이었다.

"멍멍! 멍멍! 으르릉, 멍멍!"

"이런, 개 새끼가!"

똥할매의 애견이 어느새 내 다리 밑에 와 있었다. 이 개는 제 주인을 꼭 닮아서 노상 보는 사람들한테도 송곳니를 세우고 달려든다. 짖을 때도 얼마나 지랄 맞게 짖어대는지 입에서 절로 "개 새끼!" 소리가 나온다.

"물어! 뜯어! 물어! 뜯어!"

내가 자기 등 뒤에서 기회를 노리고 있었다는 걸 알게 된 똥할매, 애견에게 급히 지령을 내렸다. 눈앞의 적을 물어뜯으라고. 가뜩이나 포악한 이 개는 주인의 명령이 사방에 울려퍼지자 곧장 사냥에 돌입했다. 난데없이 사냥감이 된 나는 처음 몇 초 동안은 맞짱을 떠보겠다고 과용을 부려보기도 했지만, 곧 모든 사냥감들이 그렇듯이 공포에 질려 도망치기 바빴다. 정신 나간 개에게 쫓겨 무작정 뜀박질을 하고 있다 보니 뒤에서 쫓아오고 있는 개가, 내 다리에 와서 박힐지도 모르는 개의 송곳니가, 점점 더 두려워져만 갔다. 이마 위에 땀방울이 맺혔다. 이마 밑, 뇌 속에는 공포가 영글었다. 그 순간에 나는 쫓기는 자, 죄진 자, 위협받는 자, 공포에 억눌린 자들의 머릿속에 들어 있는 단 한 가지의 열망, 우선은 살고 보자는 그, 당연한 본능에 따라 체면이고 뭐고 다 던져버리고 내복 바람으로 야채 판장 안을 미친년처럼 뺑뺑 돌고 있었다.

한 년은 내복 바람으로 뺑뺑이를 돌고 있고, 한 년은 유리에 얼굴을 갖다 붙인 채 잔뜩 찌그러진 입술로 붕어처럼 뻐끔거리고 있고…… 똥할매는 나 한 번 쳐다봤다, 막내 한 번 쳐다봤다, 우리 두 자매를 번갈아 바라보면서 손뼉을 치고, 발을 동동 구르고 아주 재미있어 죽었다.

남편이 달려와 똥할매의 정신 나간 개를 발길질로 몇 번 걷어차줄 때까지, 나는 발바닥이 얼얼할 정도로 뛰어다녀야 했고, 막내는 입술이 부르틀 정도로 욕을 해야 했고, 똥할매는 웃느라고 목이 쉬어야 했다.

정신 나간 개의 입에서 "깨갱!" 단말마의 비명이 터져나오고, 똥할매가 딴청을 부리며 화장실에서 물러나 한쪽 구석에 놔둔, 찢어진 3인용 가죽 소파에 가서 누워버린 뒤에, 막내는 비로소 밖으로 나올 수가 있었다. 화장실 바깥쪽에 달아둔 고리에 똥할매는 자물통 대신 숟가락을 꽂아놨었는데, 남편은 그 숟가락을 휘어지지 않은 게 신기할 정도로 냅다 집어 던졌다. 밖으로 나오자마자 막내는 땅바닥에 떨어진 그 숟가락을 주워 들고 똥할매한테로 달려갔다.

"할머니! 뭐야, 이게? 빨랑 눈떠. 쇼, 하지 마. 자는 척하면 누가 그냥 갈 줄 알구? 왜 그래? 왜 그러는 거야? 나한테만 왜 그래!"

막내는 똥할매가 쓰러져 누워 있는 3인용 가죽 소파 앞에 털퍼덕, 주저앉아 땅바닥을 숟가락으로 두들겨댔다. 똥할매는 눈꺼풀 한번 깜빡거리지도 않았다. 막내는 제가 당한 일이 억울해서 어쩔 줄을 몰라 했고, 나 역시 아닌 밤중에 악취 풀풀 풍기는 개와 똥줄 타게 뛴 건 생각할수록 분한 일이었지만 그렇다고 똥할매를 두들겨 팰 것인가, 어쩔 것인가.

분해서 어쩔 줄을 모르다가 제 성질에 제가 못 이겨 꺼이꺼이, 울음을 터트려버린 막내를 달래어 일으켜 세우고, 그 안에 오래 들어가 있고 싶지 않은 공중 화장실을, 지긋지긋한 똥할매 곁을 떠나올 수밖에 는, 우리에게는 달리 뾰족한 수가 없었다.

이제는 아예 맛을 들인 게 분명했다. 똥할매는 우리 막내를 화장실 안쪽에 감금한 것을 시작으로 해서 이제는 번번이, 낮이고 밤이고, 상 대를 가리지 않고 이 방법을 우려먹고 있다.

그러면 똥할매는 왜, 어째서 이런 짓을 하게 됐나? 물론 정신이 약간 돌았기 때문이다. 제정신이 박힌 사람이 누가 이런 짓을 하겠는가? 진 짜? 정말로 똥할매는 돌았나? 사실, 잘 모르겠다. 야채 판장 귀퉁이에 자리 잡고 있는 공중 화장실 앞에 우두커니 앉아 있는 똥할매의 얼굴 을 먼발치에서 바라보면, 똥할매의 그 번쩍거리는 눈빛이라든지, 초점 이 없는 시선은 미친 사람의 것이 분명하다. 그러나, 미쳐도 참 더럽게 미쳤지, 하고 내가 똥할매를 측은하게 바라볼라치면 똥할매는 어느새 벌떡 일어나 지금 막 화장실로 들어간 사람을 쫓아 들어간다. 오줌 마 려운 사람을 붙들고 몇백 원이라도 기어이 뜯어내는 것이다. 그럴 때 보면 미치기는커녕 말짱한 사람보다도 더 영악하다. 다른 때라면 몰라 도 오줌 마려워 죽겠는데, 그 순간에 돈 안 주고 배겨낼 놈이 누가 있겠 는가. 우리 막내를 화장실에 가둔 것도, 그것도 다 돈을 뜯어내려고 그 런 거였다. 막내한테 돈 내라고 했는데 막내가 돈을 안 주고 그냥 들어 가니까 어디 너 한번 당해봐라, 문을 걸어 잠근 게 분명했다. 똥할매는 화장실 문 앞을 지키고 앉아 하루에도 몇 차례씩이나 오줌, 똥 누러 갈 때마다 돈 내라고 난리다. 우리 집은, 형부네 가게에서도 화장실 사용 료를 꼬박꼬박 갖다 바친다. 엄마도 똥할매가 삼오식당에 막걸리 먹으러 오면 돈 안 받는 경우가 대부분이다(물론 돈 내려는 시늉도 안 하는 똥할매이지만). 화장실 사용료인 셈이다. 그런데도 똥할매는 나나 우리 막내만 보면 수단과 방법을 가리지 않고 또 돈을 뜯어낸다. 명백한 이중 착취다. 몇 년 전만 해도 똥할매는,

"백 원 내놔!" 그랬다. 이제는 백 원 주면 땅바닥에다 내동댕이를 친다. 이백 원도 안 받는다.

"더 줘라. 더 줘."

눈앞에다 들이민 손바닥 위에 백 원짜리 동전을 최하 다섯 개 이상은 올려놔줘야 부릅뜬 눈을 치우는 똥할매다. 백 원만 내놓으라고 할때는 그래도 애교로 봐줄 수 있었다. 애교치고는 참 징글징글한 애교이기는 해도. 하지만 오백 원은 문제가 다르다. 오줌 한 번 싸는데 오백원이라니! 하루에 두 번만 싸면 천 원이다. 들어갔을 때 똥도 싸고 오줌도 누고 나오면 그래도 그나마 위안을 삼는다고 치자. 똥 싸러 들어갔다가 똥은 못 싸고 겨우 오줌 한 번 찍 갈기고 나온 날은 얼마나 부아가 치밀어오르는지 모른다.

언젠가 이런 얘기를 들은 적이 있었다. 누가 태국을 다녀와서 하는 말이, 거기는 공중 화장실에 들어가기 전에 돈을 낸단다. 오줌은 십 바트, 똥은 이십 바트, 그렇다는 거다. 그 사람은 오줌 눈다고 십 바트 내고 들어가서 똥까지 싸고 나왔다고, 그렇게 해서 돈을 얼마나 절약했는지 모른다고 자랑이 대단했다. 나는 그때 그 얘기를 들으면서 그 사람을 참 부러워했었다. 똥할매는, 이거는 뭐 똥이고 오줌이고 상관없이 무조건 돈만 내라고 성화에다, 오줌 누러 간다고 들어가서 똥 누고 나오는, 속여 먹는 재미도 하나 없으니, 생각할수록 성질만 나는 일이

다. 번쩍거리는 눈알을 굴려대며 초점 하나 없이 멍하니 앉아 있다가도 누가 화장실에 들어가기만 하면 쫓아 들어가서 돈을 뜯어내는 똥할매를 보고 있으면, 요즘은 똥할매가 저게 다 돈 뜯어내려고 일부러 미친 척하는 거라는 생각마저 든다.

장텃길 사람들 대부분은 불쌍한 사람한테 적선하는 셈 치고 똥할매한테 몇백 원씩 집어주고 그랬다. 그러나 이제는 사정이 달라졌다. 똥할매가 화장실 문을 밖에서 걸어 잠그는 짓에 아주 재미를 들였기 때문이다. 삼오식당 일대에 모여 사는, 화장실 없이 사는 사람들이 요사이 삼오식당에 모여 앉아 떠들어댄 얘기를 한번 자세히 들어보자.

먼저, 구멍가게 영석이 엄마가 한 말이다.

"대낮이었다니까. 안으로 들어가는데 누가 등짝을 후려치는 거야. 얼마나 아프던지 눈물이 핑 돌더라고. 누군 누구야, 똥할매지. 바로 엊그저께 사용료 냈잖아, 근데 또 돈 내라니까 열 받지. 그래서 내가 그랬지. 할머니, 돈 드렸잖아요. 그래서는 뭐가 그래서야? 그 할매가 뭐 말이 통해, 막가파가. 하필 주머니에 동전이 하나도 없잖아. 천 원짜리만 몇 장 있고."

"그래서, 천 원을 줬어?"

"봉투 같으면 천 원을 주겠냐?"

모르긴 몰라도 영석이 엄마가 천 원을 줬다고 했으면 봉투 아줌마, 속으로 되게 고소해했을 거다. 봉투 아줌마는 누가 '무궁화마트'가 어쩌고 하면 "마트는 무슨 얼어 죽을 놈의 마트야! 저딴 거 다 쓰러져가는 구멍가게를!" 하고, 괜히 성질을 내는 사람이다. 봉투 아줌마는 영석이 엄마를 부를 때도 꼭, "구멍가게! 구멍가게" 하고 낮춰 부르는데,

그 덕에 영석이네 무궁화마트는 버젓한 상호가 있는데도 불구하고 여태도 그냥 구멍가게다.

"똥할매가 목소리는 또 좀 커. 에라, 모르겠다, 나중에 주겠다고 그러고는 화장실로 들어가버렸지. 그랬더니 밖에서 문을 걸어 잠근 거야. 황당하지. 거기서 소리를 어떻게 질러? 안 그래도 사람들 쳐다볼까 봐 걱정돼서 죽을 판에."

"근데 어떻게 나왔대?"

"그런데 하필 그때 그 사람이 나타났다니까."

"그 사람? 그 사람 누구?"

"있잖아, 요새 길 건너에 새로 사철탕집 낸 사람. 거, 왜, 위아래로 양복 깨끗이 입고 다니고. 세상에 하필이면 그때 그 사람이 나타나서는 이러는 거야. 할머니, 내가 돈 드릴 테니까 앞으로는 우리 예쁜 아줌마 괴롭히지 마요. 그러면서 천 원짜리 두 장을 탁, 내더라고. 세상에, 화장실에서 그게 무슨 망신이야? 아유, 난, 이제 다신 거기 안 가. 내가 차라리 똥을 안 싸고 말어. 그나저나 창피해서 이제 그 사람을 어떻게 보냐?"

똥할매한테 당해서 분했다는 건지, 하필이면 똥 누러 갔다가 그 남자를 만나서 속이 상했다는 건지 분간이 안 가는 얘기지만, 어쨌든지 영석이 엄마 말은 그랬다.

"망신은 염병, 누군 뭐 똥 안 눠? 하여간에 똥할매만 수지맞았구먼. 나는 어땠는 줄 알어?"

영석이 엄마에 뒤이어, 봉투 아줌마가 화염을 내뿜기 시작했다.

"똥할매가, 그 노인네가 정신없다는 거, 그거 다 말짱 뺑이여. 글쎄, 그게 아니래도. 그 할매가 뭐 돈 때문에 그러는 줄 알어? 재미 붙었다니까. 나는 돈도 줬다니까. 그런데도 밖에서 문을 잠갔더라고. 일부러 그런다니까 그러네. 나는 그래도 핸드폰이라도 있었지. 맞어, 혹시 모르니까 핸드폰 꼭 들고 가. 휴지는 안 들고 가도 핸드폰은 꼭 챙겨야 되겠더라고. 그거야 모르지. 사람 가둬놓고 자기는 들어가서 자빠져 잘지 누가 알어? 그 할매가 뭐 언제는 이유 있는 짓거리를 했냐? 이번 참에 구멍가게도 핸드폰 하나 사. 야! 영석아! 너는 아들이 핸드폰도 하나 안 사줬냐? 우리 성철이는 싫다는데도 이렇게 사다가 안기는데. 자식이라도 다 같은 자식이 아녀. 안 그래, 삼오?"

여기서 잠깐, 똥할매 얘기는 중단되고 봉투 아줌마의 핸드폰 자랑이 길게 늘어졌다. 본인이 그러면 또 몰라도 남이 잘난 척하는 꼴은 눈에 흙이 들어와도 절대로 용납하지 못하는 장텃길의 요설가, 김 여사(나이는 마흔 후반으로 0번 앞자리를 얻어 과일 소매 장사를 하고 있다)가 그 자리에 없었더라면 우리는 봉투 아줌마의 새로 산 핸드폰의 내장을 마냥 들여다보고 있어야 했을 거다.

"내 생각엔 너무 우스운 것 같아요. 여기 있는 사모님들은 그런 생각 안 하셨어요? 우리가 왜 똥할매한테 이렇게 당하고만 있어야 되는 건대요? 엄격히 말하자면, 똥할매는 그냥 공중 화장실 관리인 아니겠어요? 주인은 아니잖아요. 관리인이야 갈면 되는 거 아닐까요?"

이 부분에서, 거기 모여 있던 아줌마들 사이에 의견이 분분해졌다. 0번 앞자리, 김 여사처럼 장텃길에 터전을 잡은 지 얼마 안 되는 아줌마들 몇몇은 진작에 그렇게 할걸, 그동안 괜히 생고생을 했다고 난리였다. 봉투 아줌마와 구멍가게, 영석이 엄마는, 똥할매가 화장실 주인은 아니지만 그렇다고 단순히 관리인만은 아닐 거라고, 애매하게 말

끝을 흐렸다. 그 기회를 노려 장텃길의 요설가, 김 여사는 똥할매의 퇴출을 다시 한 번 주장하려고 했으나, 그 순간 삼오식당의 여주인, 우리 엄마가 물 먹던 양재기로 테이블을 냅다 후려치는 바람에 얼른 입을 다물어야 했다.

"그게 다 뭔 헛소리들이여? 밥 처먹고 할 일들이 없으니까 벼락 맞을 소리만 지껄이고 있네. 그럼, 똥할매가 화장실 주인이 아니면 그럼 누가 주인인데? 내가 여기서만 얼추 40년이여. 지금이야 똥할매 화장실 자리가 야채 판장 안에 들어가 있지만, 거가 원래부터 야채 판장이었어? 풀 쪼가리 하나, 아무것도 없을 때부터 거기는 똥할매 화장실이었어. 똥할매가, 여자 혼자 땅 파고 벽돌 쌓고 만들어서 똥 차면 똥지게를 져다 날라서 오늘날의 화장실이 있는 건데, 똥할매가 주인이 아니면 누가 주인이여? 꼴 보기 싫으면 거기 안 가면 그만이지, 어디서 구르는 돌이 굴러들어와서는 박힌 돌을 뽑을라 그래!"

삼오식당 여주인의 이와 같은 반응은 모두들 예상 밖이었는지, 주위는 삽시간에 조용해졌다. 장텃길의 요설가, 김 여사는 슬그머니 일어나 삼오식당 출입문 옆에 붙어 있는 방 안으로 들어갔다가 또 슬그머니 나와서는 자기네 가게로 내뺐다.

"지금 오줌 누고 나오는 거지? 우리한테는 안 받아도 저 여자한테는 꼭 오물세 받아야 돼."

삼오식당 가겟방 안쪽에 있는 세탁기 옆자리의 수챗구멍에다 대고 오줌을 누고 나온 김 여사의 뒷덜미를 바라보며 봉투 아줌마는 삼오식당 여주인의 비위를 맞춘다고 안 봐도 될 흉까지 봤건만,

"저거는 순 입만 나불거릴 줄 알지, 오줌 누고 물도 제대로 안 뿌린

다니까. 하기는 봉투도 똑같지, 뭐. 자네들도 죄다 마찬가지여. 진짜 열 받으면 수도세 걷는 수가 있으니까 오줌 싸고 물이나 잘 뿌려."

뒤이어 이어진 엄마의 따끔한 한마디가 봉투 아줌마의 그 쫑알거리는 입을 후려쳤다. 거기 모여 있던 아줌마들은 괜히 멋쩍어져서 가만히 앉아 있다가, 봉투 아줌마가 일어서자 하나둘씩 따라 일어섰다. 김 여사처럼 방 안쪽 세탁기 옆으로 가서 수챗구멍에 오줌 한 번씩 누고는 자기들 있을 곳으로 가버렸다.

나는 혹시나 무슨 좋은 수가 생기나, 이번엔 어떻게든 해결이 나려나, 아줌마들 옆에 붙어 앉아 귀를 기울이고 있었는데, 이번에도 역시 도로 아미타불이었다. 하기야, 장텃길 사람들이 언제는 뭐 두 주먹 불끈 쥐고 들고일어났던 적이 있던가! 이 골목에서 태어나 여기서 단 한 발자국도 옮겨보지 않고 서른 해를 사는 동안에도 그런 일은 한 번도 없었다. 장텃길에 서 있는 대부분의 건물(사실 말이 건물이지, 철근 빔 박혀 있는 건물도 하나 없고, 베니어판 몇 개 이어서 붙여놓은 데다가 슬레이트 지붕을 얹어놓았을 뿐이다)은 그 소유자가 같은 사람이다. 우리들의 건물 주인은, 홍수가 나서 지붕이 내려앉아도, 꽁꽁 언 수도가 동파되어도 수리를 해주지 않는다. "아쉬우면 아쉬운 대로 너희들이 고쳐서 살든지, 아니면 나가라!"가 이 남자의 경영 철학이다. 이 남자는 심지어 우리가 우리 돈 들여 정화조를 묻고 화장실 하나 만들겠다고 했을 때도, 내 땅에 손가락 하나 건드렸다가는 다 쫓아내버린다고, 지금까지도 화장실 없이 잘들 살아왔던 것들이 이제 와서 화장실은 무슨 화장실이냐고, 길길이 날뛰던 위인이었다. 그때도 우리 장텃길 아줌마들은 그저, 눈만 멀뚱멀뚱 뜨고 앉아 건물 주인의 입에서 뿜어져나오던 게거품을 오래도록 올려다보고만 있어야 했다.

아줌마들이 다 나가버리고 텅 빈 홀에 홀로 앉아 있자니, 화장실에 얽힌 온갖 기억들이 새록새록 떠오르기 시작했다.

초등학교 때는 아예 친구를 데려올 생각도 하지 않았다. 화장실이 없으니까. 당연히 내게는 초등학교 때 친구가 단 한 명도 없다. 중학교에 들어갔다. 반장인 나를 선생님처럼 따르는 친구 몇 명이 생겼다. 집에 데려왔다. 여기서 집이란, 삼오식당을 일컫는 말이다. 친정 엄마의 삼오식당은 우리 가정의 밥벌이 터전이자 동시에 살림집이었고 지금도 그렇다. 참고로 밝히자면, 결혼을 하고 내 살림을 꾸리고 나서야 비로소 나는 일반 가정집에서 살게 되었다. 근데, 어떤 애가 놀기도 전에 화장실부터 찾았다. 오줌 마렵다고 해서 세탁기 옆, 수챗구멍에다 싸라고 했더니 친구들은 나를 이상한 눈으로 쳐다봤다. 그 뒤 한동안, "엄마, 엄마, 이리 와 요것 보세요. 지선이네 졸졸졸 따라왔더니 나한테 아무 데나 오줌 싸래요!"가 우리 반의 유행송이 되었다. 그 노래 부르고 다닌 애들을 이 잡듯이 찾아다녔다. 목숨 내걸고 싸워서 다들 반쯤 죽여놨다. 그 사건 이후, 나는 '반장'에서 '미친개'라는 새로운 닉네임을 얻었고, 나의 닉네임에 걸맞게 새로운 친구들을 사귀었다. 반장을 따르는 모범생 대신 악만 남은 날라리들, 영등포 미친개들이 나와 한 무리가 되었다. 커피 장수 차씨 아줌마 딸, 정희도 그때 사귄 미친개 중의 한 마리다. 나는 그 미친개들을 사랑했다. 늘 우리 집에 데려와 밥을 먹였다. 어느 미친개가 "지선아! 똥은?" 하고 물으면, 나는 "똥도 그냥 싸!" 하고, 아무렇지 않게 말할 수 있었는데, 이 질문과 대답은, 나에게는 우정의 정도를 판가름하는 기준이 되었다. 미친개들은 대부분 여상

에 들어갔다. 나만 인문계 고등학교에 들어갔다. 내가 다니던 여고에
는 연희동과 그 근방에 사는 부잣집 애들이 많았다. 그 애들은 우리 집
에 놀러 와서 양변기가 아닌 수챗구멍에다 오줌 한번 싸고는 자기네들
이 무슨 엄청나게 큰일을 해낸 것처럼 야단들이었다. 나는 가끔씩 그
애들을 우리 집에 데려와 수챗구멍에다 오줌을 싸게 해주고 가난과
불우함을 체험하게 해준 대가로 그 애들로부터 간식과 우유, 회수권
등을 제공 받기도 했다. 그러나 문제는, 쌀밥만 먹는 애들이 어쩌다
보리밥 한번 먹어봤다고 해서 식성이 달라지지는 않는다는 거다. 쌀
밥 먹는 애들은 얼마 안 가 다시 쌀밥 먹으러 갔고, 나는 외톨이가 되
었다. 그리하여 나의 여고 시절은 불우했다. 어울려 놀 친구가 없으니
책만 끼고 살았다. 책만 끼고 살다 보니 어쩌다 중학교 때 함께 어울
려 다녔던 미친개들을 만나도 나는 그 미친개들과 온전히 하나가 되
지 못했다. 미친개들의, 언제나 현재뿐인 삶에 '책'이란 건 포함되어
있지 않았으니까. 내가 사랑했던 미친개들은 과거와 미래가 그 알맹
이의 주종을 이루는 '책'이란 걸 무던히도 싫어했다. 그때부터 나는 고
독해졌다. 언제나 외로웠다. 정에 굶주린 아이가 되어 친구를 목말라
하기 시작했다.

　가끔 생각해본다. 그러면 나의 이 외로움은 화장실에서 비롯되었
나? 아마도.

　나는 지금도 예전의 습관을 버리지 못했다. 운명의 장난으로 인문계
고등학교를, 그것도 부잣집 애들이 많이 다니기로 소문난 여고에 다
니게 되면서부터 시작된 나의 불행은 '책'을 업으로 삼고 살아가는 지
금까지도 이어지고 있는데, 그 이유는 당연히 '화장실' 때문이다. 요새

도 나는 글 쓰는 사람들이 모여 있는 자리에 가서도, 도서관 식당에 앉아 딱딱하게 굳은 도시락밥을 혼자 먹으면서도 혹시나, 하는 기대감을 가지고 주위를 두리번거린다. 주변 사람들을 찬찬히 훑어본다. 내 옆에 앉아 있는 이 사람들 중에 과연 내 친구는 없을까 하고. "지선아! 똥은?" 하고 물으면, "똥도 그냥 싸!" 하고 아무 거리낌 없이 대답할 수 있는 내 친구가 그래도 여기 어딘가에 한 사람쯤은 있지 않을까 하고. 그러나 아무도 내게 "지선아, 똥은?" 하고, 묻지 않는다. 묻지 않으니까 나도 대답을 안 한다. 아, 너무나 외롭다…… 그 시절의 미친개들은 지금 어디에서, 어디에다 똥을 누고 있을까……

우리 집에 화장실이 있었다면, 그랬다면, 나는 이런 질문과 대답으로 우정의 정도를 판가름하지는 않았을지도 모른다. 그러나 지나온 날들은, 거기 새겨진 세월의 무늬들은 알량한 지우개 따위로는 잘 지워지지 않는 법이다.

아참, 생각해보니 성인이 되어서도 나한테 "똥이면요?" 하고, 물은 사람이 있기는 있었다. 첫 장편소설을 출간하고 조촐한 출판기념회를 삼오식당에서 가진 날이었다. 그 전날 밤, 잠도 못 자고 우려한 대로 드디어 올 것이 오고야 만 것이었다. 내 책의 해설을 해주신 평론가 한 분과 초고부터 내 원고를 꼼꼼히 읽었던 기획 위원은 내가 따로 설명을 하지 않았어도 눈치껏, 알아서 용변을 해결한 듯했다. 문제는 내 원고를 안 읽은 출판사 직원들이었다.

"저기요. 선생님! 화장실이 어디예요?"

여직원 한 명이 물었다. 나는 못 들은 척했다. 아무 대답이 없으면 그냥 슬그머니 일어나 주방으로 가서 우리 엄마한테나 물어볼 것이지,

그 여직원은 끈질기기까지 했다. 밥 먹던 사람들의 시선이 일제히 집중됐다. 정말로 화장실이 어디 붙어 있나 궁금해졌거나, 자기들도 덩달아 오줌이 마려워졌거나, 그랬던 모양이다. 모두들, 말 한마디 없이 내 대답을 기다렸다. 할 수 없이, 나는 입을 뗐다.

"똥이에요, 오줌이에요?"

그날 이후로, 그 여직원은 나하고 말도 안 한다. 똥이면 어떻고, 오줌이면 어쩔 거냐고, 얼마나 무섭게 화를 내던지. 나는 단지, 똥이면 똥할매 화장실로, 그냥 오줌이면 세탁기 옆, 수챗구멍으로 데려가려고 했을 뿐인데……

세월을 거슬러올라가 화장실에 얽힌 일들을 하나둘씩 떠올리고 있다 보니 괜스레 울적해졌다. 화장실 없는 집에서 꽃다운 청춘을, 한평생을 보낸 것도 억울하건만 이제는 똥할매까지 우리한테 설움을 주다니…… 당장이라도 달려가서 똥할매를, 아니 똥할매가 안 되면 똥할매가 늘상 누워 있거나 앉아 있는 그, 거지발싸개 같은 3인용 가죽 소파라도 북북 찢어놔야 다시 마음의 평화를 누릴 수 있을 것만 같았다.

"엄마! 가서 똥할매 가죽 소파라도 북북 긁어놓을까?"

"어이구, 이 화상아. 할 지랄이 없으면 가서 때나 밀고 잠이나 자빠져 자."

"언제는 또 누가 때리면 자지를 물어버리라며? 괜히 성질이야."

"으이구, 이 돌맹아. 그거야 말이 그렇다는 거지. 너는 그걸 대가리라고 달고 다니냐? 어떻게 된 게 글 쓴다는 년이 은유랑 상징도 몰라요, 안 배운 나도 아는디."

쓸데없이 똥할매 일에 참견하고 나섰다가 양재기로 머리만 한 대 쥐어박혔다. 엄마 옆에 더 붙어 있어봤자 나올 거라곤 욕밖에 없었다. 나는 엄마가 테이블 위에 집어 던진 목욕표를 집어 들었다. 사실 이건 너무나 공공연한 비밀인데, 노조에서는 하차반들의 편의를 위해 실제 목욕비보다 싼 값에 목욕표를 팔고 있다. 하차반들 중에는 이 목욕표마저도 아껴두었다가 돈 대신 쓰는 사람들이 있는데 하차반 박씨가 그 대표적인 예다. 하차반 박씨는 막걸릿값도, 밥값도 전부, 목욕표로 지불한다. 돈은 절대로 안 가지고 다닌다. 피우는 담배도 목욕표랑 맞바꾸는 거라는 소문이 있다. 그런 이유로 삼오식당의 밥 쟁반 밑에는 언제나 목욕표들이 수북이 깔려 있다. 이런 얘기했다고 설마 노조에서 단속 나오는 건 아니겠지?

나는 목욕표를 들고 장터목욕탕으로 걸어갔다. 엄마 말대로 때나 밀고 잠이나 자야겠다고 생각했던 것이다.

원수는 외나무다리에서 만난다더니…… 장터목욕탕 탈의실 정중앙에 놓여 있는 마루에 앉아 이제 막 발에서 덧버선을 벗겨내고 있는 노인네는 바로, 똥할매였다. 내가 들어서자 똥할매는 윗도리를 벗다 말고 고개를 홱 돌려 나를 쳐다봤다. 똥할매는 예의 그, 번쩍번쩍 빛나는 눈으로 나를 빤히 노려봤다. 나는 지은 죄도 없으면서 괜히 주눅이 들어 얼른 눈을 내리깔았다. 내리깔은 눈으로도 나는 똥할매가 여전히 나를 쳐다보고 있다는 걸 느낄 수 있었다. 가르마 부분이 따끔거릴 정도였으니까. 나는 가능한 똥할매와 눈을 마주치지 않으려고 애쓰면서 사물함 앞으로 걸어갔다. 위에서부터 하나씩 옷을 벗었다. 어쩐지 이상한 느낌이 들었다. 팬티를 내리다 말고 쳐다봤더니 똥할매가 나를, 내 탱탱한 젖가슴에서부터 다리까지를 염치없이 바라보고 있지 뭔가.

얼마나 빤히 들여다보는지 내가 다 민망할 정도였다. 그러거나 말거나 나는 팬티마저 홀렁 벗어버렸다. 내 머릿속에는 빨리 탕으로 들어가야 겠다는 생각밖에는 없었다. 나는 탕을 향하여 몸을 돌렸다.

그렇게 번쩍거리는 눈을 나는, 본 적이 없다. 그 순간 똥할매의 눈은 너무 번쩍거리다 못해 투명하게 빛나고 있었다. 똥할매는 이상하리만 치 빛나는 눈으로, 나의 두 다리를, 다리 사이의 중요 부분을, 그곳을 뒤덮고 있는 나의 거웃을 유심히도 들여다봤다. 나는 나의 풍성한 거 시기 털을 바라보며 그렇게 깜짝 놀라는 똥할매를 보고 오히려 더 깜 짝 놀랐다. 꼴에 자기도 여자라고 나의 젊음을 시기하나? 질투에 못 이 긴 나머지 갑자기 달려들어 내 털을 다 뽑아놓는 거나 아닐까? "똥할 매가 언제는 뭐 이유 있는 짓거리를 했냐?" 봉투 아줌마의 말이 뇌리 를 스치고 지나갔다. 나는 머리털이 다 하늘로 솟구쳐오르는 기분이었 다. 나는 목욕 바구니를 가슴에 와락 부둥켜안았다. 잽싸게 탕으로 튀 었다.

"돈 주고 가라이!"

내 등 뒤에다 대고 똥할매는 또 뭐라고 전혀 엉뚱한 말을 내뱉고 있 었다. 이럴 때는 진짜로 돈 사람 같다.

평일 대낮이라 그런지 탕 안에는 아무도 없었다. 나는 온탕 한쪽 가 장자리로 가서 목욕 바구니를 내려놨다. 비누칠도 하지 않고 곧장 온 탕으로 들어갔다. 뜨듯하니, 하루 종일 이러고 있으라고 해도 있을 수 있을 것 같았다. 팔다리를 쭉 뻗고 늘어지게 하품도 해보다가 몸을 뒤 집어 배영도 해보다가, 혼자 누리는 목욕탕은 말 그대로 지상 낙원이 따로 없었다.

"할매! 할매! 안 된다니까!"

빨랫감이 가득 든 세숫대야를 들고 들어오는 똥할매를 뒤쫓아 오며 때밀이 아줌마가 소리를 질러댔다. 때밀이 아줌마는 똥할매가 들고 있는 세숫대야를 낚아채려고 했는데 때밀이 아줌마의 손이 세숫대야를 붙잡는 순간, 똥할매는 세숫대야에 든 빨랫감들을 전부 온탕 속에 쏟아부었다. 팬티, 버선, 무릎에 큼지막한 구멍이 하나 뻥 뚫려 있는 자주색 내복 바지, 너무 빨아서 너덜너덜해진 레이스가 가슴 앞부분에 흉측하게 매달려 있는 분홍색 내복 윗도리, 안에 털을 댄 몸뻬, 물에 던져넣자마자 스펀지처럼 물을 쫙 빨아들이고 온탕 바닥으로 잠수해버린 털 스웨터에 조끼까지…… 나는 똥할매의 누더기 옷들에 쫓겨 온탕 밖으로 뛰쳐나와야 했다.

때밀이 아줌마는 온탕 안으로 급히 허리를 구부리고 온탕 속에 둥둥 떠다니고 있는 똥할매의 옷가지들을 건져내려고 했지만, 똥할매가 첨벙첨벙 물소리를 내며 온탕 속으로 뛰어들어와 애인 껴안듯 옷가지들을 끌어안고 잠수를 해버리는 바람에 뜻하던 바를 이룰 수가 없었다. 똥할매는 때를 불리려는 건지, 빨래를 물에 불리려는 건지, 아니면 그 두 가지 일을 한꺼번에 전부 해치워버릴 생각이었는지는 모르지만, 하여간에 그렇게 하고 있었다.

"할매! 나 좀 살려줘."

때밀이 아줌마는 똥할매의 어깨를 끌어당겨도 보고, 똥할매의 겨드랑이 밑에 두 손을 집어넣고 "영차, 영차." 힘도 써보고, 어떻게든 똥할매를 끌어내려고 안간힘을 썼다. 똥할매는 꿈쩍도 안 했다. 온탕 속에 푹 들어가 있다가, 자기 딴에도 이만하면 때가 다 불었겠지, 하고 생각

될 만큼 시간이 흐르고 나서야 드디어, 똥할매는 일어섰다.

똥할매의 다리 밑으로는 똥할매가 온탕 속에 쏟아부은 옷가지들이 둥둥 떠다니고 있었다. 똥할매는 그 옷가지들을 두 손으로 바짝 움켜쥐었다. 온탕 속에다 대고 마구 뒤흔들기 시작했다. 사방으로 물이 튀겼다. 온탕은 삽시간에 세탁기가 됐다.

"진짜로 내가 못살아! 오늘은 팔도 아파 죽겠는데…… 할매! 이번이 마지막이야! 담엔 국물도 없다구요!"

때밀이 아줌마의 입에서 알았다고, 내가 빨아줄 테니 할매는 어여 목욕이나 하라는, 절규와도 같은 외침 소리가 터져나오고 나서야 똥할매는 온탕 밖으로 옷가지들을 하나씩 집어 던졌다. 때밀이 아줌마는 똥할매의 옷들이 수북이 쌓여 있는 곳으로 걸어가서 타일 바닥에 무릎을 꿇고 앉았다. 열심히, 비비기 시작했다.

"으이구, 내 팔자야. 내가 우리 시어머니 빤스도 한번 안 빨았던 년인데, 다 늙어서 이게 웬일이야. 내가, 미쳐, 미쳐!"

때밀이 아줌마는 연신 구시렁댔다. 그러나 그렇게 쉴 새 없이 입을 놀리면서도 똥할매의 누더기들을 열심히 비벼 빨고, 땟물이 쪽 빠질 때까지 헹구고, 한증막으로 들어가 그것들을 쫙쫙 잘 펴서 널었다.

"할매! 오늘이 끝이여, 끝!"

때밀이 아줌마는 허리에 양손을 갖다대고서 똥할매를 향해 버럭, 소리를 질렀다. 이번에도 역시 똥할매는 들은 척도 안 했다. 정말 어쩔 수 없는 노인네라고, 손사래를 치며 탕 밖으로 나가는 때밀이 아줌마의 이마에는 큼지막한 땀방울들이 참 많이도 맺혀 있었다.

나는 어이가 없어서 웃음도 안 나왔다. 나는 오른손에 끼고 있던 때수건을 손등 위로 바짝 끌어올렸다. 똥 옆에 더 있다가는 무슨 구린 똥 맛을 볼지 몰랐다.

'얼른 나가는 게 상책이야.'

나는 서둘러 때를 밀기 시작했다.

"짝!"

소리는 내 등짝에서 울려퍼진 소리였다.

나는 내 등짝을 후려치고 타일 바닥으로 떨어져 내린 때수건을 내려다봤다. 내가 시선을 떨구고 그 때수건을 내려다보고 있는 사이에 똥할매는 앉은뱅이 의자를 내 앞에다 끌어다놨다. 의자 위에 엉덩이를 내리고 앉았다. 나는 똥할매가 집어 던진 때수건과 내 앞에 버티고 앉아 있는 똥할매를 번갈아 쳐다봤다.

어쩌라는 거냐?

등을 밀라는 거다.

밀 수밖에 없다. 나는 바닥에 떨어져 있는 때수건을 주워들었다. 내 때수건을 벗겨내고 똥할매의 때수건을 손에 꼈다. 열심히, 아주 박박, 등을 밀었다. 내가 똥할매 등을 반쯤 밀었을 때였다. 똥할매가 벌떡 일어났다. 일어서면서 똥할매의 엉덩이가 내 코를 스쳤다. 물론 똥 냄새는 나지 않았지만 똥할매 엉덩이는 왠지 불결하게 느껴졌다. 나는 똥할매의 엉덩이가 닿았던 자리를 얼른 물로 씻어냈다.

똥할매는 출입문 옆에 붙어 있는, 때 미는 플라스틱 침대 위에 가서 누워 있었다. 저기는 돈 내고 때 미는 사람들만 눕는 덴데, 거기는 왜 올라가서 누웠나? 나는 멍하니 똥할매를 쳐다보고 있었다. 똥할매는 침대에 배꼽을 대고 가만히 누워 있다가 내가 손에 끼고 있던 똥할매의 때수건을 손에서 벗겨내려고 하는 순간, 발딱 일어나 앉았다. 똥할매의 두 눈이 나를 향해 경찰차의 경광등처럼 붉은 불을 내뿜기 시작했다.

어쩌라는 거냐?

와서, 등만 말고, 몸을 전부, 다 밀라는 거다.

밀 수밖에 없다. 나는 세숫대야에 던져뒀던 내 때수건까지 왼손에 꼈다. 양손에 푸른 때수건을 끼고서, 똥할매가 누워 있는 때 미는 침대로, 때밀이 노릇을 하러 갔다. 플라스틱 침대 앞에 섰다. 밀다 만 똥할매 등을 마저 밀었다. 몸통 옆으로, 찢어진 날개처럼 축 늘어져 있는 팔뚝 하나를 침대 위로 들어올렸다. 똥할매의 팔뚝은 딱, 우리 조카 아라의 팔뚝만 했다. 나는 내 손아귀에 쥐어져 있는 똥할매의 팔뚝을 가만히 눌러봤다. 똥할매의 팔뚝은 내가 누르는 대로 안으로 깊숙이 눌려들어갔다. 똥할매는 온몸을 탄성이 조금도 없는 살점으로 휘감고 있었다. 갑각류가 자신의 몸을 딱딱한 껍질로 휘감고 있듯. 탄성이 없다는 것은 무엇인가? 누르면 누르는 대로 찌그러지고, 때리면 때리는 대로 멍이 든 채 그저 그 자리에서 가만히…… 그가 누구든, 그것이 무엇이든 그저 묵묵히 견뎌내는 일이다.

나는 가만히 숨을 들이마셨다. 똥할매의 팔뚝을 꽉 부여잡았다. 팔뚝을 밀고, 거기 몇 점, 되지도 않는 살점에서 수북이 밀려나오는, 새까맣게 타버린 숯덩이처럼 손끝에서 부서져내리는 때를 손바닥으로 훔쳐냈다. 이제 똥할매의 넓적다리 하나를 붙잡았다. 똥할매의 두 다리는 바깥쪽으로 심하게 뒤틀려 있었다. 너무 앙상하거나 기형적으로 뒤틀려 있는 나무를 보게 되면 우선은, 그 나무의 뿌리가 온전한지를 먼

216

저 떠올리게 되는 것처럼 나는 똥할매의 발목부터 내려다봤다. 저 가는 발목 안에는 과연 어떤 발목뼈가 숨어 있나? 무언가를 확인하듯이 나는 똥할매의 가는 발목을 몇 번이고 만져보고 만져봤지만 '앙상함'이라는 단어 말고는 아무것도 찾아내지 못했다.

때를 밀며, 똥할매의 앙상한 몸과 뒤틀린 다리를 바라보며, 나는, 똥할매의 이 앙상함은 어디서 비롯되었는지, 누가, 어떤 바람이 불어와 이 나무의 줄기를 이렇게 뒤틀어놓았는지를 묵묵히 곱씹어야 했는데 그것은, '똥할매는 일부러, 내가 자기를 미워한다는 것까지 간파하고서 이런 식으로 나를 고문하고 있는 거야'라고, 생각해야 했을 정도로 나에게는 싫고, 괴로운 일이었다.

똥할매가 앞으로 돌아누웠다. 나는 너무 눈이 부셔 눈을 꼭 감았다가 다시 떴다. 똥할매의 목에는 24K 순금 목걸이들이 과실나무의 열매들처럼 주렁주렁 매달려 있었다. 목욕탕의 노란 전구 아래서 그것들이 내뿜고 있는 빛은 울고 싶어질 만큼 현란했다. 똥할매의 팔목에 매달려 있는 다섯 개의 순금 팔찌들과 할매의 목을 칭칭 감고 있는 금 목걸이의 값을 전부 합치면, 그 값은 아마도 똥할매의 말라 비틀어진 몸뚱이와 저 형편없는 공중 화장실을 전부 합친 값보다도 비싼 액수이리라.

배꼽 위에 양손을 가지런히 모은 채 두 눈을 지그시 감고 있는 똥할매는 더없이 행복하고 편안해 보였다. 온기가 없는 금덩이로 자신의 지나간 생(生)을 위로받으려고 하는 똥할매의 모습은 그러나, 영원히 썩지 않는 관 속에 갇힌 채로 아직까지도 입가에 미소를 띠고 서 있는 미라만큼이나 스산하기도 했다.

"사탕 사먹어라이!"

탈의실 마루에 앉아 머리에 묻은 물을 털어내다 말고 똥할매는 때밀이 아줌마를 불렀다. 오백 원짜리 동전 하나를 내밀었다. 아까 빨래해줬다고, 고맙다고 주는 돈인 듯했다.

"요새 누가 사탕 먹어요!"

때밀이 아줌마도 자존심이 있지, 나 같아도 저까짓 거 오백 원, 안 받고 만다.

"우유 사먹어라이!"

때밀이 아줌마가 사탕 안 먹는다니까 똥할매는 그럼, 우유를 사먹으란다. 똥할매랑 더 이상 실랑이를 벌이는 것도 지겨웠는지 때밀이 아줌마는 똥할매가 내민 오백 원을 받아들고 텔레비전 앞으로 가버렸다.

"너도 사탕 사먹어라이!"

똥할매가 나한테도 오백 원을 내밀었다. 군말 없이 그 돈을 받으면 왠지 체면이 깎일 것 같다고 판단한 나는, 그냥 아무 생각 없이,

"할매! 이게 뭐야? 주려면, 이런 목걸이나 하나 주면 또 몰라."

똥할매의 목에 걸린 금목걸이 하나를 슬쩍 건드렸다.

똥할매는 공처럼 튀어올랐다. 때밀이 아줌마가 한증막에서 걷어다 옆에 놔준 옷가지들을 와락 부둥켜안았다. 사물함 구석으로 뛰어갔다. 몸을 한껏 웅크리고 쪼그려 앉았다. 숨도 내쉬지 않았다. 바들바들 떨리는 손으로 목에 걸려 있는 금목걸이를 꼭 쥐었다. 자신과 금목걸이를 빤히 쳐다보고 있는 나를, 의심이 가득한 눈으로 노려봤다. 나에 대한 경계를 늦추지 않았다. 똥할매는 내복 윗도리의, 끝이 다 닳아빠진 소맷부리를 끌어당겨 금팔찌를 가리고, 늘 목에 두르고 다니는 고동색

마후라로 목을 칭칭 감아 금목걸이들을 감쪽같이 숨기고 나서야 아주 조그맣게 가느다란 한숨을, 휴우우 내쉬었다.

뒤집혀져 있는 몸뻬를 그대로 입은 채로, 덧버선도 신지 않고서 똥할매는 밖으로 뛰어나갔다. 자기가 왜 여기에 와 있는지 자기도 모르겠다는 듯이 어리둥절한 표정으로 탈의실을 둘러보다가, 두려움으로 희번덕거리는 눈으로 나와 내 너머의 저 어딘가를 노려보고 나서.

나는 똥할매가 뛰쳐나간 비상구를, 그 위에 앉아 똥할매가 머리에 묻은 물기를 수건으로 닦아내고 있었던 탈의실의 마루를 바라봤다.

할매! 할매는 언제부터 화장실에서 살았어? 화장실엔 왜 왔구? 할매! 화장실 앞에, 그렇게 하루 종일 앉아 있으면 지겹지 않어? 거기서 한평생 뭘 보고 있었는데? 누구, 기다리는 사람이라도 있는 거야? 할매 눈은 또 왜 그렇게 반짝거리는 거고. 뭘 보면, 누굴 보고 있으면 그렇게 반짝거리는 눈을 갖게 되는데? 할매! 할매는 거기서 정말 뭘 본 거야, 응? 할매?

나는 똥할매한테 묻고 싶은 말이 참 많았다. 똥할매는 그러나 내가 그 옆에 다가가 앉아보기도 전에 아주 멀리, 달아나버렸다.

나는 내 유년의 기억 속에서마저 아스라한 풍경으로 자리 잡고 있는 똥할매, 그녀가 앉아 있던 마루 위에 가서 앉았다. 거기 놓여 있는 오백 원짜리 동전을 주워 손바닥 위에 올려놨다. 아주 잠깐이지만, 이 은빛 눈동자에는 여기 아닌 다른 데 말고, 내가, 똥할매 당신이 살고 있는 지금, 이곳이, 분명, 똑똑히 어려 있었다.

똥할매가 내던지고 나간 오백 원짜리 동전, 어느 늙은 여인이 어쩌다 그렇게 영영 잃어버리고 만 은빛 눈동자 하나가 내 얼굴을 빤히 올려다보고 있었다.

"봉투 말대로 핸드폰 하나 살까봐. 하루 이틀도 아니고……"

구멍가게 영석이 엄마가 핸드폰 타령을 했다. 공중 화장실에 가려면 아쉬운 대로 핸드폰이라도 하나 장만해야겠다고.

"배보다 배꼽이 더 크구먼. 아니, 똥 싸려고 핸드폰 산다는 얘기는 내가, 살다 살다 또 첨 들어보네. 그러지 말고, 오늘 저녁부터는 나랑 공원으로 달리기나 하러 가."

평소 영석이 엄마를 며느리 대하듯 하는 우리 엄마다. 이번에도 엄마는 영석이 엄마를 며느리 혼내듯이 혼냈다.

"달리기?"

영석이 엄마는 똥 싸는 거랑 핸드폰이랑 달리기가 대체 무슨 상관인지, 영문을 몰라 하면서도 언제나 그렇듯이 삼오식당 여주인, 우리 엄마를 따라나섰다.

똥할매가 공중 화장실 문을 밖에서 걸어 잠그기 시작하면서 장텃길에 사는 여자들, 그중에서도 화장실 없는 건물에 세 들어 살고 있는 여자들은 삼오식당 가겟방 안에 있는 세탁기 옆자리의 수챗구멍에다 대고 수시로 용변을 보고 있었다. 장텃길 여자들이 세탁기 옆, 수챗구멍을 찾는 횟수가 빈번해지면서부터 엄마는 난데없이 저녁 운동을 시작했다. 날도 추운데 갑자기 웬 저녁 운동이냐고 식구들이 묻자, 엄마는 관절염엔 슬슬 걷는 게 최고라고, 관절염 고치려면 세상에 좋다는 약도 다 필요 없고, 그저 살 빼는 게 우선이라고, 우리 엄마의 입에서 나온 말이라고는 믿어지지 않는 말을 했다. 평소 엄마는, "걷기는 뭘 또 걸어? 그거야 팔자가 좋아서 하루 웬 종일 자빠져 있던 사람들한 테나 맞는 얘기지. 이리 뛰고 저리 뛰고 하루 웬 종일 뛴 사람한테 뭘 또 걸으랴?" 하거나, "다이어트? 밥심으로 사는 사람한테 먹지도 말라 고 하면 그게 죽으라는 소리지, 살라는 소리여?" 하고, 의사 말은 다 개가 멍멍 짖는 소리로만 흘려듣던 사람이었던 것이다. 그런 사람의 입에서 다이어트가 어쩌고, 슬슬 걷는 게 어쩌고 하는 말이 줄줄 흘러 나오니 그저 신기할 뿐이었다. 더욱 신기한 일은, 엄마의 이 난데없는 저녁 운동에 동참하는 사람들의 숫자가 하루하루 늘어가고 있었다는 사실이다.

좀 전에 말한 대로, 엄마의 저녁 운동에 맨 처음 따라나선 사람은 구멍가게, 영석이 엄마였다. 영석이 엄마는 우리 엄마를 따라서 저녁 운 동을 한번 갔다 오더니 그 뒤로는 매일같이 따라나섰다. 그 뒤로 영석 이 엄마는 핸드폰의 '핸' 자도 꺼내지 않았다. 그다음엔 봉투 아줌마였 다. 저녁 운동을 시작한 뒤부터는 봉투 아줌마의 입에서도 역시, "다른 건 몰라도 이 핸드폰은 꼭 들고 가야겠더라고." 등등의 말이 쏙, 들어가 버렸다. 그다음엔 삼오식당 배달부 독산동 아줌마, 그다음엔 당진상회 할머니, 어쩌다 한두 번 들르는 커피 장수 차씨 아줌마까지……

이제 저녁이면, 장텃길의 웬만한 아줌마들이 다 삼오식당 앞으로 모 여들었다. 몸집 좋은 이 아줌마들이 옆으로 길게 늘어서서 걸어가는 걸 보고 있으면 장텃길 골목이 다 좁게 느껴질 정도였다. 아줌마들은 같이 우르르 몰려갔다가 한 시간쯤 지나서 또 다들 우르르 몰려왔다. 아줌마들이 다시 돌아오면 장텃길 안은 썰물 때 밀려나갔던 물이 다시 밀려들어왔을 때의 갯벌처럼, 한동안은 소란스럽기가 이루 말할 수 없었다. 삼오식당 테이블에 둥그렇게 둘러앉아 실컷 재재거리다가 양재기에 물 한 대접씩 따라 마시고 나가는 장텃길 여자들의 얼굴은 어쩌면 그렇게도 한결같은지 몰랐다. 다들, 오래 묵은 변을 방금 막 뽑아내고 나온 사람들처럼 개운한 표정이었다.

"어뗘? 오늘은 자기도 운동 한번 해볼 거야?"

어느 날 저녁, 마침 엄마가 운동하러 가는 시간에 0번 앞자리, 김 여사가 수챗구멍을 찾아 삼오식당으로 들어왔다.

"운동요? 저는 괜찮은데…… 아줌마들이나 재밌게 다녀오세요."

0번 앞자리, 김 여사가 순순히 따라나설 리가 없었다. 김 여사에게는, 장텃길 안에서라면 또 몰라도, 시장 여편네들과 어깨를 나란히 하고 길거리를 활보할 생각 자체가 없었던 거다. 어찌어찌해서 지금은 영등포 시장 바닥까지 밀려 왔지만 그래도 나는 시장 여편네들하고는 격이 다르다. 살려고 하다 보니 내 비록 지금은 당신들 같은 무지렁이들하고 어울려 밥도 먹고 한 식구처럼 지내고 있기는 하지만 언젠가는 나는, 나 놀던 물로, 말만 들어도 벌써부터 엉덩이가 들썩거리는 저 무도장으로 다시 돌아갈 사람이다…… 이상이 0번 앞자리, 김 여사의 속내라는 것을 장텃길 사람들 중에는 모르는 사람이 없다. 본인들 말로는 동대문 어디에서 옷 장사를 하다가 아이엠에프(IMF) 때 망해서 여기까지 흘러들어 왔다고 하지만 장텃길 사람들은 그들 부부의 말을 곧이듣지도 않는다. 여자 손님만 들어왔다 하면 허리가 90도로 굽은 꼬부랑 할머니든 여중생이든 노소를 가리지 않고 눈웃음을 살살 흘리며 어떻게 한번 후려볼까, 눈을 희뜩거리는 그 남편이나, 하루 종일 하는 일이라고 해봤자 과일 짝이나 들었다 났다 할 뿐인데도 무슨 사고 모임에 나가는 귀부인처럼 귀걸이, 목걸이, 반지에 팔찌까지 액세서리도 아주 세트로만 달고 나와서는 시장 놈들 혼을 쏙 빼놓으려고 하는 그 여편네나, 부부가 모두 싹수가 노래도 한참 노랬다. 배운 게 도둑질이라고, 장텃길 사람들은 0번 앞자리 부부의 전직이 제비와 꽃뱀이었음을 조금도 믿어 의심치 않았다.

"그려? 그럼 집이는 핸드폰 하나 장만해서 똥할매한테나 가야겠구먼."

삼오식당 여주인의 의미심장한 한마디. 김 여사는 혼자 뭔가를 곰곰이 생각하더니 삼오식당 여주인의 뒤를 쫓아갔다. 장텃길 아줌마들과 한데 나란히 엉겨 걸어가고 있는 김 여사의 얼굴은 그야말로 똥 씹은 표정이었다.

싫다는 김 여사까지 구태여 끌고 간 이유는 뭘까?

나는 바람난 남편을 미행하는 여자처럼 마음 졸이며 장텃길 아줌마들의 뒤를 밟았다.

아줌마 부대가 멈춰 선 곳은, 장터 공원 안, 구립 어린이집 앞의 미끄럼틀 주변이었다. 아줌마들은 손을 맞잡지는 않았지만 손을 잡은 것보다도 더 일사불란하게 발까지 맞춰가며 미끄럼틀 주변을 뱅글뱅글 돌기 시작했다. 입으로는 "헛둘! 헛둘!" 제법 달리기하는 것처럼 구령을 붙이고 있었지만 정작 뛰는 것처럼 뛰는 사람은 아무도 없었다. 미끄럼틀 주변으로 동그란 원을 그리며 그저 슬슬 걷고 있을 뿐이었다. 세 바퀴쯤 돌았나, 삼오식당 여주인, 우리 엄마가 먼저 무리를 이탈해 나와 어린이집 반대편에 우르르 몰려 서 있는 나무숲 뒤쪽으로 걸어갔다. 누가 분명하게 경계를 그어놓은 것은 아니었지만 그쪽은 원래 거지들 전용이었다. 우리 동네 장터 공원은, 내 아들 현이가 다니고 있는 구립 어린이집 앞의 미끄럼틀 주변은 동네 조무래기들과 노인네들이 주로 애용하고, 어린이집 반대편으로 제법 커다란 나무들이 줄지어 서 있는 나무숲 뒤편, 등나무 벤치 쪽은 영등포 일대의 거지들의 숙소로 이용되고 있다. 거지나 노숙자가 아닌 다음에야 웬만해선 그쪽으로 가지 않는다.

십 분 남짓한 시간이 흐르고, 나무숲 뒤편으로 사라졌던 엄마가 미끄럼틀 앞으로 되돌아왔다. 삼오식당 여주인이 다시 무리에 합류하자, 이번엔 봉투 아줌마가 빠져나왔다. 봉투 아줌마 역시, 좀 전에 삼오식당 여주인이 사라졌던 나무숲 뒤편으로 걸어갔다. 그사이에 아줌마들은 미끄럼틀 주변을 두세 바퀴 돌았다. 봉투 아줌마가 다시 합류하고 독산동 아줌마가 빠졌다. 독산동 아줌마 역시, 앞의 두 여자가 갔던 곳으로 걸어갔다. 독산동 아줌마 다음에는 커피 장수 차씨 아줌마, 차씨 아줌마 다음에는 영석이 엄마, 그다음에는 당진상회 할머니……

저편 나무숲으로 사라졌던 당진상회 할머니가 되돌아오자, 아줌마들의 '뺑뺑이 돌기'는 잠시 중단되었다. 아줌마들은 가쁜 숨을 고르며 0번 앞자리, 김 여사를 둥그렇게 에워쌌다. 모르는 사람이 멀리서 보면, 할머니들이 젊은 여자 하나를 에워싸고서 무슨 행패라도 부리고 있는 것처럼 보일 판이었다. 장텃길 아줌마들이 저마다 뭐라고 한마디씩 하고 있었다. 김 여사는 눈을 똥그랗게 뜨고 나무숲 뒤편을 손가락 끝으로 가리켰다. 김 여사의 얄쌍한 손가락 끝을 바라보며 아줌마들은 일제히 고개를 끄덕거렸다. 김 여사는 터벅터벅, 나무숲 뒤편을 향해 걷기 시작했다. 그 뒤를 장텃길 아줌마들이 뒤따랐다. 김 여사를 앞장세우고 장텃길 아줌마들이 전부, 나무숲 뒤쪽으로 걸어가고 있었다.

저 뒤에 대체 뭐가 있나?

"어뎌? 내 말대로만 하믄 감쪽같겠지?"

나무숲 뒤쪽에서 삼오식당 여주인의 걸쭉한 목소리가 들리고 뒤이어,

"누가 아니래. 하여간에 삼오식당 머리 따라갈 사람 없다니까. 공부만 좀 했으면 삼오식당이야말로 진짜로 뭐 하나는 했을 사람인디."

봉투 아줌마의 아부 비슷한 발언이 있고, 그 뒤로 또 곧장,

"그동안은 왜 이 생각을 못했나 몰라. 안 그래 봉투? 바께쓰가 그게 보기에만 둥글넓적하지 세상에 불편한 게, 그게 바로 바께쓰야. 쑥쑥 잘 빠져나올 때는 그래도 그렇다고 쳐. 안 나올 때는 정말 사람 미친다고. 바께쓰 위에 올라타고 오래 쪼그려 앉아 있으면 엉덩이가 얼마나 아픈 줄 몰라. 일어나서 보면 엉덩이에 빨갛게 바께쓰 자국이 나 있다니까."

구멍가게 영석이 엄마가 바께쓰에 얽힌 구구한 경험담을 털어놨다. 밤이면 플라스틱 바께쓰를 변기로 이용하며 살고 있는 장텃길 아줌마들은 영석이 엄마를 향해 일제히 우레와 같은 박수갈채를 보냈다.

아줌마들의 대화가 이쯤에 이르자, 나는 미행이고 뭐고 궁금해서 더는 참을 수가 없었다. 플라타너스 나무 뒤에 숨어 있다가 내가 갑자기 확, 나타났는데도 아줌마들은 나한테는 눈길도 한번 안 줬다.

아줌마들이 그 앞에 모여 서 있는 곳은, 공원 화장실 앞이었다. 말이 화장실이지 허허벌판에 합판 몇 개 맞대어놓고 그 안에 양변기 하나 들여다놓았을 뿐이었다. 꼴에 그래도 그 안에 양변기가 들어가 앉아 있다는 게, 참 신기했다. 나는 아줌마들을 헤치고 들어가 화장실 앞에 섰다. 양변기는 양변긴데 물 내리는 손잡이가 안 달려 있었다. 어디

천장에 달렸나? 천장에도 역시 물 내리는 끈은 안 달려 있었다. 물 내리는 끈은 없고, 벽에 벽보가 하나 나붙어 있었다.

친환경적인 소멸식 화장실에 오신 것을 환영합니다.
⟨공원 녹지과⟩

친환경적인 소멸식 화장실이 뭔가?

나는 화장실 안쪽으로 머리를 들이밀었다. 양변기 안을 자세히 들여다봤다. 밑바닥이 뻥, 뚫려 있었다. 양변기 바닥은 깜깜한 낭떠러지였다. 그러니까 친환경적인 소멸식 화장실이란, 무늬만 수세식 양변기이지 실상은 푸세식 화장실에 다름 아니었던 거다.

"어뗘? 내 말대로 내일은 타일 가게에 한번 가보자고. 우리도 세탁기 옆으로다 이렇게 밑 뚫린 양변기를 하다 들여놓는 거야."

"그런 다음에는요? 땅을 파고 고무 다라이라도 하나 묻겠다는 거예요?"

0번 앞자리, 김 여사가 삼오식당 여주인의 말에 삐딱허니, 토를 달기도 했지만,

"구멍은 왜 파? 머리는 뒀다 뭐혀? 수챗구멍 위로다가 바로 요 밑 뚫린 변기를 올려놓으면 되지. 그러면 땅 파고 어쩔 것도 없어. 그냥 쭈그려 앉아서 싸고 물 붓나, 요기, 요 위에 엉덩이 척 걸치고 앉아서 편하게 싸고 물 붓나, 물 붓는 건 마찬가지여. 어디, 내 말이 틀려? 내가 양변기를 갖다놓으면 자네들도 인제는 다리 안 아프고 좋지 뭘 그려."

"맞어, 맞어."

거기 모여 있던 장텃길 아줌마들은 삼오식당 여주인의 말에 모두들

일절 다른 이견이 없었다.

"이까짓 거, 밑 뚫린 양변기가 이게 얼마가 됐든지 간에 이번 참에 하나 들여놓자고."

삼오식당 여주인의 목소리가 사뭇 비장하고,

"그라믄, 그라믄. 하나 사. 얼른 사이잉. 삼오식당은 관절염도 있잖어. 다른 데는 아껴도 이런 데는 돈 아끼는 게 아니라니께. 원님 덕에 나발 분다고 우리도 인제는 낼부터 수세식 화장실 쓰게 돼뿌렸네!"

커피 장수, 차씨 아줌마는 노래 부르듯 말을 뽑아내며 어깨춤마저 덩실거렸다.

"좋다고 또 들어가서 엉덩이 걸치고 앉아서 한나절 있다 나오고 그러면 안 돼. 특히, 김 여사, 자기 말이야."

장터 공원 안쪽에 새로 생긴, 친환경적인 소멸식 화장실 앞에는 한 떼의 아줌마들이 몰려서서 그네들이 살면서 단 한 번도 가져보지 못한 화장실 건설의 계획을 세우고 있고, 아줌마들의 등 너머, 등나무 넝쿨 밑의 벤치 위에는 얇은 겉옷을 걸친 거지들 몇이 신문지를 덮고 누워서, 자정의 추위가 몰고 올 불면에 대비해 벌써부터 이른 잠을 청하고 있었다.

거지들이 누워 있는 벤치 옆으로, 허리 휜, 잎 다 떨어진 등나무 하나가 지붕을 떠받치고 있는 네 개의 쇠기둥 중, 제 앞에 서 있는 쇠기둥 하나를 꼭 끌어안고 있다. 온기가 없는 쇠기둥을 부둥켜안고 있는 등나무는…… 단지 겉모양만 저와 꼭 닮아 있는 그 쇠기둥을 제 온몸으로 끌어안고 있는 그 등나무는, 그러나 몸통이 두 쪽으로 갈라졌다. 온전한 몸통으로 곧게 서서 제 한 몸 버텨내기를 관두고 누군가를 향해 허리를 구부린 그 등나무는…… 몸통을 찢어 팔을 만든 그 등나무는, 그러나 그

가는 두 팔로 제 앞에 놓여 있는 쇠기둥을 으스러지게 껴안고서 쇠기둥 너머 저 너른 하늘 위로 제 가지를 아득히 넓게 뻗어나가고 있었다.

　나는 그, 한 그루의 등나무가 억세게 껴안고 있는 쇠기둥으로 다가가 입술을 대고 나직하게 속삭였다.

　아, 하늘의 별처럼 아득히 먼 곳에 떠 있는 우리들의 화장실이여!

　쇠기둥 위로 온기가 닿았던 자리만큼 뽀얗게, 사람의 입김이 서려 있었다.

작품 해설

연옥에서 느끼는 생의 환희

임헌영(문학평론가)

1. 시장 지향성 인간의 집합소

무엇이 욕망으로 응축된 개체와 사회를 파멸과 멸망에 이르게 할까. 에리히 프롬은 '시장 지향성(Marketing orientation)' 인간이라고 답한다. 최고가에 자신을 낙찰시키려고 모든 능력을 소진하는 시장 지향성 인간상은 빼앗기와 훔치기를 일삼기에 사랑조차도 유부녀와만 하려는 착취 지향성 인간이나, 타인에게 아무런 기대도 않고 모든 노획물을 쌓기만 하는 축적 지향성 인간상과 함께 현대 서구 사회의 붕괴를 자초하는 근본 원인이라고 프롬은 비판적으로 풀이한다.

"이리 떼의 자유가 양 떼에게는 죽음을 뜻하듯 경제적 자유의 이름으로 벌어지는 약육강식의 무제한적 경쟁은 승자의 탐욕과 패자의 굶주림으로 양극화될 뿐이다"라는 케인스의 지적에는 시장의 지옥적인 측면이 드러나지만, 다른 한편 "자연적으로 발생한 시장에 대한 통제는 인간을 노예의 길로 몰고 갈 뿐이다"라는 하이에크의 시장 지상주의에 따르면 시장은 오히려 천국으로의 지름길이기도 하다.

교환을 위하여 자신을 끊임없이 상품화해야 하는 시장의 신화는 자본주의 체제에서 천국에 이르는 유일한 순례길이지만 그러나 "그런 헛된 소망을 품고 그것이 채워지지도 않은 채 영원한 고통을 당하고 있는 사람들"(《신곡》의 〈연옥〉)에게는 연옥적 시련의 도장이다.

현대판 시장은 광장의 의미가 짙은 아고라가 아니라 최고가 낙찰을 위한 연옥으로 한쪽은 천국, 다른 한쪽은 지옥과 통하는 길목이지만 거시적으로 조망하면 인간이 생존하는 모든 경쟁 지역은 연옥이 아닐까. 자신이 어쩌다 천국에 발을 딛었다고 황홀해하는 순간에 정신을 차리고 보면 그건 연옥이고, 실의와 좌절로 스스로가 지옥의 나락으로 떨어졌다고 참담해지다가도 어느 찰나 개똥밭에 뒹구는 참외 같은 처지라도 이 세상이 얼마나 아름다운가를 느끼노라면 역시 인생은 천국도 지옥도 아닌 연옥임을 문득 깨닫곤 하기 때문이다. 연옥은 어쩌면 천국에 못지 않은 삶의 환희가 스며 있을지 모른다.

그 연옥의 한가운데에 《삼오식당》이 숙명처럼 존재한다.

바로 영등포 시장 일대다. 한강을 탈 없이 건너게 해달라는 염원을 담은 영동 굿을 지냈던 부군당이 있는 방하곶 나루(放下串津, 신길1동) 아랫마을(下放下串)이 영등포동이 되었다는 저 아득한 샤머니즘적인 삶의 터전에서 그 명칭이 유래했다는 땅. 1899년 영등포역이 들어서면서 '시장'적 마을로 탈바꿈을 시작, 1936년에야 수도권으로 편입(신길동만은 그 이전에도 경성부에 속했다)된 이 지역은 아마 서울특별시 구 단위 중 샤머니즘적인 문화 유적지가 가장 많은 구의 하나일 것이다. 이 연옥의 지리적인 구성을 작가는 이렇게 풀이한다.

이 건물에는 삼오식당을 가운데 두고 양옆으로, 과일 가게들이 밀집해 있는 대로변 쪽으로는 당진상회가 붙어 있고, 삼오식당의 왼쪽, 통조림 골목 쪽으로는 세탁소가 있는데, 이 세 가게가 일렬로 나란히 붙어 있는 게 아니다. 세탁소와 당진상회의 가운데 있는 삼오식당은 안으로 한참 들어가 있고, 세탁소 바로 뒤에 영석이네 무궁화마트가 있다. 이 건물 구조를 한눈에 파악하려면 아무래도 말보다는 그림이 나을 듯하다.

그리고 봉투 아줌마네 평상이 바로 당진상회 정면에 위치해 있다. (……) 봉투 아줌마는 그 가겟방에 들어앉아 정면에 있는 자기네 평상을 지켰다. 여름에는 거기서 비를 피했고, 겨울에는 가겟방의 전기 판넬 위에 앉아 그나마 엉덩이라도 뜨끈뜨끈하게 지져가며 봉투 장사를 할 수 있었다.

〈잔치〉, 165~166쪽

지도의 중심축은 삼오식당이다. 화자(나, 이지선)가 삼오식당의 둘째 딸이어서 소설 제목이 부쳐졌지만 정작 그 식당의 메뉴나 등장인물들이 뭘 주로 먹는지는 주목의 대상이 아니다. 그저 모든 생명체는 먹어야 하기에 시장의 상인들도 먹는다, 아니, 먹기 위해서 장사하고 장사하고자 시장이 형성되었고, 그러니 식당이 존재한다는 게 세상의 이치인지라 독자들은 단테의 입장이 되어 연옥을 안내하는 베르길리우스(작가)의 뒤를 따르면 된다.

위의 묘사를 따르자면 많은 과일 가게 중 '나'가 가정교사로 드나들었던 '0번 아줌마'와 형부(최 서방) 두 집이 소설에서 시선을 끈다.

대로변 쪽의 당진상회 남편은 트럭 장사를 하고 "큰딸은 언니네 둘째, 어진이를 두 돌이 지날 때까지 봐준 아줌만데 일 년 전에는 결혼 십년 만에 딸, 주희를 낳았다"(〈엄마의 무릎〉).

"당진상회 할머니로 말할 것 같으면, 그래, 예전에는 쬐끔 살았다. 진짜 잘사는 동네에서 산다 하는 집 정도는 아니고 여기, 우리 동네 장텃길 수준에서는 그래도 꽤 살던 집이라는 거다. 장텃길에서 꽤 산다고 해봤자, 막일 안 하고도 남편이 벌어 오는 돈으로 먹고살 수 있었다는 거지만. 당진상회 할머니의 남편, 당진상회 할아버지는 몇 년 전까지만 해도 월급쟁이였다. 요 앞 경성아파트 옆에 붙어 있는 장터초등학교에서 삼십 년 가까운 세월 수위 노릇을 했었다"(〈잔치〉). "장텃길 사람치고, 요새 당진상회 할아버지랑 금성장 여관 아줌마가 그렇고 그런 사이로 발전했다는 사실 모르면 간첩"인데, 금성장 여관 아줌마는 "장텃길에서도 지저분하기로 소문난" 여자다.

세탁소 아저씨는 〈잔치〉에 등장하지만 그중 말썽이 없다.

무궁화마트는 구멍가게로 여주인 영석이 엄마는 "우리 동네 최고의 '예쁜이'"로 정평이 나 있는데, "막내아들 영석이가 군대에 가 있다고 하면 누구나 깜짝 놀랄 만큼 아직도 풋풋한 처녀 같다". 그러니 괜히 그녀의 "미끈한 배를 노려보며 저희들끼리", "자고로 미인 박복이라잖어"라고 쑥덕거리며 위안을 삼는다(〈엄마의 무릎〉).

봉투 아줌마는 평상 하나에다 각종 스티커를 파는데도 자식들 대학 다 보낸 억척이다.

여기가 연옥일 수밖에 없는 까닭은 처절한 정글의 법칙이 지배하기 때문인데, 예컨대 "우리 엄마는 초파일에는 꼬박꼬박" 들르는 "상호가

'유아독존'인 철학관"만 해도 "쌀가게 할아버지의 첩이라고 소문난 무당 할머니가 하던 주지사"와 "베트남에 참전했다가 오른쪽 다리 하나를 잃은 상이용사 할아버지가 소일 삼아 담뱃값이나 벌자고 봐주던 토정비결집"을 물리치고 남은 것이다(〈잔치〉).

1919년부터 1938년까지 각종 기관의 조사에 의거한 자료를 보면 서울시 내 총 51개 공사설(公私設) 시장(도매 경매 11개소, 가축 시장 1, 공설 일용품 소매 8, 사설 일용품 소매 19, 나무 연료 · 채소 소매시장 12) 중 설립 연대가 미상인 게 11개소나 있는데, 영등포도 그중의 하나로 '공설 일용품 소매시장'으로 분류되어 있다. 특이하게도 공설 일용품 소매시장 중 설립 연도 미상은 영등포 시장이 유일하다(이태진 외, 《서울상업사》, 태학사, 2000).

요즘 부쩍 논의의 초점이 되고 있는 뉴타운 개발 같은 꿈은 존재하지도 않는 삶의 생동감을 간직한 재래시장의 한 표본인 영등포 시장 홈페이지는 "우리 영등포 시장은 일정 말기부터 공설 시장으로 발돋움하여 농 · 축 · 수산물과 공산품, 의류를 중심으로 한강 이남 지역의 최대 유통 중심 역할을 담당"하는 곳으로 "6 · 25를 겪으면서 피란민과 영세민의 생활 터전으로 자리매김되어 오늘"에 이르러 상인 육백여 명에 종사자 이천여 명에 이르는 규모라고 소개해준다. 정작 시장 사람들도 언제 '공설 시장'이 되었는지 못 밝히는 걸로 보면 영세민들의 자연 발생적인 형성이 아닌가 싶다.

2. 미친개를 그리워하는 '나'의 고독

소설의 안내를 따라 시장 안으로 들어가보자.

장텃길 대로변에 다닥다닥 붙어 있는 과일 중도매인들의 점포들은
하나같이 똑같은 아크릴 판에 똑같은 붉은 글씨로 0번이니 1번이니
가게 입구에 번호만 주우욱 달아놨지 내 가게 니 가게 구분 지어주
는 벽도 하나 없다. 0번 아줌마네 가게는 형부네 가게와 맞바로 붙
어 있기 때문에 말이 남의 가게고 내 가게지 실상은 한 방에 금만 하
나 달랑 그어놓고 저기는 니 가게, 요기는 내 가게 하는 판이다. 가
게 구조가 이러니 안 보고, 안 들으려고 해도 옆집에서 뭘 시켜 먹는
지, 곗돈은 언제 내는지, 누구와 또 무슨 일로 따귀를 올려붙였는가
까지도 저절로 알게끔 되어 있는 것이다.

〈까라마조프가(家)의 딸들〉, 39~40쪽

이런 시장통에서 프라이버시 같은 어휘는 존재할 수 없기에 '나'(지
선)는 대학원 졸업생이라는 신분에 걸맞지 않게 어렸을 때부터 성인 세
계를 체득할 수 있게 된다. 작가가 관찰자를 대학원 학력자로 설정한
것은 실록적인 요소와 함께 객관적인 전지적 시점을 확보하고자 함에
서이겠다.

"친정 엄마의 삼오식당은 우리 가정의 밥벌이 터전이자 동시에 살림
집이었고 지금도 그렇다. 참고로 밝히자면, 결혼을 하고 내 살림을 꾸
리고 나서야 비로소 나는 일반 가정집에서 살게 되었다"라는 곳. 그런

데 '나'(이지선)의 집(식당인데도)은 화장실이 없기에 "초등학교 때는 아예 친구를 데려올 생각도 하지" 않았다. 중학교에 들어가 "반장인 나를 선생님처럼 따르는 친구 몇 명"을 집에 데려오자 "어떤 애가 놀기도 전에 화장실부터 찾았다. 오줌 마렵다고 해서 세탁기 옆, 수챗구멍에다 싸라고 했더니 친구들은 나를 이상한 눈으로 쳐다봤다".

   그 뒤 한동안, "엄마, 엄마, 이리 와 요것 보세요. 지선이네 졸졸졸 따라왔더니 나한테 아무 데나 오줌 싸래요!"가 우리 반의 유행송이 되었다. 그 노래 부르고 다닌 애들을 이 잡듯이 찾아다녔다. 목숨 내걸고 싸워서 다들 반쯤 죽여놨다. 그 사건 이후, 나는 '반장'에서 '미친개'라는 새로운 닉네임을 얻었고, 나의 닉네임에 걸맞게 새로운 친구들을 사귀었다. 반장을 따르는 모범생 대신 악만 남은 날라리들, 영등포 미친개들이 나와 한 무리가 되었다. (……) 미친개들은 대부분 여상에 들어갔다. 나만 인문계 고등학교에 들어갔다. 내가 다니던 여고에는 연희동과 그 근방에 사는 부잣집 애들이 많았다. 그 애들은 우리 집에 놀러 와서 양변기가 아닌 수챗구멍에다 오줌 한번 싸고는 자기네들이 무슨 엄청나게 큰일을 해낸 것처럼 야단들이었다. (……) 나는 외톨이가 되었다. 그리하여 나의 여고 시절은 불우했다. 어울려 놀 친구가 없으니 책만 끼고 살았다. (……) 그때부터 나는 고독해졌다. 언제나 외로웠다. 정에 굶주린 아이가 되어 친구를 목말라하기 시작했다.
   가끔 생각해본다. 그러면 나의 이 외로움은 화장실에서 비롯되었나? 아마도.

나는 지금도 예전의 습관을 버리지 못했다. 운명의 장난으로 인문계 고등학교를, 그것도 부잣집 애들이 많이 다니기로 소문난 여고에 다니게 되면서부터 시작된 나의 불행은 '책'을 업으로 삼고 살아가는 지금까지도 이어지고 있는데, 그 이유는 당연히 '화장실' 때문이다.

〈우리들의 화장실〉, 207~208쪽

작가는 여기서도 직성이 풀리지 않아 요설(饒舌)을 계속한다.

요새도 나는 글 쓰는 사람들이 모여 있는 자리에 가서도, 도서관 식당에 앉아 딱딱하게 굳은 도시락밥을 혼자 먹으면서도 혹시나, 하는 기대감을 가지고 주위를 두리번거린다. (……) "지선아! 똥은?" 하고 물으면, "똥도 그냥 싸!" 하고 아무 거리낌 없이 대답할 수 있는 내 친구가 그래도 여기 어딘가에 한 사람쯤은 있지 않을까 하고. 그러나 아무도 내게 "지선아, 똥은?" 하고, 묻지 않는다. 묻지 않으니까 나도 대답을 안 한다. 아, 너무나 외롭다…… 그 시절의 미친개들은 지금 어디에서, 어디에다 똥을 누고 있을까……

〈우리들의 화장실〉, 208~209쪽

그렇게 애절하게 찾지만 미친개들은 똥을 누는지 안 누는지 알 수도 없다. 가까웠던 벗 경숙은 "가출을 하자마자 가리봉의 한 호프집에 취직을 했고 그 길로 여중생 배지를 술잔에 던져버렸다. 경숙이 가리봉에서 나와 구로공단의 가라오케에 취직을 했다면서 정희와 나를 역전 레스토랑으로 끌고 가 돈까스 정식을 사준 지 얼마 안 되어 경숙은 벌써 십 년 전에, 누군가의 칼에 찔려 죽었다는 풍문과 함께 영영 우리 곁을 떠나버렸다"(《어머니가 있는 골목》). 이렇게 미친개가 사라져가는 세상에서 '나'는 영원히 고독한 존재로 남는다.

　이 배설의 철학은 모옌(莫言)의 《풀 먹는 가족(食草家族)》의 건강한 삶을 향한 문명 비판 의식을 연상케 만든다. 술과 육식만 일삼는 도시 생활로 변비에 걸린 삶(《술의 나라(酒國)》)을 탈피하는 방법으로 띠풀로 허기를 채우며 대지에다 쾌변을 즐길 뿐만 아니라 그걸 귀히 여겼던 어린 시절을 그리워하는 '풀 먹는 가족'의 회상은, 박완서가 "삘기, 찔레순, 산딸기, 칡뿌리, 메 뿌리, 싱아, 밤, 도토리가 지천"인 개성 땅에서 "잘 생긴 똥을 많이 누는 게 수"(《그 많던 싱아는 누가 다 먹었을까》)였던 이미지와 겹친다.

　이명랑은 여기서 영등포 시장 사람들의 '사람 냄새'를 "그냥 싸!"(그 건강성과 진솔함에 바탕 삼은 공동체 의식)로 상징하며, '미친개'들이란 전혀 미치지 않아 광견병 예방주사도 맞을 필요가 없는 건실한 소시민들로 지칭한다. 이 낙천성이 연옥의 사람들에게 삶의 환희를 자아내는 원동력이며, 바로 이명랑 문학의 구원 의식이 된다.

　〈우리들의 화장실〉의 똥할매는 원초적 본능의 감각과 의지로 후기 산업사회의 정글의 법칙에 맞서는 여인상이다. "똥할매를 한마디로 정의하면, 눈에 뵈는 게 없는 노인네"로 "잘못 걸렸다가는 뼈도 못 추리게 될 뿐 아니라, 완전히 '똥 밟았다'가 되는 거다". 그녀는 "화장실 문 앞을 지키고 앉아 하루에도 몇 차례씩이나 오줌, 똥 누러 갈 때마다", "문을 밖에서 걸어 잠그는 짓"으로 돈을 뜯어냈다.

야채 장수였던 "똥할매가, 여자 혼자 땅 파고 벽돌 쌓고 만들어서 똥 차면 똥지게를 져다 날라서 오늘날의 화장실"이 있는 거란다. 그녀의 생떼 쓰기는 목욕탕에서 때밀이 아줌마에게 자신의 빨랫감을 빨게 한다든가, '나'에게 전신의 때밀이를 시키는 등으로 절정을 이루는데, 정작 이 작품에서 눈여겨볼 대목은 저녁이면 "장텃길의 웬만한 아줌마들이 다 삼오식당 앞으로 모여", 장터 공원 나무숲 뒤편, 등나무 벤치 쪽의 거지들의 숙소로 이용되는 으슥한 곳으로 집단 이동하는 장면이다.

> "바께쓰가 그게 보기에만 둥글넓적하지 세상에 불편한 게, 그게 바로 바께쓰야. 쑥쑥 잘 빠져나올 때는 그래도 그렇다고 쳐. 안 나올 때는 정말 사람 미친다고. 바께쓰 위에 올라타고 오래 쪼그려 앉아 있으면 엉덩이가 얼마나 아픈 줄 몰라. 일어나서 보면 엉덩이에 빨갛게 바께쓰 자국이 나 있다니까."
>
> 〈우리들의 화장실〉, 225쪽

무궁화마트 구멍가게 영석이 엄마가 털어놓는 대변 보기의 고행담이다. 이런 고행과 똥할매의 강제 징수를 동시에 피할 수 있는 곳이 "공원 화장실"인데, 그게 "말이 화장실이지 허허벌판에 합판 몇 개 맞대어 놓고 그 안에 양변기 하나 들여다놓았을 뿐이었다".

겉으로는 다들 피하는 똥할매나, 미친개를 찾아 절규하는 '나'와 '엄마'를 비롯한 시장터 사람들 모두의 또 하나의 자화상이 이렇지 않을까. 어디 그뿐인가.

"무조건 돈 버는 일밖에 없는 일수꾼 여편네에 계꾼 오야"로, "얼마

240

나 돈을 좋아하고 얼마나 돈을 끔찍이 여기는 사람이냐 하면, 김씨 성(姓)을 금씨 성으로 바꿀" 정도로, "이 아줌마 이름이 김복자라는 사실은 자기가 알고 시장 사람들이 알고 하늘이 아는데도 이 계꾼 오야는 곧 죽어도 자기는 금복자"라고 우기는 금씨 아줌마(〈까라마조프가(家)의 딸들〉) 등이 이 항렬자에 속한다.

3. 과일 가게 0번 아줌마

"매를 맞고 돌아온 날이면 엄마는 그렇게 하루 온종일, 자지를 물어 뜯어버리지 그랬냐고, 앞으로는 누가 때리면 그냥 자지를 물어버리라고, 남자는 제 아무리 천하장사라 해도 거기만 물려버리면 꼼짝없이 설설 기게 되어 있다고, 가르쳤다"(〈우리들의 화장실〉)라는 식당집 둘째 딸인 이지선(나).

그녀가 스물다섯, 한창 젊음이 물올라 있을 때 "엄마보다 한술 더 떠서 나보다 훨씬 못한 남자한테 시집가서 내 맘대로 휘두르며 살아야겠다"라고 별러 윤영철을 선택하게 된 과정을 다룬 작품이 〈어머니가 있는 골목〉이다. "몇 년 후면 사십 줄로 접어들 나이였고 대학원에서 외국 말을 전공하고 있는 나와는 달리 영철은 외국 말이라고는 와이프밖에는 모르는 데다 내가 내 소설 등단작이 실린 문예 잡지를 보여주며 한번 읽어보라고 했을 때는 자기는 책이라면 만화책만 봐도 머리에 쥐가 난다면서 잡지 표지 한번 들여다본 걸 가지고 벌써부터 머리가 아프다고 두통약을 두 알이나 입에 털어넣던 위인"이다. "새벽 다섯 시면 어김없이 장턱길 안쪽의 삼오식당으로 밥 먹으러 오던 영철은 그저 흔한 영등포 장사꾼이었다. 다른 장사꾼들과 다른 점이 있다면 소매들을 상대하는 도매꾼이 아니라 산지에서 물건을 직접 위탁 받아 도매꾼들을 상대로 주판을 놓는다는 것뿐이었다".

　그런데 정작 상견례에서 만난 그의 "아버지는 파출소도 아니고 경찰서의 우두머리였고 위로 큰형은 은행 중에서도 가장 들어가기 힘들다는 한국은행을 최연소의 나이로 들어간 수재에다 밑으로 둘 있는 남동생들까지 모두 공무원이었으니 그 집안 사람들은 그야말로 '나랏밥 먹는 나리들'"에다, 사부인은 "주일날은 예배에 빠질 수 없으니 주일은 피해서 날을 잡아야 하고, 우리 집은 대대로 절실한 기독교 집안이니 지금까지야 무얼 믿어왔든 앞으로는 당신 딸을 교회에 보내야" 한다는, 영등포 시장 분위기와는 영 어긋나는 집안이었다.

　"영철은 바로 내가 찾던 바보온달이었고, 영철이 바보온달인 동안에는 나는 온전히 평강공주일 수 있었던 것이다"라는 계산이 빗나갔지만, '나'는 식당집 딸답게 신랑 측 부담인 신혼여행을 "가장 비싸게 먹힌다는 하와이행을, 그것도 10박 11일 코스로 결정"해버렸으나 이내 천만 원짜리 장롱을 비롯한 혼수 비용을 거론하며 "그러니까 잘살아, 이년아"라는 엄마의 질펀한 축복을 듣는다. 영등포 시장에서는 다소 호화판인 혼수용 장롱을 전시하듯 온 시장 사람들에게 준 강제로 관람을 강요하는 '엄마'의 들뜬 마음과는 상관없이 정작 신랑감인 영철은 "저딴 거 다 뭐해? 진짜는 하나도 없는데……" 하며 시무룩하다. 무슨 뜬금없는 소릴까 싶지만 진짜 소설의 묘미는 여기서부터다.

　"장롱만 들여놓으면 뭐해? 손목도 한번 안 잡아보고……"

이 촌철살인의 한마디는 단순히 '나'의 순결을 입증하고자 함이 아니라 타락한 중산층의 향락적인 윤리 의식과는 달리 오히려 시장판의 고된 삶들이 얼마나 싱그럽고 정결한가를 반증한다. 포옹과 키스를 거쳐 육체관계 직전에 이르는 묘사 장면은 우리 시대의 사랑 중 가장 고전적인 양식의 전형으로 손색이 없다. 정복에 실패한 영철이 "야! 지선아! 너, 나…… 사랑하니?"라는 항의성 질문에는 지리산 자락에서도 찾기 어려운 신동엽의 시 세계 같은 순정이 묻어난다. "전신주에 매달아놓은 금성장 여관의 네온 간판은 창밖의 장텃길을 온통 붉게 물들이고 있었다"라는 〈어머니가 있는 골목〉은 온 강산에 난립한 모텔과는 다른 우리 시대의 문화재로 손색이 없기에 영등포 재래시장 상인회에서 매입하여 박물관을 세운다 해도 밑지는 장사는 안 될 것 같다.

'나'를 쳐다보는 시장 아줌마들의 시선은 노골적이다.

> "모르긴 몰라도 영철이가 정력 하나는 끝내줄 거야. 술을 많이 먹어서 그거 하나 흠이지, 걸어 다닐 때 보면 허벅지도 그게 그냥 전봇대만 한 게 힘을 써도 무식허게 쓰게 생겼잖아. 볼따구니에 시커멓게 난 구레나룻은 또 어떻구? 지선이 이년이 학교 다니다 말고 환장해서 시집을 가버리게도 생겼지."

〈까라마조프가(家)의 딸들〉, 36쪽

장바닥에서 쾌변의 환희도 누리지 못하는 억눌린 사람들의 대리 욕구 충족이 물씬 풍기는 말투다. 과일 가게의 '0번 아줌마'가 일수쟁이 금씨 아줌마에게 털어놓는 이 말은 씨가 되어 대리 만족을 끝내 자신

의 욕구 실현으로 변질해 운명을 망친다. 〈까라마조프가(家)의 딸들〉의
'나'가 가정교사로서 가르쳤던 여중생(현미)의 어머니가 바로 '0번' 과
일 가게 여주인이다. 남편이 노름빚 삼천만 원에 내몰리자 위장 이혼,
혼자 과일 가게를 이끌어가다가 "말끝마다 우리 황씨, 우리 황씨" 하던
사내와 정분, 임신, 딸년(현미)으로부터 쫓겨나기까지의 여정은 영등포
시장의 축약도처럼 파란만장하다.

애당초 "현미 아버지라는 위인은, 하는 일이라고는 기껏해야 밤새워
노름"이나 하다가, 빚더미를 아내에게 안겨두곤 행불자가 된다. 0번 아
줌마는 가게 종업원이었으나 서서히 성장하여 과일 구매 "입찰을 해주
는 동업자로, 0번 아줌마에게는 남편을 대신하는 든든한 버팀목으로,
현미를 비롯한 그 집 세 딸들에게는 아버지를 대신"하게 된 황씨를 "우
리 황씨, 우리 황씨" 하며 애지중지하게 된다.

그런데 "벌써 몇 명의 여자가 황씨를 거쳐갔는지 모른다. 처음엔 보
험 아줌마, 그다음엔 길 건너 골목다방의 최양, 황씨가 입찰을 하면서
부터 0번의 단골손님이 된 양평동 그린마트 여주인에, 그리고 또 오늘
날의 리리코스까지" 끝이 보이지 않았다. 그럴 때마다 "0번 아줌마는
황씨의 아내에게 제발 남편 단속 좀 해달라고 전화통에 매달려 빌고
또 빌었다. 내막을 모르는 황씨의 아내야 제 남편 바람난 데까지 마음
을 써주는 고마운 여주인으로 비칠지 모르겠으나, 우리가 보기에는 정
말 웃기고 자빠지는 일이 아닐 수 없었다".

작가는 "도대체 왜 여자들이 저토록 황씨한테 연연하게 되는 걸까?"
라며 독자의 구미를 당길 만한 궁금증을 추적, "귀염성이 있는 얼굴이
다. 웃을 때는 얼굴에서 눈이 아예 사라져버리는데 그게 또 왠지 매력

있다" 하며, "이곳, 영등포 시장 바닥의 닳고 닳은 장사꾼들에게서는 좀처럼 찾아보기 힘든, 어떤 알 수 없는 어눌함과 허술함이 황씨에게는 있다"라는 데서 그 연유를 밝혀준다. 황씨에게 새 여인이 생길 때마다 0번 아줌마는 봉급 인상으로 바람기를 재워주곤 했으나 "특별 케이스인" 화장품 외판원 리리코스에 이르자 그는 '내 여자'라며 주인을 향해 "누님이래두 안 돼유. 내 여자 눈에서 눈물 나오게 하면유, 그때는 진짜루 누님이고 뭐구 없어유"라고 덤볐다. 그러나 "정확히 20일 만에 황씨"는 월급이 파격적으로 인상되었을 뿐만 아니라 "매상의 10퍼센트를 가져가"는 조건으로 다시 근무하게 되었다. 아마 이즈음에 0번은 황씨와 통정, 임신했을 터이다. 0번은 "32주가 채 안 된 아이를 제왕절개술로 꺼냈다. 아이가 인큐베이터에 들어가 있는 동안 0번 아줌마는 병원비를 대느라고 여기저기서 빚을 얻어 썼고, 황씨는 황씨대로 가게 돈을 빼돌렸다". 그 석 달 동안 자산과 사랑은 속절없이 날아가버렸다. 시장 사람들은 이렇게 수군댔다.

"그년만 등신이지. 황씨, 저 인간이 언제 저렇게 돈 벌었는 줄 알아?
충청도상회도 다 0번 돈으로 차린 가게야. 주인 여편네가 지 자식
낳는다고 가게 안 나오는 동안 그때 돈을 얼마나 빼돌렸는지 몰러.
차도 거 뭐시냐, 싼타펜가 뭔가 뽑았지, 0번 부도나자마자 지는 일
산에다 슈퍼까지 냈었잖아. 그때 빼돌린 돈으로 오늘날, 저 충청도
상회가 있는 거라니까."

〈까라마조프가(家)의 딸들〉, 80~81쪽

0번 아줌마는 딸의 입에서 "더런 년! 더런 년!" 저주를 받으며 집에서 쫓겨나 그 집 문패를 뜯어 챙기고는 대문을 노려보며 "쌍년들……" 이란 저주스러운 말을 남기고 사라졌다.

그새 피신 중이던 아버지는 맘 고쳐먹고 돈벌이에 나섰고, "세 딸들은 무럭무럭 자랐다". "세 번의 겨울이 지나갔고, 0번은 이제 장텃길 어디에도 없다". 그렇게 무자비하게 엄마를 몰아낸 '나'의 제자 현미는 그새 여상을 졸업하고 취업, 철이 좀 들었다.

"언니. 내가 옛날에 언제, 언니한테 그랬지. 어른이 아니어서 할 수 없는 게 뭐냐고."

그날, 현미가 내게 물었다.

"그게 뭔지 언니 알어? 있지, 나 인제 그거 알어. 우리 작은언니가 그러는데 그건 말이야……"

현미는 말하다 말고 엎드려 울기 시작했다. 눈물을 흘리느라고 들썩거리는 현미의 어깨를, 그 어린 등을, 나는 투덕투덕 두드려주었다. 어쩌면 0번 아줌마도 어느 날 이렇게, 느닷없이 황씨 앞에서 눈물을 흘렸는지도 모른다고 나는 생각했다. 이곳에서 살면서 눈물 흘려야 되는 날이야 얼마나 수두룩한가! 거북이처럼 생활을 등에 지고 있는 여자가 하나 그 고달픔을 토로하고, 사내는 여자의 생활에 붙어 터진 투박한 손을 어루만져주었는지도. 그 순간에 사내와 여자는 그저, 아주 잠깐 자연이었을 게다. 사랑도, 배반도, 불륜도 아니고, 슬픈 사람들끼리 서로의 쓰린 곳을 그저 한번 핥아주었을 뿐인 거라고. 살려달라고, 사람답게 한번 살아보고 싶다고, 허공에다 대고 팔

을 휘젓는 사람의 손을 꽉 붙들어주는 거야, 가슴에 피가 흐르는 사
람이라면 당연히 하게 되는 일이 아닌가. 0번 아줌마와 황씨의 처음
은 분명 그러했으리라고, 나는 왠지 그렇게 믿고 싶었다.

할 수만 있다면, 아니 0번 아줌마를 위해서라도 나는 그렇게 좀 더
오래도록 현미가 울어주었으면 싶었다. 그러나 나의 이런 바람과는
상관없이 현미는 아주 짧게 울었고 돌연 고개를 들었다.

〈까라마조프가(家)의 딸들〉, 76~77쪽

이 장면은 충분히 문학사에 남을 만하다. 작가는 여기서 성장소설에
필요한 대목을 추출해낸다. 어른이 아니어서 할 수 없는 게 뭐냐고 '나'가
묻자 "현미는 눈물 자국마저 깨끗이 닦아낸 얼굴로 쾌활"하게 "아, 그거?
우리 작은언니가 그러는데, 그건 생활이래"라고 모범 답안을 제시한다.

작가는 이걸로도 만족 못 해 "0번 아줌마는 김폰가 강환가의 어디 식
당에서 주방 일을 보고 있다고도 하고, 어디서 늙은 홀아비 하나를 물
어서 첩으로 들어가 잘 살고 있다"라는 풍문을 고의적으로 부정한다.
그녀의 "가방 속에는 언젠가 그녀가 우악스럽게 잡아 떼어냈던 그 문패
가 아직도 들어 있을 것"만 같고, 그래서 "이 까라마조프가로 되돌아와
이곳에 자기 이름 석 자가 새겨진 그 문패를 다시 내걸 때까지는 0번 아
줌마는 아무 데서고, 거기가 어디든지, 이를 악물고 삶과 악다구니를 치
리라. 그리고 그때, 그녀가 들고 돌아올 그 가방 속에 하나 가득 지폐 다
발이 들어 있기만 하면, 우리들은 어쩌면 터럭 한 올의 미움도, 증오도
없이 그녀를 다시 받아들일 것만 같다. 왠지 꼭 그럴 것 같다"라고 덧붙
이는데, 꼭 돈다발이 들어 있어야 용서가 된다는 대목은 뭣하지만, 이

장면은《신곡》의〈지옥편〉제5곡을 상기케 한다. 불륜을 저지른 프란체스카와 시동생 바울을 지옥에서 조우했던 단테는 관용과 용서로 그들을 감싼다. 하물며 0번은 그들처럼 근친간의 불륜도 아니잖은가.

4. Affluenza 감염으로부터의 탈출

연옥의 시장 중 가장 현장감 짙은 작품은 아마〈보일러실 쟁탈전〉일 것이다. 다른 작품은 '나'가 관찰자거나 소극적인 참여자의 입장인 데 비하여 이 작품은 '나' 자신이 바로 능동적인 주체자로 행동해야 할 '아줌마(곧 엄마)'의 처지였기 때문에 작가로서의 절박성이 스며 있다.

"오 년 전, 신혼살림을 차렸던 2층짜리 빌라에서 장텃길 안에 있는 이 건물의 4층으로 삼 년 전 전세금을 줄여 이사"하면서 '나'는 2층 보일러실 열쇠를 맡는다. 1층은 잡화 가게, 2층은 구둣방, 3층은 은지네, 4층이 '나'의 거주지로 마치 발자크의《고리오 영감》의 하숙집과 닮았다.

시장 지향성 인간을 총체적으로 부각시키기로는 발자크를 따를 작가가 없는데,《외제니 그랑데》에서는 금전에 대한 집착 때문에 생기는 인색함을 극대화해 보여주고,《고리오 영감》에서는 인색하기 이를 데 없으나 딸들을 향한 애틋한 부정(父情)을 지닌 아버지를 그려낸다. 1789년 대혁명으로 희생된 주인의 사업체를 인수해 축재한 고리오 영감의 운명은 나폴레옹과 함께한다. 혁명의 기세와 좌절을 역이용하여 권력을 장악한 나폴레옹이 1813년 라이프치히 전투에서 패전하던 해에 고리오 영감도 사업을 포기한 채 하숙집에 들어갔다가, 1815년 나폴레옹의 재도전이 수포로 돌아가자 영감도 하숙집 2층에서 더 싸구려인 3층으로 옮겼으며, 1821년 나폴레옹이 죽자 그도 죽는다. 발자크는 당대의 수전노들이 정치권력에 얼마나 민감한가를 이렇게 치밀한 기법으로 바탕에 깔고 있다.

그런데 《삼오식당》은 그 짙은 현장성에도 불구하고 시대적인 배경을 무시한다. 시장 사람들이 가장 민감한 경기나 세태, 신변 잡담이 거의 없다는 점이 우리 소설의 장점이거나 문학의 본질은 아닐 것이다. 하물며 영등포 시장 바닥임에랴.

〈보일러실 쟁탈전〉은 두 여인이 대비된다. 시장 지향성과는 거리가 있는 '나'와 "살점이라고는 얼마 붙어 있지도 않은 팔뚝과 엉덩이며 허리 아래서 바짓단 끝까지 반듯하게 주름을 잡은 청바지에, 콧잔등 위에 걸터앉아 있는 금테 안경까지 (……) 첫인상은 영락없이 학생주임 선생"인 은지 엄마다. "은지네 말이 언제 한 번이라도 틀린 적"이 없어서 "백화점에 갈 때도 꼭 은지네가 가자는 날에만 갈 정도"로 '나'는 하수이다.

갈등의 정점은 보일러실 활용이나 공간 확보를 위한 쟁탈전인데, 2층 구둣방 사장은 아예 보일러실 문고리를 절단기로 잘라내고는 구둣방 물건들을 갖다 처박는다.

은지네는 "보일러실의 주인인 우리들의 허락도 없이 우리 재산을 파손시켰을 뿐만 아니라 무단으로 보일러실을 점거한 것"이라며 바르르 떨며, "나중에 더 골치 아파지기 전에 뭔가 수를 내야 된다고. 더 힘들어지기 전에 우리 건 우리가 지켜야지"라며 결연한 투지를 보였다. 예상대로 "백설공주한테 독사과를 넘겨준 마녀가 현실에 나타나면 꼭 이런 얼굴을 하고 있을 것 같은" 노랑머리 여인이 구둣방 사장과 아예 보일러실에다 살림을 차려놓고는 도리어 주인인 '나'를 향해 "젊은 년이 우리 순진한 신랑 한번 꼬드겨서 단물만 빨아먹고 뱉으려고 하는 거, 내가 니 시꺼먼 속을 모를 것 같니? 야, 이 호적에 잉크도 안 마른 것아. 내가 너 같은 것들한테 우리 신랑을 넘겨줄 것 같으니? 내가 이래 봬도 물장사만 십수 년이야"라고 기염을 토한다. 결국 은지네가 조곤조곤 따지고서야 노랑머리는 얌전해지는 듯했으나 이내 그녀는 "확실히, 우리보다 질겼다".

그러나 요지경 세상이다. 구둣방 사장보다 십 년 이상 늙은 그녀는 포장마차로 번 돈 삼천만 원과 포장마차까지 팔아서 돈을 대줬지만 결국은 쫓겨난 것이었다. 여기서 소설이 끝났대도 멋진 반전인데 이야기는 더욱 가관으로 치닫는다. 구둣방 사장이 보일러실 벽을 철제 앵글로 짜 맞춰 아예 창고로 활용하기 시작하자 우리의 항의는 거세졌고, 이에 사장은 어떤 레지를 꼬셔다 동거에 들어갔는데, 이건 현대 악덕 기업인의 반윤리성을 충분히 상징하고도 남는다. 어디 기업가뿐일까. 억지와 궤변을 일삼는 우리 시대의 모든 위선자들의 초상화로 손색이 없다. 뒤의 이야기는 사족이다. 한국 사회의 축소판인 이 〈보일러실 쟁탈전〉은 영등포 시장에서 가장 치열한 연옥의 한 장면으로 각인된다.

《삼오식당》은 우리 시대의 만연된 '부잣병(Affluenza, Affluent와 Influenza의 합성어)'이 시장에서 어떻게 변형되어 인간을 황폐화하는가를 풍자적으로 묘파해준 문제작이다. 작가는 여기서 탈출하기보다는 오히려 더 심층적인 탐사 작업으로 《삼오식당》 군상에도 끼지 못하는 시장의 떠돌이 인생들을 그린 《나의 이복형제들》을 썼다. 이만하면 이명랑은 영등포 시장의 수호신의 자격을 갖춘 셈이다. 우리 문학은 이제까지 어느 특정 시장을 이처럼 성실하게 집중적으로 파고들지 못했기 때문에 더욱 돋보인다. 더구나 재래시장에 대한 대응책도 분명하지 않은 뉴타운 개발의 허황된 복음이 횡행하는 이 시절에 《삼오식당》이 지닌 의미와 보존 가치는 한결 돋보일 수밖에 없다. 작가는 이미 〈누군가 목덜미를 잡아챘다〉, 〈하현〉 등에서, 낙천성에 바탕 삼아 연옥에서도 빛났던 환희의 삶이 일그러진 모습으로 굴절되어버렸음을 보여주었다. 그러나 여전히 제2의 영등포는 거대도시가 존재하는 한 영원히 생성, 발전될 것이다. 뉴타운조차도 결국은 새로운 개발에 의하여 밀려나면서 또 다른 영등포 시장으로 출현하는 것이 역사이기 때문이다. 그래서 《삼오식당》은 영등포라는 그 지점이 아닌 우리 시대의 모든 도심지에 영원히 존재할 것이다. 그 꿈과 고난과 낙천성과 함께.

소설가는 왜 쓰는가?

어떤 소설가는 개인적인 경험이나 우연한 사건을 소설의 소재로 삼고, 어떤 소설가는 역사나 사회적인 사건에서 소설의 소재를 취하기도 합니다. 그러나 그 소재가 개인적인 것이든 사회적인 것이든, 한국의 작가이든 외국 작가이든, 소설관의 차이에도 불구하고 소설가로 하여금 소설을 쓰게 만드는 힘은 쓰고자 하는 '열망'에서 비롯되지요. 다시 말해, 소설가는 쓰고 싶기 때문에, 쓰지 않을 수 없기 때문에 씁니다.

저 역시 '소설을 쓰고 싶다! 소설을 써야만 한다!'는 강렬한 열망에 휩싸이게 되었지요.

그런데 1990년대에 들어서면서 한국 소설은 1980년대 소설이 추구했던 이상과 열정의 상실에서 출발하여 타자와 세계와의 관계를 전면적으로 배제한 채 자아의 내부에만 몰입하거나 '새로움'이라는 기치 아래 환상이나 상상력을 무기로 그들만의 독특한 왕국을 건설하고 있었습니다. 그러나 허무주의와 문화 염세주의, 환멸과 환상을 통해 그들이 구축한 왕국이란 현실과는 유리된 채 외따로 존재하는 성이었습니다.

저는 묻지 않을 수 없었습니다. 그러면 여전히, 여기, 현실이라는 울타리 속에 갇혀 자신을 둘러싼 울타리 속에서 자신의 운명과 힘겨운 사투를 벌이고 있는 이 사람들은 대체 누구란 말인가? 이들은 과거 속의 인물이거나 현실을 떠도는 유령이란 말인가?

문학이 환상과 환멸을 통해 현실 아닌 곳으로 도피하고 있을 때, 한쪽에서는 여전히 현실의 고단함과 싸우며 어떻게든 자신의 삶 속에서 오늘을 살아내야 할 이유를 찾아내려고 애쓰는 사람들이 버젓이 존재하고 있었습니다.

소위 문화 산업 시대, 멀티미디어 시대의 도래와 함께 너무 빨리 소설사의 뒷전으로 밀려나버린 사람들, 이들은 누구인가? 왜 이들의 이야기에는 귀를 기울이지 않는가? 내 두 발이 딛고 서 있는 곳은 대체 어디인가?

저는 이제야말로 '고개 돌리지 않고, 정면에서, 똑바로, 나를 들여다봐야 한다. 태어나서 한 번도 벗어나본 적 없는 나의 고향, 내 현실을 들여다봐야만 한다'라고 생각했습니다.

제가 고개 돌리지 않고, 정면에서, 똑바로 들여다본 '나의 현실'은 시장통에서의 삶이었지요. 그곳은 과일 장사, 통조림 장사, 커피 장사, 설렁탕집, 냉면집, 해장국집 등등 온갖 장사꾼들이 모여 사는 곳이었고, 개 하나 데리고 공중 화장실에서 사는 늙은 양공주와 자신의 딸을 강간한 남자의 아내로 살아가는 반벙어리 여자와, 너무 일찍 어른들의 세계에 눈떠버린 아이들과, 날아오는 돌에 맞아 이마가 깨져도 갓난애를 등에 업은 채 헤실헤실 웃고만 있는 미친년이 사는 곳이었습니다.

이 뒤죽박죽의, 그러나 나름의 질서가 있는 시장통의 삶이야말로 '나의 현실, 나의 뿌리'인바, 그러면 이 삶을 어떻게 글로 표현해낼 수 있을까? 영등포 시장 사람들의 삶의 모습과 애환, 그곳에서 살면서 극심한 정체성 혼란을 겪어야 했던 여자아이들의 혼란과 절망을 딛고 일어나 우리가 일상이라고 부르는 평범한 삶을 가까스로 지탱해나가는 데 커다란 기쁨을 느끼며 살아가는 '나와 내 이웃의 이야기'를 나는 어떻게 표현해낼 수 있을까, 고민하지 않을 수 없었지요.

결국 저는 온갖 인간 군상들이 모여 살며 수많은 이야기를 만들어내는 시장 사람들의 삶의 모습을 그려내기 위해서는, 90년대 후반에 접어들며 우리 소설사에서 주변부로 밀려나게 된 사람들을 다시 소설이라는 무대 위로 불러올려야 한다고 생각하게 되었습니다.

그때부터 저는 "애초에도 더럽게 박복한 팔자를 타고 태어난 데다 시선만 마주쳐도 고개를 외로 틀어야 할 만큼 혐오스러운 외양을 하고 있는 사람들"은 누구이며, "그들의 세상살이에는 타인의 동정이나 연민이 단 한 번도 허락되지 않았던 사람들은 무엇으로 사는가? 그 인생에 '그러나'로 시작되는 히든카드도 하나 뒤로 감추고 있지 못한 사람들은 그러면 무엇으로, 어떻게, 이 생을, 그 박복한 운명을 견디어내는 것일까?"를 소설의 화두로 삼게 되었지요.

연작소설 《삼오식당》은 그렇게 시작되었습니다.

제가 우리 사회와 소설사의 주변부로 밀려나게 된 사람들의 삶에 관심을 갖고, 그들 삶 속에서 소설의 자리를 찾으려고 한 데에는, 프랑스의 소설가 장 주네의 말처럼 자기와 마찬가지로 마땅히 혐오하고 멸시해야 할 자에 대한 사랑에서부터 "문학은 비롯된다"라고 믿기 때문이지요.

《삼오식당》을 새롭게 엮어주신 은행나무 가족 분들과 해설을 써주신 임헌영 선생님, 그리고 언제나 제 곁에서 저를 격려해주신 많은 분들께 감사의 말씀을 전하며, 장 주네의 말로 이 글의 맺음말을 대신할까 합니다.

창조한다는 것은 결코 조금도 경박한 장난이 아니다. 창조자는 그가 창조해놓은 것이 무릅쓰게 될 위험을 어디까지나 자기 자신이 책임 져야 한다는 무서운 모험에 몸을 던진다. 그 기원에 있어서 사랑이 존재하지 않는 창조는 이를 상상할 수 없다. 사람은 어떻게 하여서 자기 앞에 자기와 마찬가지로 마땅히 혐오하고 멸시해야 할 자를 둘 수 있을까. 그러나 그때 창조자는 자기가 만든 자들의 죄를 몸소 짊 어져야만 할 것이다. 예수는 인간으로 화했다. 그는 속죄한다. 신과 같이 그는 인간을 만든 후에 그들을 그 죄로부터 해방한다.

— 장 주네의 《도둑 일기》에서

2013년 여름에
이명랑

삼오식당

1판 1쇄 인쇄　2013년 8월 　7일
1판 1쇄 발행　2013년 8월 14일

지은이 · 이명랑
펴낸이 · 주연선

책임편집 · 강건모
편집 · 이진희 박은경 임유진 오가진 박나리
디자인 · 김서영 손혜영
마케팅 · 장병수 김한밀 정재은
관리 · 김두만 구진아 유효정

도서출판 은행나무
121-839 서울특별시 마포구 서교동 384 - 12
전화 · 02)3143-0651~3 ｜ 팩스 · 02)3143 - 0654
등록번호 · 제10-1522호(1997. 12. 12)
www.ehbook.co.kr
ehbook@ehbook.co.kr

잘못된 책은 바꿔드립니다.

ISBN 978-89-5660-711-5　03810